FEB 2007

SOUTH CHICAGO BRANCH
9055 S. HOUSTON AVE.
CHICAGO, ILLINOIS 6061?

LA RUTA DE LAS TORMENTAS

Paula Cifuentes

LA RUTA DE LAS TORMENTAS

mr · ediciones

Primera edición: noviembre de 2005
Segunda impresión: diciembre de 2005
Tercera impresión: febrero de 2006

© 2005, Paula Cifuentes
© 2005, Antonio Gala, por las palabras previas
© 2005, Ediciones Martínez Roca, S.A.
Paseo de Recoletos, 4. 28001 Madrid
www.mrediciones.com
ISBN: 84-270-3184-X
Depósito legal: M. 3.814-2006
Fotocomposición: EFCA, S.A.
Impresión: Brosmac, S.L.

Impreso en España-Printed in Spain

A mis padres y a Marina

202

$3.00

40102 PEZZOY

«El mar sólo es eterno para los ahogados.»

J. MARTÍNEZ ROS, *Tratado sobre las bellas durmientes*

PALABRAS PREVIAS

Esto no es un prólogo, sino una bienvenida llena de esperanza y de alegría. Se trata del primer libro de una muchacha deslumbrante; de una muchacha que lo escribió en la Fundación que lleva mi nombre, y, como lema, tiene un verso del *Cantar de los Cantares*: «Ponme como un sello sobre tu corazón». También yo llevo ese sello sobre el mío. De ahí que estas palabras previas demuestren mi gozo, mi complicidad con Paula Cifuentes. Aquí se cuenta la historia de un viaje terrible. Larguísimo, estremecedor. En él, un adolescente cumple catorce años. Sus reacciones son repentinas, lábiles, sorprendentes hasta para él. La expresión «de pronto» quizá sea la que más se repite. En ese viaje junto a su padre Cristóbal Colón, contado mucho más tarde, se proyecta toda su vida. Escribe sus pasiones, sus amistades, sus dependencias de aquellos a quienes ama y de aquellos por quienes es amado, sus contradicciones, su distanciamiento y su retorno al padre. Él lo sabe: «Era un niño al que le habían arrebatado de golpe toda su infancia, todos sus sueños, todas sus aspiraciones». Hasta ser un hombre de quince años ha de perderlo, en efecto, todo. La adolescencia se presenta aquí, en su desnudez pura, como una enfermedad casi mortal, o quizá mortal: quien resurge de ella es otro ya. Sólo una pluma tan joven como lo es la autora podía acaso expresar con tanto temblor tanta agonía.

En ese viaje a Natividad y al río Belén, a La Española y a la derrota y al deterioro de Colón, a quien todos quieren, para entonces, quitárselo de encima, se crea el «lado oscuro» de Hernando: por el que no quiere procrear, para que nadie lo herede. En ese viaje, dice, aunque no es verdad, perdió la capacidad de amar y ser amado. En ese cuarto viaje de su padre está, eso sí es cierto, la simiente de toda su vida.

En una ocasión yo escribí sobre un Hernando que iba a nacer y aún de recién nacido. Deseo dedicarle este texto, que forma parte de mi ópera *Cristóbal Colón,* donde Beatriz Enríquez, la madre de su segundo hijo, desde Córdoba, es, de alguna misteriosa manera, la que sostiene la moral y la fuerza del descubridor, ya vencido por tantos avatares.

Para tranquilizar al Hernando de mi grande y pequeña amiga Paula, me gustaría que supiese cómo su padre y su madre se quisieron de veras. En un motín, Cristóbal sueña con ella, con Beatriz, mientras se despedía.

BEATRIZ.–Ya estoy acostumbrada a que te vayas.
Ya estoy hecha a las pérdidas.
Habrías de decirme
«me quedaré contigo para siempre»,
y no te creería.
Te conocí una tarde junto al río.
Estabas pensativo
viendo correr el agua.
Desde ese instante supe
que el agua es mi enemiga,
y tuve celos de ella.
Me hablabas de proyectos infinitos
mientras yo te cosía la camisa.
Cuando todo se puso en contra tuya
yo te entregué mi cuerpo
para hacerte sentir tu poderío.

Sé que mi sino es
como el agua que pasa.

Ahora te vas, y yo me quedo
con un hijo en los brazos.

Era diciembre y hacía frío
cuando me hiciste tuya.
Ahora te vas, y hace calor:
nada tiene que ver el tiempo con nosotros.

                    (Cólon alarga su mano en una caricia.)

Sé que mi sino es
como el agua que pasa.
Tú cumple el tuyo: cúmplelo
sin secarme las lágrimas.

COLÓN.– Hay un lugar en donde el sol se pone.
        Allí yo seré el rey y tú serás la reina.

BEATRIZ.–Ese lugar no existe para mí.
        Tu hijo y nuestro hijo son mi reino.

COLÓN.– En la alta mar recordaré
        tu rostro y tus andares
        por las calles de Córdoba.

BEATRIZ.–El agua es mi enemiga:
        me borrará de tu memoria.

                (De la oscuridad sale Diego Colón, de diez años.
                    Hernando está en brazos de Beatriz.)

COLÓN.– La flor de mi pobreza son mis hijos.
          Yo te los dejo en prenda de mi vuelta.

BEATRIZ.–La mar ha sido siempre
          tu amante verdadera.
          Ahora vas en su busca
          y yo me quedo sola.

COLÓN.– Te pondré como un sello
          sobre mi corazón.
          No es posible el olvido.
          Yo seré el rey y tú serás mi reina
          en el lugar en donde el sol se pone.

          Hemos soñado tantas veces juntos
          el gozo de esta despedida;
          sin embargo, hoy tenemos
          tristes el alma y las palabras.

          Regresaré por ti
          entre hosannas y aplausos.
          El mundo entero dirá:
          es el Virrey Colón,
          es el Gobernador y el Almirante,
          es Cristóbal que viene a cumplir su palabra.
          Te tomaré la mano, Beatriz,
          y pondré sobre tu frente una diadema.

Y me gustaría que supiese cómo su madre influye en el Descubrimiento desde Córdoba. Porque Paula sí está enterada de cuánto da, sobre la mar, un largo viaje, en el que todo puede suceder. Pero ocurre en el momento de la desesperación.

COLÓN.– Toda mi historia fue
regresar sin haber llegado.
Aquí se acaba el viaje,
aquí se acaba el viaje,
aquí se acaba el viaje
de Cristóbal Colón.

                    (Sobre el ruido desolado del mar
                 se alza la voz de Beatriz, que duerme
            al niño Hernando con una nana, iluminada
                          por el recuerdo de Colón.)

BEATRIZ.–El padre de mi niño
salió de casa.
Estará de regreso
antes del alba.
Antes del alba, amor,
antes del alba.
Quedito, quedo, amor,
de madrugada.

                                    (Al niño Diego.)

Hernando se ha dormido.
Duerme tú, Diego,
y soñarás cómo tu padre
nos lleva a los tres en una barca blanca
con las velas de seda
y las jarcias de oro.
Un aire suave nos impulsa
hacia la arena transparente,
y en ella tu padre nos sonríe
como sólo sonríen los reyes.
Vamos a ser felices

como no imaginábamos
que pudiéramos serlo.

(Colón interrumpiendo, en la realidad,
su propia fantasía.)

COLÓN.– No es verdad, no es verdad,
te engañé, Beatriz, querida mía.
Os he engañado a todos.

(Se produce, misteriosamente, una fusión entre la realidad
de la nave y la evocada por Colón.)

BEATRIZ.–No levantes la voz. Están dormidos.

COLÓN.– Ellos dormidos: yo me he despertado.

BEATRIZ.–Aquí, en Córdoba, todos
te queremos, Cristóbal.
Aquí todos sabemos
que, donde el sol se pone,
hay un lugar en que yo seré reina
porque tú serás rey.

COLÓN.– Ese lugar no existe.
Tú y mis dos hijos sois mi reino,
mi cetro y mi corona.

BEATRIZ.–Regresarás por mí
entre hosannas y aplausos.
El mundo entero dirá:
es el Virrey Colón,
es el Gobernador y el Almirante,
es Cristóbal que viene a cumplir su palabra.

Me tomarás la mano
y pondrás sobre mi frente una diadema.

COLÓN.– Concluyeron los sueños.
El agua es mi enemiga.
Los registros celestes me engañaron,
me engañó el mar y su promesa.

BEATRIZ.–La mar ha sido siempre
tu amante verdadera.
No es posible el olvido.
¡Mira, Cristóbal! ¡Mira hacia el horizonte!

(Se escucha el grito «¡Tierra!» de Rodrigo de Triana.)

Para Paula estos versos, con mi deseo de que comparta siempre su
arte, su corazón y su alegría.

Antonio Gala

INTRODUCCIÓN

Escribo porque es lo único que sé hacer en la vida. Porque ya no tengo otra necesidad. Y mis manos callosas tiemblan intentando sostener esta pluma que cae sobre el papel una y otra vez. Y lo manchan todo de tinta negra.

La vejez es terrible. Sí, terrible y poderosa. El que es joven sabe que tiene que morir, el que es viejo sabe que va a morir. Los años te dan un poder que ni reyes ni emperadores podrán tener jamás –por muchas guerras que luchen, y te lo dice alguien que las conoció todas–, te dan sabiduría.

Ya no temo a la muerte, he visto demasiadas veces su cara, oscura encapuchada que sesga la vida de un tajo. No, no la temo. Mis únicos miedos son las horas de las comidas donde cada trago se convierte en un suplicio. Por no hablar de aquellos momentos donde el hombre no se distingue ni un ápice de la bestia más inhumana. Omitiré contarte cuáles.

Los doctores que me visitan ya no intentan ocultar mi mal. Sólo aguardan el momento en que habré de exhalar mi último suspiro y será cuando por fin podrán cobrar sus honorarios. Ésa es la condición, no hasta entonces. Y río porque he sido un quebradero de cabeza para ellos. Como moscas, se agrupaban alrededor de mi lecho, intentando hallar mi mal, auscultándome, sangrándome, analizando mis heces, recetándome miles de hierbas rancias que yo tiraba por la ventana cuando se daban la vuelta. Sin entender que yo no muero por enfermedad alguna, sino de vejez, el mal más antiguo de la humanidad.

Si preguntas sobre mí, difícil será la persona que no me conozca. Tengo amigos, dinero, familia y poseo una casa como nunca se construyó otra igual. Pero no me queda tiempo. El reloj apura sus últimos granos.

Jamás poseí una belleza cautivadora, no me vanaglorio de eso. Aunque sí fui más guapo que mi hermano, lo digo sin falsa modestia –a ti me he propuesto no mentirte, no tendría por qué hacerlo–. Tampoco tuve una fortaleza de hierro, padecí enfermedades de las que conseguí reponerme y otras de las que todavía guardo secuelas más o menos importantes. Y, sin embargo, Dios quiso que viviera lo suficiente para decirte lo que guardé durante tanto tiempo. Lo que escondí incluso a mis más allegados.

Tú has sido mi error, pero también mi mayor dicha, mi ventura, el único legado importante que dejaré tras mi muerte. Ni joyas, ni mansiones, ni riquezas, ni libros. Sólo tú.

Posiblemente ni sabrás quién soy: un loco, un soñador, quizás un viejo loco soñador, y no te lo niego. Y puede que sientas deseos de terminar aquí la lectura, de tirar estos pliegos al fuego y deshacerte de la culpa y acaso el rencor que empiezan a embargarte. ¿Me equivoco? Pero sé que no lo harás y que finalizarás de leer lo que tengo que contarte.

La comida está intacta sobre la mesa, he pasado ya dos días sin probar bocado. Casi como si me purificara para el gran momento. Eso me digo para engañarme. La realidad es muy distinta. Sé que mi estómago está encogido como una pasa y que me desangro por dentro, ya que escupo pequeñas manchas que posiblemente acompañarán a esta escritura como testimonio. No te asustes. La muerte es así.

Es extraño, llevo toda la vida temiéndola, ocultándome de ella entre iglesias y sagrarios, crucifijos y reliquias de santos previamente troceados (extraño consuelo el de la religión). Otras deseando ardientemente que llegase, que terminara conmigo de una vez por todas, pues fui tan cobarde que no me atreví a hacerlo por mí mismo: empuñar la daga y clavármela una vez sólo, un golpe seco y ya está. A veces, incluso, estuve tentado de probar el veneno.

Me gustaba sentir la muerte en mi grupa, viajando conmigo en un pequeño frasco de vidrio y saber que yo podía controlarla y dominarla. Se convirtió, créelo o no, en mi verdadera sombra.

Sin embargo, es ahora, en la hora de la verdad, cuando todos esos sentimientos que siempre me acompañaron desaparecen, y sólo me queda la resignación ante algo que es ya inminente. Bueno, y me quedas tú, aunque en la distancia, en momentos distintos –¡Dios, qué distintos!– apenas unidos por unos pliegos garabateados a las tantas de la noche en una habitación que huele a enfermedad y a humores. Donde las paredes blancas acechan entre las sombras del candil que descansa sobre la mesa.

Ese adobe enjalbegado parece querer juzgarme. ¡Y no tiene derecho! Eso sólo te corresponde a ti.

No te pido que me perdones, ni que seas magnánimo conmigo. Ni siquiera tu juicio viajará conmigo en mi trayecto a la tumba. Iré desnudo, con la culpa pendida sobre mi cabeza, justa. Seré juzgado y, posiblemente, no pasaré del primer peldaño de la escalera de san Pedro. Veré como se cierran ante mí las puertas del paraíso y vagaré por el purgatorio hasta el día del juicio final. Si no en el infierno.

No quiero compadecerme. Soy lo que soy y siempre lo he sido, por mucho que a la gente le pesase y se obcecara en empañar mi honra... Posiblemente ni sabrás de lo que estoy hablando. ¡Son tantas cosas las que tengo que explicarte! ¡Y tan escaso el tiempo que me queda! Necesito que me comprendas para quizás intentar justificarme, imaginar que no he vivido en vano. O puede que sólo necesite contar mi historia y haya decidido que seas tú el depositario de todas mis confesiones. En resumen, las divagaciones de un viejo egoísta al que se le acaba la vida. Y posiblemente terminarás odiándome o quizás apreciándome en extremo. Porque, en realidad, ése es mi sino y es de lo poco que irá en mi equipaje en el viaje al otro lado: una cantidad enorme de amigos y otra de no menor tamaño de enemigos que me odian a muerte. Pero ésta es una lección que te doy, una de tantas. Mejor es que te odien a que te tengan lástima. Sólo aquel que es odiado en igual medida que es amado destacará sobre el resto, decía mi padre. Aunque quizás tú no desees destacar y prefieras quedarte en tu ciudad anclada en una época pasada, viviendo de las glorias pasadas también. En todo caso, ésa es una elección tuya y no seré yo quien te pueda hacer cambiar de opinión. En otro tiempo podría al menos haberlo intentado. Ahora no.

Este preámbulo está siendo demasiado largo y de seguro que tu paciencia empieza a agotarse. Entiéndelo, a los viejos nos gusta regodearnos en nuestros recuerdos.

En fin, ésta es la historia que sólo a ti te corresponde saber, la que es mía pero también tuya desde el día en que naciste. Por ello, por lo que siempre te oculté y te ocultaron, escucha.

1

DE CÓMO ZARPAMOS
RUMBO A LAS INDIAS

Sanlúcar de Barrameda, Cádiz.
Año de 1502 después de la venida de N. S. J. C.

El agua arrastraba hasta mí pequeños pedazos de madera.
Húmedos, encorvados sobre sí mismos como garfios; crepitaban llenos de vida, de diminutos gusanos que se reproducían en aquellas malas imitaciones de naves a la deriva.

Algunos llegaban hasta mis pies, rozándome, húmedos y lejanos. No deseaba tocarlos, su misma visión me producía un asco profundo, y, sin embargo, me atraían como ninguna cosa lo había hecho antes. No podía levantar la vista de ellos. Quizás fuera por el temor de ver lo que me aguardaba fuera de esa arena, de esos gusanos, de esos trozos putrefactos. Se balanceaban en la espuma. Me parecía incluso poder escuchar su risa. Pedazos absurdos pero a la vez tan atrayentes, ¡tan necesarios! Maderas que bien pudieran ser los restos de algún barco al que, prematuramente, se le cerraron los ojos. O quizás los epitafios testimoniales del hundimiento de naves que partieron hacia la aventura en un viaje del que nunca regresaron. Naves tales como las que entonces se alzaban ante mí, rítmicamente mecidas, amarradas como animales en celo. O puede que fueran marcas sobre las que un náufrago intentó hacer saber al mundo de su desdicha, de su viaje sin retorno, pero que la inquina del mar se había empeñado y por fin había conseguido borrar.

En el horizonte, el sol había comenzado a asomar. Como si quisiera disipar los temores nocturnos. Las despedidas, los lloros, las palabras de ánimo, las bendiciones, los rezos apenas murmurados, las órdenes tajantes, las canciones de faena, las súplicas. Todo se calló, dejó de latir. El vacío extendió sus tentáculos apresándonos a todos.

Entonces, en aquel momento, sólo existíamos el océano y yo. Agua y carne. Lo demás carecía de sentido.

El viento se filtraba entre mi ropa y me revolvía el pelo, las entrañas. Sentía la boca seca. El temor se había refugiado en mi garganta. Quería gritar a pleno pulmón, proclamar la inutilidad de esa empresa que mi padre había decidido emprender sin contar con nadie. Absurdo. Decir que yo no pertenecía a ese mundo y que sobraba. Mi lugar estaba en otro sitio. El mar me daba miedo –¡aún hay tiempo! ¿No veis?–, pero de mi garganta no salió ni un susurro y mis ojos quedaron secos.

Las campanas de una iglesia de la collación anunciaban prima y su eco clamaba a un Dios de piedra. El puerto bullía, intentando compartir la agitación de la futura tripulación. Y se amontonaban los comerciantes y los curas que habrían de rogar por nuestras almas; las mujeres que despedían a sus maridos con sus hijos, que se mecían en sus brazos, ignorantes de su próxima orfandad; los padres que les abrazaban ocultando su tristeza entre los pliegues de la piel; las prostitutas que, después de una noche de faena, aguardaban su recompensa; los vendedores que ofrecían manjar blanco y arrope ante los cuales se paraban tanto los perros como los hombres.

Y a pesar de toda la gente que allí se agolpaba, nadie me decía nada. Pasaban a mi lado cargando toneles, charlando como si yo sólo fuese un niño llorón. Y ansiaba el contacto de alguien conocido. La soledad me iba aplastando. Un abrazo, un roce, apenas una palabra que, sin embargo, aguardé en vano; aquello, lo único que quería, lo que siempre quise, nunca llegó.

Ahora, tantos años después, me pregunto si no fue tal vez esa falta de afecto la verdadera culpable de todo aquello que hice, lo bueno y lo malo. La causa del amor que negué y también del que entregué sin demasiadas objeciones a pesar de que eso supusiese mi condena. Puede que sea la razón última de las muertes que infligí por mi propia mano o las que propicié a través de las manos de otro, fuera o no inocente. Entonces mi vida, si el tiempo es conmensurable, se explique con ese abrazo que nunca llegó. Pero quizás todo ella no sea sino el mero justificante de una mente torturada que busca el motivo de unas acciones para las que no hay disculpa posible.

Pasaban los bueyes y sus pisadas se perdían entre el golpear sordo contra el suelo. Llevaban uncidos tras de sí carros cargados de vituallas. Su piel brillaba.

En la mano sostenía el amuleto que había comprado a un buhonero con los pocos maravedíes que poseía.

–Si lo llevas siempre –me había dicho– podrás volver a casa tal y como has partido.

Me sonreía con sus dientes negros. Su aliento era una mezcla de ajos, alcohol y burdel.

No lo dudé, le entregué los dineros al contado. Los dedos me dolían de aferrarlo con tanta fuerza, la misma con que se agarra el navegante moribundo a su tabla salvadora. A pesar de saber que cientos de personas en aquel muelle llevaban seguramente un objeto semejante, por no decir igual que el que yo apresaba, me parecía que si dejaba que el mar me lo arrebatase ya nunca más podría pisar tierra alguna.

Apenas escasos estadales me separaban de mi padre. Pero en mi desesperación la distancia se me antojaba leguas y leguas. Emprendí la marcha, y cuando llegué a su altura, cuando pude distinguir claramente su olor a sal, no lo reconocí.

Los meses previos a la partida habían sido un ir y venir constante. Todo tenía que estar preparado: velas, jarcias y toneles eran revisados cientos de veces. Aquella carga había de permitir la supervivencia de ciento cincuenta personas en alta mar. Cualquier tipo de mercancía era pesada, abierta y vuelta a pesar antes de pasar a engrosar los fondos de las bodegas. Veedores, contadores, tesoreros, banqueros parecían la escolta permanente tras los tobillos de mi padre.

Supongo que las horas que había pasado junto a él en Sevilla, preparando la partida, hubieron de ser muchas, sin duda. Pero casi no las recuerdo. Toda conversación se limitaba a proyectos de futuro: «Hernando», me decía, «mira esto o aquello» –frente a él se extendía un enorme mapa–. «Todo esto es mío.» Y pronunciaba aquel mío como si esa palabra también le perteneciera.

A veces, en las escasas ocasiones en que nos encontrábamos los dos solos sentía que me miraba de soslayo. Temía levantar la vista para encontrarme con unos ojos que no veían en mí al hijo, sino al futuro marinero. Aquellos ojos implacables que calibraban mi edad juzgando si, acaso, no sería demasiado niño para partir en una travesía tan penosa.

Otras veces era yo el que lo escrutaba y miraba como se afanaba sobre portulanos interminables, en los que calculaba distancias y medía corrientes y vientos. En esas ocasiones me preguntaba quién sería ese extraño al que, por primera vez en mi vida, tendría que llamar padre.

El azul y el verde ocultaban el resto de colores. La bruma desdibujaba los navíos. Un velo translúcido. Como la pátina de polvo de las botellas añosas. Y yo, ahora, pobre niño, era parte de esa escena.

–Los barriles de agua encima de los sacos –bramaba en la lejanía la voz del contramaestre.

–¿Y los repuestos de la vela? –preguntaba otra voz.

–Donde las ratas no puedan morderlos –contestaba la primera.

Escondí mi mano entre la suya, dura y seca, sin pensar en lo que hacía: lo extraño de ese gesto en una relación que nunca había existido. Él se giró despacio y se me quedó mirando. En su cara apareció, se dibujó la sorpresa y una ligera emoción le hizo temblar los labios, un movimiento leve, imperceptible para alguien que no se encontrara a tan poca distancia como lo estaba yo.

Ese instante me ayudó a sobreponerme a la certeza de que yo allí no era nadie.

–Embarquemos –me dijo.

–Sí, padre –le contesté.

De aquellos primeros momentos en la cubierta del barco, la única palabra que acude a mi mente es estupor. Superado el miedo, la realidad abofeteó mi cara con el golpe más doloroso que hasta ese momento había sentido. A Dios plugo que nunca fuera así, ni yo lo esperé. Durante meses, años quizás, había pensado y soñado con un mundo perfectamente ordenado, ideal; un sistema en el que cada cual cumplía con su cometido en silencio, rápida y eficazmente. Igual que en la Corte, aquella Corte, ahora tan lejana. Y me pregunté: ¿dónde está esa imagen pintada sobre lienzo repleta de vigorosos marineros capaces de afrontar los mayores peligros?, ¿y las tibias noches de cantos bajo la luz de las estrellas?, ¿dónde? Esto está mal, muy mal, me dije, pero en aquel momento y en aquel lugar confluían el quizás y el entonces de mis sueños infantiles.

Olía a brea. Olor repulsivo que sólo yo parecía notar, y las maderas crujían bajo mis pies, incierta superficie que no dejaba de moverse. Pensaba: «Ya está, se acabó Hernando, de ésta no sales. Despídete de todo porque, como mucho, acabarás en la tripa de alguna ballena».

Esa cubierta era justo todo lo contrario de cuanto jamás pude imaginar. Un desorden total. Un lugar donde chocabas cada dos por tres con alguien, donde había que saltar las jarcias atentamente para no toparte de bruces contra los duros tablones de madera. Allí, los animales se confundían con las personas (o viceversa) y la gente hablaba a voz en grito en un lenguaje que no había escuchado ni siquiera a los mozos de cuadra de Sus Majestades y del que, afortunadamente, no entendía ni la mitad. Gallego, portugués, castellano, italiano, todas las voces se aunaban en un idioma extraño, rudo y vulgar.

–Mequetrefe –decían–, te juro por Dios que si te cojo te cuelgo de la mayor.

Yo era el extraño, el extranjero en medio de aquel grupo heterogéneo. Sobraba mi ropaje y mis palabras apenas susurradas (al estilo de las cortes galas). Eran prescindibles todos los libros que había leído: la gramática latina, la historia sagrada, la heráldica, el catecismo, el dibujo y el canto. Totalmente innecesarios resultaban el decórum y la urbanitas, mis manos blancas y lisas y mi mentón imberbe.

No era justo. ¿Por qué tenía que partir en un viaje del que muy posiblemente no regresara mientras mi hermano se quedaba en la Corte haciendo su vida de siempre, la que antes me perteneciera?

–No te preocupes, te acostumbrarás. –Una voz tronó a mis espaldas.

El hombre estaba recostado sobre la borda, mirando al mar, y sus ojos tenían el mismo color y el mismo brillo que los de mi padre.

–¿Lo creéis de verdad? –pregunté entre irónico y anhelante.

No quería parecer cobarde, ni asustado, ni infantil, pero el tono que salía de mi garganta no permitía duda alguna respecto a eso: lo estaba.

–Seguro –afirmó mirándome como se mira a los animales, con lástima, intentando insuflarme unas esperanzas que él mismo no llegaba a poseer.

Se fue preocupado por otros menesteres más importantes que los timoratos desvelos de un niño, por muy sobrino suyo que fuese. Y yo le vi alejarse, con el andar que diferencia a un marinero del que no lo es. El movimiento rítmico, oscilante, que en tierra firme puede parecer incluso ridículo.

—Bartolomé.

Tuve deseos de gritar su nombre, de obligarlo a volverse para que no se fuera de mi lado. ¡No me dejes solo en mitad de esa cubierta vacía!, quise decirle.

Deseé que me sentase en sus rodillas y me cantase canciones absurdas sobre seres que nunca habían existido.

Con una bandada de gaviotas que sobrevolaba la nao peleándose por un trozo de pescado, acudió a mi mente el sueño de una infancia no tan lejana, pero que ya tenía olvidada. De las cenizas donde los recuerdos huyen cuando no nos aferramos a ellos, resurgió una mañana en un patio sevillano donde dos niños jugaban sobre un suelo de losas rojas que crepitaban de puro resecas: Diego y yo.

Revivo imágenes de guerras en las que el valiente guerrero siempre consigue vencer al malvado rey vecino para volver a su patria a casarse con la princesa que pena su ausencia. Y yo, por ser el pequeño, siempre interpretaba el papel del villano con más gloria que pena.

Nunca, y a pesar de la cantidad de veces que me vi en trances de los que muy difícilmente pude escapar, morí mejor que en aquellos días donde el futuro, el destino y el azar eran simple palabrería.

El aire cargado de azahar y las luces reflejándose en las superficies cubiertas de verdín de las fuentes eran el escenario de la cruenta pelea que estaba teniendo lugar. Diego, echado sobre mí, trataba de inmovilizarme (cosa bastante fácil teniendo en cuenta que yo apenas contaba cinco años, y él había pasado largamente los diez). A voz en grito, me encomiaba a rendirme. Yo no deseaba otra cosa. Con el brazo retorcido y las piernas aplastadas, seguir con el juego hubiera sido toda una estupidez por mi parte. Pero entonces mi hermano no hubiese querido volver a jugar conmigo, y eso no podría permitírmelo bajo ninguna circunstancia. Al fin y al cabo, en Sevilla no conocía a nadie más.

–¡Ríndete, malandrín! –me repetía una y otra vez. Como si no supiera ninguna otra palabra. Y si no hubiera tenido la boca aplastada contra el suelo, me hubiera incluso atrevido a escupirle en la cara.

De pronto apareció la tía Violante. Apenas hacía una semana que sabía de su existencia, no obstante, había sido tiempo más que suficiente para saber cómo se las gastaba.

–¡Criaturas de Satanás! –Y se santiguaba a continuación.

Sin duda, encontrarnos tirados por el suelo, llenos de polvo y con la ropa hecha jirones, no era, dijéramos, lo que más gracia le haría en el mundo. Saltamos del suelo y nos pusimos en pie, sin mirarla a los ojos. Nuestra osadía no daba para tanto. Con la cabeza gacha, esperábamos sus famosas collejas capaces de amoratar la piel más fuerte. Sin embargo, para gran sorpresa nuestra, no nos regañó. Nos recompuso un poco las camisas, que después de la refriega tenían un extraño color pardo, y nos condujo al interior de la casa, dulcemente, como si no viviésemos con ella y no conociésemos de sobra su mal carácter.

Al llegar al salón no pude distinguir nada, el sol me cegaba los ojos. Lentamente, empecé a reconocer siluetas, los contornos difusos que se recortaban en las paredes encaladas. La mesa de madera, el baúl, las cuatro sillas; sí, también la que habíamos roto el día anterior. La tía permanecía en la puerta con su traje de fiesta, los puños de la camisa blancos y una sonrisa que pretendía ser beatífica, pero que transmitía más miedo que bondad. Un hombre muy alto estaba junto a ella. Llevaba sombrero y las calzas apretadas. Todo en él daba sensación de fuerza.

Comenzó a moverse, estaba cada vez más cerca, y cada vez era más alto. Di un paso atrás, otro, otro. Huía instintivamente. Y, sin embargo, había algo en él que me era familiar; un olor a mar, unas manos grandes, unos ojos azules. Bruscamente se inclinó y me tendió la palma como se hace con los adultos. Yo se la estreché bajando levemente la cabeza, contento de pensar que ese desconocido, por mucho miedo que me diese, no creyera que yo era un crío.

–Bartolomé –dijo señalándose en el pecho–. Soy tu tío.

Con ese gesto se ganó toda mi confianza y todo mi afecto. Afecto y confianza que fueron creciendo a partir de ese día en que abandonáramos Sevilla, donde la tía Violante añoraría nuestra presencia como antes habían hecho otros muchos.

–¿Adónde vamos, tío? –le pregunté.

El camino hacia Valladolid serpenteaba eterno frente a nosotros. El calor me obligaba a remojarme los labios continuamente. Diego marchaba recto, mirando al frente, como si ese viaje no fuera con él. En realidad, yo parecía ser el único preocupado por la expedición.

–Con los Reyes. Seréis pajes –me contestó mientras clavaba sus espuelas en el estómago de su caballo.

Echó a trotar delante de mí. Y *Polano*, que así había bautizado a mi grupa, asustado por el movimiento, olvidó la querencia de su trote pausado y se revolvió sobre sus cuartos traseros. Dios mío –pensé–. En buena hora dejé que me subieran a este bicho. ¡No caballito! Para, por Dios, no me hagas esto. Era la primera vez en mi vida que montaba a caballo y ni mi hermano ni Bartolomé habían tenido a bien darme algunas breves indicaciones sobre el arte de cabalgar.

–Déjate llevar –me había dicho mi tío.

Sí, claro. Qué fácil resultaba escuchado desde el suelo. No cuando estás subido en un animal tres veces tu tamaño, imposible de controlar y pensando a cada momento que vas a acabar estampado contra el suelo.

Por más que tiraba de las riendas no conseguía que se detuviera. Había cogido el filete con los dientes y era él quien tenía el poder. Sólo me quedaba apretar lo más posible con las rodillas y los muslos y rezar para que todo sucediera cuanto antes.

Nos internamos en el bosque, corriendo a galope tendido mientras a mi lado los árboles pasaban silbando. Y todas las preguntas que me hacía sobre mi futuro se quedaron sin respuesta.

Pero ahora, en Sanlúcar de Barrameda, ya no era ni sobrino ni futuro paje. De nuevo me obligaban a dejar de ser el personaje de un guión mil veces repasado para transformarme en otro diferente. Un papel que había sido la envidia de todos mis escasos amigos y del que yo, más por ellos que por mí, me había jactado.

–Me voy a descubrir tierras lejanas, a encontrar princesas más bellas que Isabel, ¡mucho más bellas que Juana! –les decía.

Me miraban entre envidiosos y enfadados, así lo notaba. Sin embargo, en el fondo, y aunque nunca se lo reconociese a nadie, era un papel que yo jamás había reclamado para mí, y en ese momento menos que nunca. Tenía una envidia que me corrompía el pecho. Atrás había dejado la seguridad que siempre había encontrado en los brazos de Su Majestad la Reina.

Sentado sobre los fríos y húmedos tablones del suelo, con la cabeza entre las rodillas, esperaba que alguien me dijese algo. Pero era tan sólo otro bulto en la cubierta, apenas más importante que la menor rata de la peor carabela. Aguardé durante un tiempo que me pareció siglos, en los que me entretuve contando el número de moscas que volaban a mi alrededor. Y fue en vano.

Cansado de un entretenimiento con el que tendría para toda la vida, me levanté y me dirigí hacia el castillo de popa, cuidando de no tocar nada para no romperlo. Me asomé sobre la borda, sintiendo como la brisa renegaba de mi presencia. Me agarré a la barandilla y levanté la vista.

Tres barcos amarrados en andana junto a la *Santa María* terminaban de ultimar los preparativos. Los estáis eran fuertemente tensados; las velas, sacudidas; las anclas, entalingadas. Todo estaba listo, la partida era inminente. Todavía tenía tiempo para renunciar, escapar y quedarme en tierra firme.

–No deberías estar aquí, te van a regañar.

Me giré. Un niño no mucho mayor que yo se ajustaba el gorro de lana sobre el pelo. Iba vestido como el resto de la tripulación, con la camisa holgada y las calzas cortas. Me sentí incómodo a su lado, como si mi gregüesco acuchillado, mi jubón con gorgueras y mis calzas de terciopelo negro, a la costumbre de la Corte, desmerecieran al lado de los bastos ropajes de un vulgar rapaz. Y me vi ridículo, disfrazado.

–Déjalo –terció otra voz un poco más alejada–. ¿No ves cómo va vestido? Es el hijo del Almirante. Otro joven hidalgo.

Miré a la voz que había hablado mientras sentía la furia subiéndome por la garganta, sanguinolenta y convulsa. Las risas de aquellos que tendrían que haberme comprendido resonaban aún en mis oídos, ¡qué ridículo! Había callado y aguantado sin la menor necesidad. Exploté: la rabia me embargó y me encaré con el individuo en cuestión. Escuchaba en mi mente lo que iba a decirle: que yo no era *otro* joven hidalgo, cómo se atrevía a referirse a mi padre así, con ese descaro y esa falta de respeto en alguien que nunca podría llegar a la altura de las suelas de sus botas. ¡Él!, apenas más insignificante que el peor limpiador de dientes de la Corte. ¡Un truhán! ¡Un humilde villano!

Era vulgar. El rostro de un marinero de unos veinticinco años: curtido y seco, cubierto de antiguas cicatrices que habían dejado surcos blancos sobre su piel morena. El labio partido en una sonrisa burlona y, en la oreja rota, un pendiente dorado. Hablé y de mi boca salieron unas palabras que ni aún hoy reconozco como mías.

–¿Es de oro? –pregunté señalando el pequeño aro.

¡Vaya por Dios! ¿Eso era todo lo que podía decirle? En el mismo momento en que dije eso, sentí como la sangre subía a mis mejillas y se iban coloreando, como tantas y tantas veces. ¿Cómo se me ocurría? ¡Qué patán! ¿Dónde estaba el orgullo por el que tanto había sufrido? ¡El orgullo de ser un Colón!

–¡Lo que yo te decía! –Y su voz tenía un deje de sorna–. Otro pequeño cortesano preocupado sólo por el oro. ¡Oh! Si no es un cortesano... ¡Es una cortesana! ¡Se le suben los colores como a las niñas!

Me di la vuelta ofendido. Pura cobardía. Bajé los peldaños de madera, con cuidado de no caerme, buscando los ojos de mi padre entre los de tantos enemigos; personas a las que no conocía pero que ya se habían hecho una imagen de mí; que ya me habían encuadrado como el hijo del Almirante, aunque yo no supiera de él mucho más que ellos mismos. Como el hijo de un tirano.

Había sido juzgado sin conocer el motivo de la acusación y había sido hallado culpable. Mi cadáver pendía colgado de la vela mayor sin ni siquiera haber dicho una palabra en mi defensa.

Los marineros finalizaban de cargar el lastre de arena. Echados sobre sus hombros, portaban sacos enormes de tela burda y ordinaria repletos de bultos deformes que se les incrustaban en la espalda. Pasaban al interior del buque. Y sus pasos eran cortos como los de las hormigas.

–¿Para qué sirven? –pregunté a un hombre que terminaba de afirmar el cabo de una vela al mástil.

No me miró y siguió trabajando ajeno a mi presencia. Y yo ya no sabía qué hacer; si reír, llorar o ponerme a dar golpes a la madera –a pesar de que nunca he sido una persona violenta– por no dárselos a aquel hombre ante el cual la fuerza de mis catorce años flaqueaba decididamente.

Sólo aquel que ha vivido una situación como la mía conoce la impotencia ante algo que es inevitable. Así tenía que ser. Era mi sino. Una vez más volvía a ser el extraño en un mundo en el que yo no había escogido vivir.

El aire estaba cargado y su olor opresor me ahogaba. Olía a viejo, a podrido, a eternidad. Presagiaba muerte.

–Para que el francobordo no varíe y así no se altere la estabilidad del barco.

Su voz me sobresaltó. Francamente, ya no esperaba que me contestara. Pero calló y siguió con su trabajo.

De lo que me dijo, no entendí palabra, no obstante, me hizo replantearme muchas cosas, cosas de las que no cabía duda. La principal: estaba decidido, quería volver a tierra firme.

Sin embargo, era demasiado tarde. El cabestrante había comenzado a girar, como una llave en la cerradura, daba vueltas sobre sí mismo, subiendo un ancla que chirriaba en sus goznes. Cada anilla que entraba en la nao era una oportunidad menos de escapar de allí. Y gritaba el maestre: «¡Larga trinquete en nombre de la Santísima Trinidad, Padre e Hijo y Espíritu Santo, tres personas y un solo Dios verdadero, que sea con nosotros y nos guarde y guíe y acompañe y nos dé buen viaje a salvamento y nos lleve y vuelva bien con nuestras casas!».

Me reuní con mi padre en busca de auxilio. Mi lengua estaba cargada de peticiones de socorro que nunca me atreví a formular –vayámonos, padre, esto es una locura, insensato, Castilla es incluso mejor–. En el castillo de proa, sus ojos no miraban hacia atrás, hacia el puerto donde una horda de personas nos despedían. La tierra se iba haciendo más y más pequeña conforme nos alejábamos.

Partía mirando al frente con deseos de gloria para los Reyes, para Jerusalén y para España. Deseos que fueron mil veces malinterpretados. Su alma carecía de ansias de poder. De sus labios sólo brotaba una oración. Y de su mano sólo colgaba la mía.

Suspendidos de la empavesada, los gallardetes y las banderolas de colores, ondeando al viento, ofrecían promesas de nuevos mundos, lugares inimaginables, hazañas heroicas.

Yo también rezaba, pero mis plegarias eran otras bastante más egoístas. Tan sólo pensaba en mí. «Que salgamos de ésta, por favor. Seré bueno. Rezaré todos los días. No me quedaré dormido en el servicio.»

Y, bajo el casco, fluían las aguas azules que estallaban contra los tablones de madera empapados de brea. Gotas blancas subían hasta mis labios y el gusto a sal recordaba el sabor de las lágrimas. Ya sabía de memoria cómo reprimirlas: «Cierra los ojos, muérdete los labios, vacía tu mente; y ahora, sonríe».

«Dios nos dé los buenos días; buen viaje, buen pasaje tenga, haga la nao, señor capitán y maestre y buena compaña, amén. Así faza buen viaje, faza, muy buenos días dé Dios a vuestras mercedes, señor de popa y proa.»

Disparo de bombardas. Su número se pierde en la reverberación de las olas y la pólvora anega la atmósfera. Sonido de trompetas y chillidos de gaviotas. Y decimos adiós a una tierra que es cada vez más lejana, sabiendo que los que volveremos o los que volverán ya no serán jamás los mismos.

La estela blanca marcaba un camino para el que ya no había vuelta atrás. El hilo que indicaba la salida del laberinto en el que, voluntariamente, nos habíamos introducido. Padre y yo en proa; el resto de la tripulación, en popa, hacinados, repitiéndose palabras de ánimo, de consuelo, de un «nos volveremos a ver mañana, cariño. Mañana».

En el momento en que el tiempo segó cualquier visión de tierra, la agitación murió en el navío, el nerviosismo se dejó a un lado y aquellos que todavía se aferraban al pasado superaron –o por lo menos lo intentaron– su temor y comenzaron a cumplir con su cometido. La vida a bordo es así, nunca hay tiempo para uno mismo. Algunos limpiaban la cubierta restregando sus manos contra los tablones del suelo, otros revisaban las redes y su interminable entresijo de nudos, mientras los más terminaban de hacer descender mercancías a la oscura bodega. Unos pocos, simplemente, charlaban.

–Yo creo que encontraremos tanto oro que podríamos ahogarnos por su peso si nos cayésemos al agua –decía uno mientras afilaba un cuchillo contra una piedra.

–Y los diamantes, ¿qué me dices de los diamantes? –interrumpió otro, excitado.

–O los esclavos. Una plantación enorme, más grande que este barco –saltó otro, queriendo conmensurar el tamaño de sus sueños con la amplitud de sus brazos.

Ilusos. Cansado de sus conversaciones banales, busqué con los ojos a mi padre. Pero no estaba, había desaparecido en su camarote y yo dirigí mis pasos hacia él, siguiendo sus huellas sin pensar. Me detuve en seco. A pesar de la ofuscación que me embargaba, en mi interior sabía que la mejor solución no era la de refugiarme bajo su capa; un papel protector que él nunca representó y que ni siquiera había intentado aparentar. Si lo hiciera me rebajaría a lo que habían pensado de mí. Que Hernando no existía y tan sólo era el hijo del Almirante de la mar Océana. Entonces, subí la cabeza, con una decisión más impostada que real, y cambié de rumbo. Me encaminé hacia donde se agrupaban el resto de los pajes.

Estaban tirados sobre rollos enormes de cuerda, algunos en una posición nada decorosa; hablando, gritando, riendo. Me acerqué a ellos con un aire que pretendí distinguido y elegante, pero que, seguramente, debió de parecerles soberbio porque, casi a la vez, giraron la cabeza y se quedaron en silencio, mirándome con un gesto en el que la burla se peleaba con la sorpresa y el desprecio. Qué haces aquí, parecían decir, ¡sobras!

De nuevo silencio apenas cortado por algunas risas. Y yo me quedé allí, viendo como seres que hacía no mucho habría despreciado me hacían objeto de sus burlas. De un lado al otro, balanceándome, cambiando el peso, derecha, izquierda, de nuevo derecha.

–¿Y quién es este bufón?

–¿De qué va disfrazado?

Y recordé una escena parecida, un momento simétrico en el que otras personas con otros rostros y otros nombres habían dirigido a Diego y a mí su saña.

«Ahí van, míralos, son los hijos del Almirante de los mosquitos, que dijo que traería gloria para España y sólo trajo muerte. Del Almirante de los mosquitos, extranjeros como su padre, aprovechados, lisonjeros y ladrones.»

–Muy bien, se acabó la juerga. Todo el mundo a trabajar.

Sus palabras eran bruscas. Todo en él demostraba fiereza. No obstante, tras sus ojos se escondía una ternura que, a pesar de mi corta edad, no me costó vislumbrar. Quizás porque ese marinero del que nada sabía era mi salvador, aquel que me había rescatado de las risas, no sólo de mis compañeros de travesía, sino de las de la voz del pasado.

—Perdone, pero es que no sabemos qué es lo que tenemos que hacer, nadie nos ha dicho nada.

¡Qué poco listos son –pensé deseoso de venganza– los pobres!

—¿Qué? –más que una pregunta parecía una exclamación–. ¿Que no sabéis qué tenéis que hacer? Pues os aseguro que no quedaros aquí riéndoos. Acompañadme, que yo os daré trabajo.

Y lo seguimos como persiguen las ovejas al perro pastor. Todos juntos, balando camino del matadero.

—No os voy a preguntar vuestro nombre porque, francamente, me importa una higa –prosiguió con la vista al frente, igual que si se dirigiera a las cucarachas que correteaban entre los tablones–, la mitad de vosotros no volverá a ver tierra castellana. Y me da igual de quién seáis hijos, nietos, primos o amantes. Aquí todo el mundo ha de arrimar el hombro para que esto no se vaya a pique. Os juro por Dios que si cualquiera de vosotros provoca algún problema por una de esas cabezaditas y vive para contarlo, yo mismo lo cogeré del pescuezo y hundiré su cabeza en el mar hasta que en sus pulmones no quepa una gota más de agua.

Unos temblaban; otros, los más valientes, reían, pero era una risa nerviosa que, en vez de engrandecerlos ante nuestros ojos, los menguaba ridículamente.

—No me sirven excusas, de nada os valdrá que intentéis decir que por vuestra edad no sois capaces de hacer lo que se os manda. Aquí sois hombres y se os considerará como tales. Si esto no os gusta, todavía tenéis tiempo, y los que sepan nadar pueden tirarse por la borda y volver cobardemente bajo las faldas maternas. Bien, ¿ningún voluntario? Entonces prosigamos. Vuestras tareas son muy sencillas. Debéis cantar todas las horas y vigilar la ampo-

lleta del tiempo. Por la mañana ayudaréis a limpiar la cubierta
–señalaba, con su dedo acusador, las herramientas, las partes del
barco, las faenas interminables–. También ayudaréis a reparar los
aparejos, sacudiréis las velas y recogeréis el rocío, mataréis las
ratas, vigilaréis la comida y la repartiréis e-qui-ta-ti-va-men-te bajo
la supervisión del contramaestre. Haréis todo lo que se os diga,
prestos y con buena cara. En la mar no hay sitio para los ociosos
–se giró y clavó en mí sus ojos. Un estremecimiento me subió desde la columna vertebral hasta la nuca–. ¡Hala!, ya sabéis lo que
tenéis que hacer. Repartíos y buscad una ocupación. Que no vuelva a veros sin hacer nada.

   El grupo se diluyó como se disuelve el azúcar en el agua. Y
volví a estar solo en mitad de aquella cubierta.

   –El Almirante te llama.

   Era el mismo chico que me había hablado la última vez y que
se dirigía a mí sin temor a tutearme.

   Lo miré sorprendido. Esa familiaridad que antaño tanto me
hubiese molestado resultó en esta ocasión todo lo contrario. Se me
antojó como volver al hogar después de la batalla, como encontrar por fin unos brazos donde poder acurrucarme y no tener más
necesidad de ser valiente.

   –Bien, ya voy. Gracias.

   Le sonreí esperando alguna reacción por su parte, pero el tiempo se escurrió entre nosotros y fue demasiado tarde. Se giró mar-
chándose con todas las palabras de agradecimiento.

   No sabía su nombre.

   –¿Quería verme?

   Padre se giró y clavó en mí su mirada.

   –Sí, hijo. Pasa, entra, vamos, sin miedo.

   Pasé al frente vacilante y atrás quedó la puerta del camarote,
la luz del día, el desprecio y el odio. Le revisé cuidadosamente, de
arriba abajo y de abajo arriba, como si pudiera encontrar en su
figura el motivo por el que decidí encerrarme en aquella jaula de
madera.

–Escucha, Hernando, he estado observándote –bajé los ojos–
y hay algo que no encaja en ti. Me ha costado mucho darme cuenta, ya sabes que yo no soy muy observador para esas cosas –no,
no lo era. Sus palabras silbaban en mis oídos–. Tiene algo tu presencia que es diferente a la de tus amigos. Sin duda no es la alegría, ni las ganas de trabajar, tú los aventajas a todos en eso –(¿de
verdad?)–. Es tu forma de vestir... Esos ropajes para la vida en la
Corte estaban muy bien pero aquí, donde te tienes que tirar por
los suelos, escalar, así como mil actividades a cuál más complica-
da, creo que deberías pensar en ponerte algo... ¿cómo se dice?...
¿Más adecuado? Mira, podemos guardar en este arcón todo lo que
llevas puesto y te dejo aquí otras ropas que son, sin duda, más
apropiadas. Capuz, sombrero de lana, esclavina, calzas. No creo
que te falte de nada.

No fue el tener que cambiarme lo que me molestó. Al fin y al
cabo, hacía tiempo que había notado que encajes, terciopelos y
gorgueras eran palabras absurdas en alta mar. Fue esa suficiencia
paternal, igual que la de la madre que habla con un niño pequeño, la que exacerbó mis sentidos y nubló mi vista. Tuve deseos de
agarrarle del jubón y decirle que pronto cumpliría los catorce años,
edad más que suficiente para contraer matrimonio, y que, por
favor, no me hablara así. Hacerle entender que yo era su hijo, pero
no un crío; y que para poder educarme antes tendría que quererme. Reprocharle esa actitud distante y poco preocupada para lo
que verdaderamente me importaba. ¿Qué más da cómo fuera vestido si él no era capaz de notar en mis ojos y en mis gestos que mi
lugar se encontraba a millas y millas de ese camarote? ¿Por qué
era incapaz de darse cuenta de eso, de algo que era tan sencillo?

Desapareció en la claridad cerrando la puerta tras de sí.

Giré la vista y me senté sobre su camastro, ignorando por completo las ropas que descansaban cerca de mí. Una mesa, dos sillas
y un cofre.

Recordé, con angustia, cuando todo era diferente, cuando no
tenía que pelear por su cariño porque yo era su hijo. Rememoré

sus brazos crispándose por debajo de la camisa mientras me sostenía en el aire. En el fogón de esa cocina, Beatriz cocinaba la cena, aquella sopa llena de grumos que había aprendido a hacer de la que había querido como si hubiese sido su madre. Aguachirle que ya era parte de la vida de los tres: Cristóbal, Beatriz... y yo.

En mis recuerdos, padre traía la cara fría. En su aliento el olor a olvido en una jarra de alcohol. Depositaba un beso en mis mejillas. Era su tacto seco y duro. Allí, suspendido en el aire, el mundo era tan pequeño, tan poco necesario... Y cuando me bajaba, cuando me dejaba en el suelo, sólo esperaba que llegara el día siguiente para poder volver a subir alto y ser como el águila que se limita a observar para encontrar su presa y cazarla al vuelo. Sentirme por encima de la cabeza de mi padre y por encima de la cabeza de Beatriz, mi madre.

La leña chascaba y las chispas del fuego saltaban alegres. Aquella estancia pobre me parecía mejor que el más rico palacio. Y las velas que rezumaban cera sobre el alféizar de la ventana eran las más lujosas lámparas; los geranios tenían el tacto de las mejores sedas y la madera astillada de los muebles poseía el color de la caoba más cara.

Mientras yo pintaba en las losas con una tiza blanca, Beatriz y mi padre se hacían arrumacos. Y bajaba la vista, sintiendo un dolor que, con el escaso vocabulario de mis cinco años, no conseguía explicar. Ahora sí, ahora sé que aquello que me oprimía el corazón, aquel sentimiento que transformaba al niño más dichoso en el más apagado, en el más triste, tiene un nombre muy concreto. Ahora sé que si con algo nací y con algo moriré es con el sentimiento de una envidia en la que me he retorcido hasta la náusea.

Y la ausencia. Aquella dolorosa ausencia paterna, el vacío de aire que dejó cuando un día ya no volvió, cuando descubrió que había un mundo inmensamente más grande esperándole más allá de aquellas cuatro paredes encaladas. Un lugar que iba más allá del olor de las velas que se encendían como luciérnagas al caer el sol;

con un olor más penetrante que el olor de los geranios que crecían en las ventanas y con un gusto más necesario que el sabor de aquella sopa aguada. Un mundo que era más amado que todo el cariño que Beatriz le daba y mucho más importante que el afecto de un niño de cinco años que aguardaría su ausencia en vano. Porque ya no habría de volver. Le aguardaban las glorias de los títulos y los oros de América.

La misma ausencia que me embargaba sentado sobre aquel camastro duro y con mantas blancas de enfermo.

Me desvestí como si de un ritual se tratase. De mi piel se desprendieron las ropas que todavía me ataban a mi existencia anterior.

Me puse los ropajes que, más que unirme a la vida marina, me encadenaban a ella. Me sentía atado a todos aquellos pajes que se habían reído de mí, y esta condena me producía una repulsión absoluta. Me daba asco pensar que, un día no muy lejano, alguien pudiese confundirme con ellos, que alguien pudiese interpretar mis acciones y mis palabras como signos de aquella barbarie que tanto me había impresionado cuando por primera vez subí a la nao. Me señalarían y dirían: «¡Mira, un marino!».

En una estantería, firmemente sujeta a la pared, se deslizaban suavemente los frascos de medicinas de mi padre. Era su entrechocar de cristal un ruido monótono, como el de las campanillas en la hora de la comunión. Iban y venían sobre el tablón con el vaivén del barco. Dentro de ellos, pastas de colores extraños, ocres, naranjas y grises se revolvían en pequeños remolinos. Igual que mi estómago.

«Tabla, tabla, señor capitán y maestre y buena compaña, tabla puesta; vianda presta; agua usada para el señor capitán y maestre y buena compaña. ¡Viva, viva el Rey de Castilla por mar y tierra! Quien le dijera guerra, que le corten la cabeza; quien no le dijera amén, que no le den de beber. Tabla en buena hora; quien no viviera, que no coma.»

No sé cuánto tiempo tardé en cambiarme, pero cuando conseguí salir de aquel camarote opresor dejando mis antiguos ropajes como la muda de una serpiente, todo seguía igual. Bien podría haber estado en aquella estancia durante siglos, nadie hubiera notado mi ausencia.

El aire, que al salir del puerto había azotado mi cara, inflaba las velas que ondeaban por encima de mi cabeza.

En la cubierta habían colocado una enorme olla que descansaba sobre un fogón de hierro. Bajo él, pequeñas ascuas de carbón calentaban el agua que salía a borbotones del caldero. Un marino viejo daba vueltas al contenido de aquel puchero con una cuchara de madera que le sobrepasaba en altura y peso. Subía el vapor del agua y se sonrojaban sus mejillas. El resto de la tripulación, sin distinción de edades, clases o condiciones, se agolpaba hambrienta a su alrededor, y todos parecían verdaderamente dichosos de encontrarse allí.

–Hernando.

Hernando, Hernando, siempre Hernando. ¿Es que no existía otro nombre a bordo? Un nombre que era el mío pero que no me decía nada porque, en los labios que lo pronunciaban, no había el menor afecto. El gran Cristóbal Colón me llamaba para que fuera a comer con él y yo no me atreví a negarme.

Sobre el castillo de proa habían instalado una mesa de madera que estaba fijada con cuerdas de cáñamo al suelo para evitar que con el bamboleo insistente del barco todo se fuera por la borda. Allí sentados, sobre sillas sujetas por el mismo sistema, se reunían los mandos de la *Santa María*: el Almirante, el capitán, el piloto mayor, el maestre y el contramaestre. Aquel lugar reservado a los grandes nombres, a los «hijos de algo» –como yo, pensé–, nada más que hijo de algo...

Podía entonces comer con los míos o con los que aspiraba a que fueran mis amigos. Y no lo dudé. La comida sentado sobre aquel castillo de proa fue una de las experiencias más extrañas que he tenido jamás. No tanto por los alimentos resecos y que a duras

penas si conseguía tragar, o por la escasez de agua potable, como
por las conversaciones de aquella gente. Hablaban de vientos favo-
rables, de promesas de tesoros, de cantidades de dineros inimaginables. Comentaban leyes que jamás había oído mencionar, y parecían saberlo todo acerca de esclavos que no aguantaban la travesía
y morían entre terroríficas convulsiones, de enfermedades exóti-
cas por las que el cuerpo se te llenaba de pústulas, de chancras
que supuraban un líquido verdoso de olor penetrante y fétido; de
indígenas medio desnudas de belleza inigualable, de religiones bár-
baras, de hombres tan temibles que sólo escribir su nombre ya producía pavor; de los llamados caníbales. Ante mi sorpresa menta-
ban palacios techados en oro y calles empedradas de diamantes,
de perlas como puños. Ciguare, Catay, Cipango, Plinio, Marco
Polo y Ptolomeo.

Charlaron de mil y un asuntos mágicos y sorprendentes como
si de cosas cotidianas se tratase. Sus palabras me hechizaban. Y
junto a ellos yo sólo era el que les pasaba el pan y el vino y les
miraba con la boca abierta. Frente a mí, se extendía el mar infinito, y detrás, aquellos de los que había renegado se divertían
cantando una folía mientras golpeaban con sus pies descalzos sobre
las maderas del suelo.

–Y dice tu padre que has estado todos estos años en la Corte
–una voz interrumpió mis cavilaciones.

–Sí, señor, así es –respondí mirándolo fijamente, olvidando
cualquier signo de respeto y el acato que los pajes deben mostrar
a los mayores.

Ése era un tema que me pertenecía sólo a mí: era mi pasado.
¡Qué podía importarle! ¡Que siguiera hablando de sus aspiraciones y me dejara en paz!

No se inmutó, continuó con el interrogatorio como si no hubiese notado mi grosería. Esa falta de educación, que en la Corte
habría sido castigada con una buena tunda de azotes, sorprendió
a mi padre.

–Dice también que eras paje de Su Majestad la Reina.

–Sí, señor –afirmé secamente, escupiendo las palabras entre unos dientes que las apretaban con fuerza.

–¿Desde hace muchos años?

–Sí, señor, muchos.

–Entonces estarás al tanto de lo que allí sucedía, ¿no es así?

Preferí no contestar, pero él prosiguió como si tal cosa con su cháchara.

–Comentan las malas lenguas que la Reina nuestra señora está muy enferma, que ya no es ella la que gobierna, sino su amiga Beatriz y ese confesor suyo... ¿cómo se llama? Bueno, da igual. Y comentan también que ni siquiera el buen rey Fernando opina de los asuntos de Estado. Dime, muchacho, tú que lo has vivido y que has sido testigo de todo, ¿no crees que es así?

Me revolví inquieto en la silla de madera buscando con los ojos un auxilio que no encontré en nadie. Abajo, la marinería, felizmente ajena a todo, seguía riéndose y dando palmas.

–No lo sé, yo estaba encargado de otros menesteres. El cuidado de la Reina lo llevaba su camarera. Nunca he entendido de cosas de Estado.

Era mentira. Por supuesto que sabía cómo se sentía la Reina. ¡Conocía tan a la perfección sus gestos! Sabía que podía leer en su rostro como si fuesen las páginas de un libro abierto. No en vano había vivido a su servicio desde el mismo día en que murió el príncipe Juan, del que yo, lo mismo que otra docena de muchachos de mi misma edad, había sido paje. Pero en mi mente resonaban las palabras que eran y serían la pauta de mi vida: «Discreción, discreción ante todo, en cualquier momento, en cualquier lugar, discreción». Y no era cuestión de contarle a aquel petimetre, por muy maestre que fuera, intimidades que no discurrían más allá del círculo privado de Sus Majestades. Por más que yo, en aquel momento, me encontrara arrojado fuera de él.

Mi señor padre, viendo mis respuestas cortantes y mi silencio incómodo, cambió de conversación, adentrándose en la indagación de temas que me importaban un ardite. No me miró y parecía enfadado. Sentí como el tasajo se me atragantaba.

Durante la comida, pajes de mi misma edad nos iban sirviendo para que no nos faltase de nada. El mismo vino se escurría por las comisuras de la boca de los comensales que se encontraban en mi mesa sin hacer siquiera un ademán para limpiarse. Y yo, que era el servidor, siendo servido; el camarero transformado en oficial, el paje en caballero, me sentí más aislado, más solo si cabe, en un festín al que no había sido invitado.

El sonido atacante de los estáis enervaba mis ya de por sí excitados sentidos. Aquel chirrido constante. Las velas que estaban fijadas a los costados del buque se hinchaban de aire y los hilos que indicaban la posición del viento ondeaban muy arriba.

–¿Puedo levantarme? –pregunté.

Mi padre asintió sin mirarme.

«Bendita sea la luz y la Santa Veracruz y el Señor de la Verdad y la Santa Trinidad. Bendita sea el alma y el señor que nos la manda. Bendito sea el día y el señor que nos lo envía.»

La tarde empezó a caer y los rayos de sol rozaban los dedos de mis pies descalzos. La marcha del sol tras el horizonte se me antojaba lo peor que nos podía suceder. Si grande era el miedo que me hacían sentir aquellas aguas a plena luz del día, ¿qué pasaría llegada la noche?

Estaba sentado en la cubierta y en la mano sostenía un libro, *Los viajes de Marco Polo*, anotado en sus márgenes con la letra y puño de mi padre. A pesar de lo interesante de su lectura, en mi interior las tripas no paraban de revolverse. El mundo me daba vueltas. Intenté fijar mis ojos en un punto estable y no lo encontré. Todo giraba. Las risas lejanas de algún marinero se me antojaban dirigidas hacia mi pequeña persona. Me miré las manos, las tenía blancas, casi verdes. La comida, digerida hacía horas, ya subía por mi garganta. A duras penas conseguí levantarme y asomarme por la borda. Las piernas flaquearon y casi caí. Notaba el viento de cara, refrescándome. Lo aspiré frenético. Pero fue ese alivio un instante pasajero porque, en el momento en el que creí que los mareos se me pasaban y se alejaban por fin de mí, vomité todo lo que había comido, expulsando así los demonios que me torturaban y creyéndome por fin a salvo de ellos.

¡Cuál fue mi sorpresa y mi espanto cuando los vi regresar hacia mi persona! Porque, ¡tonto de mí!, había vomitado hacia barlovento y el viento me devolvía de nuevo aquello que le había regalado. Una masa pringosa, llena de grumos, se extendió por mi rostro y por mi ropaje, goteando desde el pelo hasta los pies.

Nunca, y ello a pesar de encontrarme en peores situaciones y en momentos más adversos, o en coyunturas más ridículas, me sentí más sucio y más grotesco que en aquel instante. No podía más, me puse a despotricar, a gritar todo lo que había pensado y que, hasta entonces, callaba: «Ridículos, sois todos ridículos. Patanes y basura. La escoria de los reyes. Peores que el peor pus en la peor herida. Desgraciados. Muertos de hambre. Roñosos».

Y la gente dejaba de hacer lo que estaba haciendo y se paraba a mirarme. Tal era el espectáculo que había montado. Asombrados, meneaban la cabeza. Unos reían y otros, los menos, se compadecían. Entre ellos, sin molestarse en susurrar, comentaban la ineptitud de los señoritos de la Corte y la grave y delirante demencia del hijo del Almirante.

El contramaestre, molesto por la representación irrisoria que estaba dando, me agarró del pescuezo y me condujo hasta un barril donde podría lavarme. Mientras me llevaba, yo, cegado por la ira, no terminaba de callarme y cerrar la boca, que no cesaba de soltar vituperios a diestro y siniestro: «Suéltame, malcarado mugroso».

Con fuerza hundió mi cabeza en el agua repetidamente hasta que recuperé la cordura y enmudecí, por fin, rojo de vergüenza.

–¿Y dices que vomitó cara al viento? –preguntó uno.

–Sí, es repugnante –contestó otro con tono guasón.

—Y ¿viste su cara?

—Bien se merece el castigo, así aprenderá que esto no es un palacio ni se le va a tratar con la delicadeza debida a un rey. ¡Qué se habrá creído!

Con desidia froté mi cara y mi cuerpo, aunque sin llegar a quitarme la ropa. El agua salada escocía sobre mi piel como si me hubiesen amarrado a algún mástil y me estuviesen dando latigazos sin descanso.

Cuando terminé con mi tarea, después de intentar frotar, más mal que bien, capuz, calzas y manos, después de terminar de escurrir la porquería en la superficie del agua, observé como se quedaba flotando, creando una costra de grasa y de suciedad. Hundí el dedo y supe que ese dedo era yo y que me estaba ahogando rodeado de tanta suciedad.

Y limpio ya de nuevo, me dediqué a pasearme entre el tumulto, con los ojos bien altos y el paso firme. Tal y como si nada hubiese pasado.

Has de parecer seguro —me dije—, que nadie pueda criticarte nunca...

Nada dura eternamente. La vida es cambio, sobre todo si eres joven. Pocos minutos después la tormenta había pasado y la curiosidad había suplantado al rencor. Quería saber. Conocerlo todo. Me dedique a investigar para descubrir a qué se dedicaba la marinería durante aquellas largas horas en las que todas las faenas están cumplidas, el navío navega apacible cortando con su quilla los mares y el sol todavía permite distinguir los contornos de los objetos.

Sobre la cubierta, y a espaldas de los mandos, que preferían hacer como si no vieran nada, la marinería había organizado una carrera de gallinas. Nadie hacía el menor caso a la prohibición de hacer apuestas a bordo. El dinero corría tranquilamente de una mano a otra. Mientras tanto, jaleadas por la muchedumbre, dos estúpidas aves daban vueltas sobre sí mismas, lanzándose picotazos y revoloteando entre un velo de plumas.

Yo proseguí mi paseo mirándolo todo con ojo crítico. En la amura de popa, un pequeño grupo jugaba a los naipes, ocultándose detrás de unos barriles.

¡Que vergüenza!, pensé.

Había descubierto, pese a mi corta edad, como las normas podían ser incumplidas, incluso por aquellos mismos que debían velar por ellas. Mientras tanto, padre permanecía encerrado en su cámara.

Como tantas veces viera en las ventas de Castilla, un grupo sentado en el entrepuente cantaba canciones de añoranza y de amores condenados a vagar en su soledad. Mi ánimo se ensombreció aún más.

Proseguí con mi marcha, acercándome al corrillo donde se encontraban la mayoría de los pajes reunidos. Con las caras arreboladas por los últimos rayos del sol, escuchaban atentos las palabras que fluían de la boca de un viejo marinero. Permanecía éste sentado con las piernas cruzadas. El pendiente de una oreja le había alargado el lóbulo hasta el hombro. Su letanía me transportó a lugares lejanos ya transitados, recordándome la tranquilidad palaciega y aquellas largas tardes de leyendas narradas frente a la chimenea en la que buscábamos cobijo contra las inclemencias de la dura estepa castellana.

Me senté entre ellos intentado pasar inadvertido. Doblé las piernas y metí la cabeza entre ellas.

–Y cuentan lo sabios –decía– que en una isla lejana, más allá de todo lo conocido, más allá de todo lo creado por Dios, que siempre es bueno y justo, el demonio imaginó un lugar habitado únicamente por mujeres, con sus propias leyes y normas, dictadas sin duda por la ignominia de Satán.

»Eran éstas los seres más peligrosos de la faz de la tierra, los más temibles y feroces, incapaces de mostrar piedad ni siquiera con sus propios vástagos. Parían como bestias, algunos dicen que incluso por la boca, y cuando tenían hijos varones, los mataban echándolos en un caldero hirviendo, para colgarlos después de los árboles, pendiendo de ellos sus blancos esqueletos como frutos que ya nunca podrán madurar. Algunos afortunados conseguían sobrevivir, pero entonces, ¡ay, desgraciados!, eran castrados, y sus mismas madres los transformaban en sus esclavos, condenándolos a servirlas en las aberraciones más abyectas por el resto de su vida.

Entonces, como si viniera de lejos, muy, muy lejos, me vino el recuerdo repentino de una mujer que abandonó a su hijo. Beatriz...

–A las hijas no –continuó el marino–, ellas eran como sus madres. Tan sólo les cortaban un pecho y las educaban en su religión bárbara, enseñándolas a montar a caballo, a disparar con el arco, a maltratar a sus hijos; atrapándolas así en su círculo maldito, iniciación de la que pronto serían maestras. Monstruos verdaderos.

»Durante años se dedicaron a perseguir a todo aquel náufrago desgraciado cuyo barco encallaba en la arena de la playa. Y, ¡pobre infeliz!, ¡más le valiera haber muerto en alta mar! Porque los tormentos que le infligirían aquellos seres infrahumanos serían los más crueles que alma alguna fuese capaz de soportar.

»Cuentan también que estas amazonas, como gustaban llamarse, jamás fueron vencidas. Que todo héroe que alzó bandera contra ellas e intentó su exterminio pereció en el intento. Allí seguirán, en su isla blasfema, esperando que otro desgraciado pise su tierra para unir su calavera a la de sus compañeros, que, como bolaños, las utilizan aquellas despiadadas mujeres en la guerra para espantar a sus enemigos.

El silencio se había adueñado de todos nosotros. La impresión causada por el relato nos había dejado mudos.

¡En qué mundo de locos me he metido! –pensé. Y me temo que no fui el único.

El aire olía más a sal que nunca y las gaviotas que nos habían acompañado durante todo el día comenzaban a alejarse de vuelta al hogar, allí donde estaban a salvo de los peligros de la noche y de los monstruos que nos acechaban tras las esquinas. Y mi vista se iba tras de ellas, envidiando su suerte.

En el castillo de popa, el fanal de la nave capitana ya había sido prendido, y dejaba tras de sí una estela de luz mortecina. En el mar ya sólo se distinguían tres puntos brillantes, lejanos; los de las linternas de *La Vizcaína*, *La Gallega* y la *Santiago de Palos*, el navío donde viajaba mi tío.

Cayó la noche. En mis huesos sentía todo el cansancio acumulado de la jornada. Después de cenar un poco de queso –demasiado poco, puesto que recuerdo que roí incluso sus rebordes–, marché en busca del sueño al camarote de padre, donde habría reservado un sitio para mí. Por lo menos había tenido esa deferencia. ¡Menos mal! –pensé. Así me libraría de la incomodidad y de la humillación de tener que pernoctar sobre cubierta, arrebujado sobre esteras de paja y mantas hediondas de humedad.

Mi padre ya se había acomodado en su cama. Yo, sin embargo, dormiría en un tapiz colgante, un coi, que así lo llamaba la tripulación; una manta suspendida por encima del suelo y que se balanceaba con las suaves sacudidas de las olas.

Fuera, en la cubierta, oía los pasos del marinero de guardia contra los tablones de madera. Su sonido se entremezclaba con las pisadas apresuradas de las ratas y de las cucarachas, uniéndose con los ronquidos ocasionales (y no tan ocasionales) de los marineros rendidos por la fatiga.

A pesar del cansancio no podía dormir, y miraba alrededor. El suave perfil de padre subiendo y bajando rítmicamente, la mesa donde descansaba su pluma, todavía húmeda por la tinta.

Observando mis manos en la oscuridad, me pregunté cuánto había de mi madre en mí. Cuánto habría de Beatriz en mí.

Y buceé en una razón que me guiara, que le diera un poco de luz a mi vida de niño y me explicara el porqué de que esa mujer no me quisiese lo suficiente y fuese capaz de abandonarme en brazos que no eran los suyos.

¡Cómo lloraba por las esquinas!

–¡Cristóbal! –gemía–. ¡Vuelve conmigo!

Fue aquel triste recuerdo lo único que me legó: su eterno gemir. ¡Y cómo poder amarla si no hacía otra cosa!

Madre. ¿Qué fue de ti viéndonos a los dos partir de tu lado?

Ahora puedo decir que nunca te quise y, sin embargo, siempre te busqué sin saberlo, aunque no te encontré jamás. Creo hallar en ti a la culpable de mis miserias, de casi todos mis errores. A ti, que fuiste incapaz de anteponerte a los deseos de otros y permitiste que te arrebataran a tu hijo y se lo llevaran de tu lado a un mundo que no era el suyo: a aquella hechicera Corte que lo atrapó, como una araña, en su tela de sedas y encajes y que lo envenenó lentamente mientras tú te quedabas como alma en pena, sola rumiando tu desgracia. ¿De verdad, madre, quisiste que todo fuera así? ¿Cómo pudiste permitir que tu hijo creciera alejado de tu compañía? ¿Tal vez, cándida ilusa, creíste en algún momento que de ese modo conseguirías retener a Cristóbal a tu lado, haciéndole volver?

La hamaca se mecía suavemente y las lágrimas se deslizaban por un rostro que, por primera vez en aquel día, ya no intentaba ahogarlas.

El mar fluía tranquilamente. Las velas, hinchadas sus bolsas de aire, indicaban una dirección para la que ya no había vuelta atrás.

2

DE CÓMO LLEGAMOS A ARCILA
Y DE CÓMO PARTIMOS
HACIA LAS CANARIAS

Amanecía. El sol se filtraba a través del pequeño ventanal. Divisaba los contornos de las cosas.

Padre, que ya se había levantado, estaba quieto y recostado sobre su mesa. Escribía, en el enorme cuaderno de bitácora, las leguas avanzadas durante la noche; la distancia que nos separaba de la Península y que tardaríamos años en volver a recorrer.

Y podía ver su cara larga, sus mejillas un poco altas, su nariz aguileña, sus ojos garzos y su pelo blanco deshilachado.

No conseguía levantarme. El sueño, que debe ser reparador, había ensombrecido aún más mi ánimo después de una noche de pesadillas. Deseaba permanecer inmóvil en mi observatorio eternamente, abrazado por su tacto un tanto áspero, y dormir hasta el final, hasta el día del regreso. Olvidar las pesadillas de la noche y las del día de ayer. Olvidar que mi padre no me quería y que estaba encerrado en un sitio del que podía no salir.

–No me pienso despertar –me dije–, aunque la nave se hunda y todos nos vayamos derechos al infierno.

Apoyé entonces mi peso sobre un costado dispuesto a volverme a dormir. Quizás fuera este movimiento demasiado brusco, demasiado rápido para algo que es tan inestable, o quizás no, no lo sé, y tampoco tuve tiempo para averiguarlo: la hamaca se desniveló y, girando sobre sí misma, me hizo caer desde su altura, estrellando mi cuerpo somnoliento contra el suelo de madera.

Sonó un golpe seco. Sentí mis huesos como si acabaran de astillarse al unísono. El mundo se iba apagando sin que yo lo pudiera evitar. La mesa, la cama, la silla, el arcón y el crucifijo se fueron haciendo más y más tenues hasta desaparecer por completo. Un hilillo de sangre comenzó a bajar desde mi frente hasta mi boca, extendiéndose por el pavimento del camarote.

–¿Estás bien? –mi padre, inclinado sobre mí, zahería mi maltrecho cuerpo y en su cara podía ver un verdadero gesto de preocupación. Con las cejas fruncidas y la boca torcida, me miraba. Parpadeé una y otra vez, sin saber dónde me encontraba ni cuánto tiempo habría pasado. No obstante, una pluma dejada precipitadamente sobre el escrito que se encontraba encima de su mesa indicaba que no había debido de ser mucho. La tinta negra salía a borbotones del cáñamo y manchaba sin piedad el portulano.

Me puse de rodillas escupiendo. Babas rojizas goteaban por mi barbilla y bajaban por la ropa dejando tras de sí una huella ocre y húmeda.

–Sí, no os preocupéis –le contesté todavía conmocionado por el golpe. La cabeza me ardía como si me la hubieran agitado entre los rescoldos de una hoguera. En las rodillas unos arañazos habían rasgado mis calzas.

Pensaba: «Mi padre se preocupa por mí, mi padre me quiere».

–Bien. –Se levantó dándome una palmadita en el hombro. Su cara ya había adoptado ese pétreo ademán tan suyo–. Ahí tienes la collación –dijo señalando hacia una esquina–, si no te lo comes rápido pronto será el alimento de los ratones.

–Gracias –murmuré entre dientes, todavía sentado en el suelo, mientras lo veía dirigirse de nuevo hacia la mesa.

Y comiendo aquel bizcocho duro me sentí más insignificante que la rata que me miraba desde la penumbra.

Padre seguía anotando.

De pronto, cerró el enorme libro, dejándolo sobre el suelo. Me sobresalté. Creí que iba a girarse para reparar en mi minúscula y magullada presencia para sonreírme y preguntarme qué tal me encontraba. Sólo quería eso.

«Hernando», me diría, «hablemos. Quiero saber de tu vida».

Pero no lo hizo. En vez de volverse, sacó unos pliegos nuevos del arcón, hundió la pluma en el tintero y escribió, en su castellano imperfecto, un *Querido Diego* que me paralizó y atravesó mi corazón. Herví de furia.

Otra vez Diego, una vez más Diego; siempre, por siempre: Diego. Diego, Diego. Su imagen me golpeaba, su recuerdo era una tortura. Diego, mi hermanastro, el primogénito, el hijo no bastardo, el de la familia noble, el ejemplo perfecto. Aquel que heredaría el almirantazgo, el mayorazgo y todos los azgos de los Colón. Diego, el truhán que nunca despuntó en nada, que nunca hizo nada bien por su propio pie, al que todo hubieron de dárselo hecho... ¡Incluso sus propios hijos! Diego, que carecía de inteligencia, de refinamiento, de belleza, de buen gusto, de modales, de agilidad mental, de imaginación, de entendimiento y de razón. Diego, la única persona que poseía todo el cariño de padre y el único que, sin embargo, no era capaz de disfrutarlo como correspondía.

«Sobre la cabeza, el sambenito delataba mi condición de culpable inconfeso. Una muchedumbre enloquecida reía y comía fruta mientras comentaba mi delito. El mástil donde habría de ser atado relucía. Marchaba con las manos encadenadas y miles de ojos se clavaban en mi persona. No conseguía lamentar lo único malo que había hecho en la vida. ¡Un delito tan atroz! Premeditado además. Haber asesinado a mi hermano mientras dormía. Le di una cuchillada larga y profunda, desde el abdomen hasta la garganta. Le rajé como a los cerdos. Él todavía tuvo tiempo de saber que el que había acabado con su vida había sido su propio hermano, y ya único, Hernando Colón.»

¿Podría ser capaz de hacer algo así? ¿Cometer un acto tan bestial contra mi propio hermano?

–¡Claro que sí! –exclamé–. ¡Se lo merecía!

Mi padre se giró asustado, pero al ver que no era nada prosiguió con su tarea.

No pude continuar comiendo. Necesitaba salir de allí. Respirar aire fresco.

–Salgo –dije.

Él no me vio ni me oyó. No supo que me había ido, puesto que no sabía ni que existía. Soterrado entre sus legajos, sus únicos hijos reales, vivía ciego a todo lo demás. Sólo se preocupaba de sí mismo.

Ya en el exterior sentí deseos de hacer algo peligroso para llamar su atención. Y, sin embargo, me aferraba a la vida. Aquel instinto de conservación por el que había sido llamado cientos de veces «cobarde».

«Iza la mesana, ciñe la cebadera, arría la mayor, cobra el cabo...» Los marineros subían y bajaban por el velamen. Parecían monos.

Vagaba solitario sobre aquella cubierta húmeda y limpia por el agua salada mientras buscaba una solución a mi problema. Tenía que ser algo suficientemente impactante y original como para hacerle salir de su camarote. Obligarle, quisiese o no, a reparar en mí.

Es penoso –me decía– tener que hacer esto para llamar la atención de tu padre.

Estaba claro que la sangre no le impresionaba, así que hiriéndome no habría conseguido nada más que hacerme daño. Debía ser algo diferente, algo heroico, que le sorprendiese, aunque fuera para mal. Y que me regañara, y que me gritara y que se avergonzara de mí, pero que se fijase, ¡por Dios!

Sí, tenía que ser algo de ese estilo, pero ¿qué?

–Tú, ¡ayuda a tus compañeros a sacudir las velas! –exclamó una voz detrás de mí; y yo, sin volverme, sin meditar, seguí maquinalmente las órdenes de aquel extraño. Porque quizás él tenía la solución de aquel enigma.

El remedio se escondía, como suele suceder en estos casos, en el hecho más simple. Lo que, de tan sencillo, ni me había planteado. Acaso –pensé– comportándome como un paje más conseguiría llamar su atención.

Encaminé mis pasos hacia las escalas que, desde el suelo donde nacían, se elevaban por encima de mi cabeza hasta el mástil, allí donde el vigía recostado en la cofa aguardaba cualquier señal de tierra. Lentamente fui subiendo, sin mirar hacia arriba ni hacia abajo, tan sólo a un punto infinito del horizonte.

Mas fue el miedo el que acabó venciendo. Me atenazaba. Tenía que aferrarme a aquellos filamentos húmedos, cortantes, donde el musgo crecía espora a espora. Las velas se balanceaban por encima de mi cabeza. Y yo no era más que un pendón colgante de unas cuerdas. Para dificultar aún más mi tarea, el resto de los pajes –que ya se encontraban arriba– agitaban con sus manos y sus pies aquella sujeción inestable a la que me aferraba.

El mar, a mis pies, sólo deseaba tragarme.

–¡Huy!, mirad, si parece un loro en su percha –graznaba uno con su risa estúpida mientras seguía agitando el cabo.

–No, más bien un monito. ¡Fijaos cómo se agarra a la tabla de jarcia! –terciaba otro–. ¡Sólo le falta la cola!

–No te agarres tanto, que no te vas a caer, pajecillo... –proseguía uno más.

–Dejadme subir –creía gritar desesperado, cerrando los ojos.

–Ja, ja –sonaban sus risas.

–Dejadme... dejad... subir... en paz, por favor... dejadme... subir. –Y el batir del viento se llevaba mis palabras.

Mis músculos estaban completamente atenazados. El miedo me impedía poner el pie en otro sitio que no fuera donde ya lo tenía, a pesar de que me lo lastimase y la piel descalza goteara manchas de sangre sobre el esparto de los estáis. Temblaba incontroladamente y parecía que dos manos poderosas me cerraran los ojos, haciendo cualquier sonido en mis oídos infinitamente más grande de lo que era en realidad. Y yo quería tapármelos para no tener que oír aquel ensordecedor retumbar.

Las pocas palabras que conseguía pronunciar se perdían tras el sonido de las velas. Sentía que no iba a aguantar mucho más, que la fuerza que me aferraba a aquellas sujeciones tambaleantes se me iba escapando de las manos. Pensamientos espantosos cruzaban mi mente con la velocidad del relámpago y me paralizaban y me atrofiaban cualquier clase de pensamiento racional. Era como un pelele. Incapaz de hacer nada.

¡Padre, no puedo, lo he intentado. Pero aún soy un crío y no es justo que me exijas tanto sacrificio!

«Un desliz, cae, el cuerpo se hunde y ve alejarse la luz mientras los pulmones se le van llenando de agua. Cierra los ojos, sabe que no va a aguantar mucho más y aun así quiere conocer dónde se encuentra el final del océano. Muere, los fríos lomos de los peces rozando su piel. Arriba, en la superficie, una tripulación acongojada celebra las exequias de un difunto. Piden al cielo clemencia por sus actos asesinos: el haber matado a sangre fría a aquel que no era sino un niño.»

Mas de pronto, sin esperarlo y como si Dios me hubiese escuchado, sucedió aquello por lo que había rezado: se produjo el silencio y una voz, más alta que las demás, clamó:

—¡Dejadlo! ¿No veis que tiene miedo?

Levanté la cabeza. Y, colgado de aquella soga, vi a ese chico de belleza que aún ahora, ya anciano, y después de haber repasado sus rasgos en mi memoria cientos de veces me cuesta describir. Era el mismo niño de pelo negro y manos grandes que el día anterior había sido el único capaz de acercarse a mí.

Por segunda vez, no fui capaz de decir ni tan siquiera un escueto y mísero «gracias».

Bajé un pie. Luego otro y otro, iniciando así el camino de descenso. Y cuando pude sentir de nuevo la seguridad firme de madera que proporcionaba la cubierta, resoplé aliviado, limpiándome el sudor de la frente. Las piernas me temblaban. Mis pulmones, en un golpe seco, expulsaron en una bocanada aquel aire que había contenido hasta su emponzoñamiento.

En el suelo, ya sin temor, me conté las heridas. Eran muchas. Y mi padre nunca sabría por qué.

Arriba, los pajes agitaban las velas para que el rocío que las había impregnado durante la noche cayera en unos barriles que se habían colocado bajo las relingas de los paños para tal propósito, y que permitían aprovechar el agua potable más adelante.

Las horas pasaron a golpe de ampolleta y transcurrió la mañana entre faenas, oyendo cantos en un lenguaje inventado –Bu izá o Dio ayuta noi-ben servir o la fede mantenir o la fede-de cristiano o malmeta-lo pagano scafondi-i sarrabin–. Trabajos rutinarios y necesarios que yo, habida cuenta de mi maltrecho estado, conseguí eludir, dedicándome a otras tareas que me placían en mayor medida: apuntar en unos pliegos las vicisitudes de este viaje insoportable.

Tuve que ir al camarote de mi padre para recoger algunos de mis útiles. Cristóbal, que, estoy seguro, me vio en aquel triste estado: sucio, las ropas rotas y con el pálido reflejo de la muerte aún pintado en mi cara, no me dijo nada.

Mi mano se movía irregularmente contando todo aquello que no podía decir a nadie más: «Lo odio, odio todo esto, llevamos sólo una jornada de viaje y casi muero dos veces...».

Aquel ejercicio fue como una terapia que me sirvió para encontrarme a mí mismo. El mismo Hernando que eludía los juegos violentos y las clases de equitación y de tiro para esconderse en algún rincón palaciego a proseguir con sus lecturas, lecturas infinitas de todo tipo, incluso las prohibidas por el Santo Tribunal; o, a falta de éstas, con las narraciones irreales que yo recreaba en mi mente y que luego plasmaba sobre el papel. Escribía.

Sería tercia cuando, desde la cofa, el vigía, con un grito que truncó la tranquilidad aparente en la que nos hallábamos sumidos, dio aviso de que se acercaba una embarcación con bandera portuguesa. Me precipité sobre la barandilla para poder observarla, al igual que hizo el resto de la tripulación.

–¡Al fin pasa algo en este maldito barco! –dijo alguien a mi lado. No pude estar más de acuerdo.

Allá en la popa apenas cuatro troncos de madera se afanaban por llegar a nuestra altura y alcanzar la amura de la *Santa María*. Cuando por fin lo lograron, uniendo su estrinque con el cabo que alguien les arrojó desde nuestra posición, los tres hombres que viajaban en ella treparon como gatos por la soga, hasta llegar a nuestra altura por el costado de estribor.

–¿Dónde se encuentra el capitán del navío? –preguntaron cuando pisaron la cubierta. Hablaban en un portugués sonoro y rudo, casi vulgar: propio de las gentes de costa–. Traemos una misiva urgente para él.

Una voz, salida no se sabe muy bien de dónde, les contestó en su mismo idioma, de un modo tan rápido que a duras penas pude comprenderlo, a pesar de que entendiese el portugués. Había sido Diego, mi hermano, quien se había encargado de enseñármelo.

Mi imaginación voló sobre aquellos primeros años de mi vida, encaminándose por lugares de luces y sombras, tan alejados de allí. Reviví aquellos días en los que padre ya había partido hacia las Indias en el que sería su primer viaje y Diego, el hijo de su primera mujer, vino a reunirse con nosotros.

–Éste es tu hermano –me dijo aquel día madre–, ayúdale a desvestirse.

Acababan de llamar a la puerta. Fue ella la que abrió. No pareció sorprendida por lo intempestivo de la visita. Y no dijo nada. Pasó a mi lado y su falda hizo un frufrú al golpear. Un cura y un niño nos miraban desde el umbral. Estaban totalmente mojados.

–Entren –les dijo con un tono neutro.

Lo vi ponerse mi ropa –le quedaba corta, las mangas apenas le cubrían los hombros– mientras mis ojos buscaban los suyos. Retumbaba en mis sienes sólo un pensamiento: «Un hermano, alguien con quien compartir el cariño de padre».

–Gracias –me dijo en portugués. Parecía como si él también se sintiera igual de turbado que yo.

Aquellos tres marineros portugueses se encaminaron con paso decidido hacia la chupeta. Desde allí, Colón seguía haciendo sus cálculos con los hilos de invar y los compases de puntas secas.

Mi padre se levantó sobresaltado. Un gesto duro en su rostro mostraba su disgusto por la inesperada intrusión de aquellos individuos.

Ni siquiera habían llamado a la puerta.

Enfrentados los ojos, se sucedió un silencio roto tan sólo por el aplomo del Almirante. Aunque el labio superior de mi padre temblara levemente, habló con una seguridad que avasalló incluso la de aquellos visitantes.

–Bien –dijo–. ¿Qué hacéis en mi camarote?

–¿Es usted don Cristóbal Colón? –preguntó uno de aquellos, con voz meliflua y la vista baja mirando al suelo.

–Yo soy –contestó mi padre en su castellano irregular. Había ignorado el portugués de su interlocutor a pesar de conocerlo tan bien.

–Somos mensajeros del capitán de Arcila. Hallándose en gran aprieto, nos ha mandado en busca de vuestra merced en demanda de ayuda.

–¿Qué sucede? –inquirió mi padre.

–Los moros tiene sitiada la ciudadela y no disponemos de armas suficientes para defendernos. Sabíamos que habíais de pasar por aquí. Llevamos horas bogando en aquestas costas, aguardando vuestra ayuda.

–Está bien, os ayudaremos –no hubo titubeo ni duda en su respuesta–. Aunque eso suponga retrasar el viaje con las pérdidas que conlleva... Aun así os doy mi palabra. Hernando –dijo volviéndose hacia mí, y mi corazón dio un tumbo en el pecho–, di que avisen a los capitanes del resto de los navíos de que se reúnan conmigo inmediatamente. Que venga también tu tío, El Adelantado, que sabe bien cómo librar este tipo de lances... ¡Ah!, y, por favor, cámbiate de ropa, así no puedes ir a ninguna parte.

Lo miré concentrando en una mirada, de asombro quizás, pero también de indignación y de rabia, todo lo que era incapaz de decirle.

Mal padre –pensaba–, te soy totalmente indiferente. Sólo te preocupa mi aspecto. ¡Si estoy así es por tu culpa!

Me quedé solo en aquel camarote y empecé a desnudarme. Los ropajes que se habían quedado pegados a mi piel a causa de la sangre reseca me desgarraban la piel y las heridas volvieron a sangrar. No me importaba, nada me importaba en realidad. Convertirme en una masa informe, en un trozo de carne... ¡Qué más daba!

Me había concedido un privilegio, sí, eso era indiscutible: había reparado en mí, en mi existencia, y esto ya suponía todo un adelanto. Además, me había permitido ir en aquella expedición de rescate con los capitanes de los navíos y El Adelantado, poniéndome casi a su mismo nivel. Iba a enfrentarme con los moros y demostrar así mi valía –en mi pierna sentía el tacto desnudo de la hoja de mi puñal–. Pero ¿por qué? ¿Por qué tuvo que estropearlo todo? ¿Por qué, si había reparado en que estaba sucio y ensangrentado, no me preguntó qué me había pasado? ¡Qué frialdad! ¿Tanto le costaba concederme un poco de atención? ¿Por qué, si le importaba tan poco, había insistido en que le acompañara en aquel viaje, aun en contra de los deseos de la Reina, que habría preferido que permaneciese a su lado?

Abrí el arcón y saqué mis antiguos ropajes, los mismos que me recordaban quién era y de dónde venía. Y me sentí bien con aquel tacto familiar, con la camisa blanca repleta de encajes y gorgueras. Sin pensarlo dos veces, me enfundé en las calzas negras de terciopelo y me até al cuello la capa corta. Por último, cubrí mis pies descalzos y salí de nuevo al aire libre con renovada ira.

–Miradlo, parece un pavo real.

–Menos mal que se ha limpiado, porque estaba realmente ridículo.

–Qué presumido es. Se creerá que nos impresiona vestido de esa guisa.

Pasé entre las filas de aquellas criaturas que, a pesar de sus comentarios, se iban inclinando a mi paso, en una reverencia. Aquellas burlas eran un desacato que en la Corte les habría costado la cárcel. Viendo sus cuerpos doblados, sus nucas morenas al aire, me los imaginé sometidos a la acción del garrote, atados a la silla y suplicando clemencia mientras el clavo atravesaba sus gaznates y la sangre rodaba por su pecho. Y no me arrepentí de mi visión.

–Piedad, piedad –me dirían. Y yo sólo giraría más y más el metal hasta incrustarlo en sus gargantas.

Me importaban un ardite –pensé–. Pronto sabrán de lo que era capaz. ¡Me iba a la guerra! ¡Hernando Colón iba a enfrentarse con los enemigos de la Reina y de Castilla!

En la lancha ya me aguardaban para descender a tierra firme. Rumbo a África. El capitán, un lombardero y un bombardero increpaban mudamente mi tardanza. Ni los miré.

Bajé a trompicones por la soga con unas manos poco acostumbradas a aquellos lances, cubiertas de heridas en carne viva, y me acomodé en los duros tablones, hundiéndome entre ellos. Mientras nos alejábamos, clavé la vista en la figura del navío.

–Adiós, padre, hasta la vista –murmuré–. Ahora me voy, pero puedo aseguraros que este que se va no es el mismo que volverá...

Los remos se sumergían en el agua. Al costado, otras tres embarcaciones partían con nosotros. En una de ellas, un hombre más alto, que resaltaba sobre el resto, iba dictando órdenes con voz segura que yo apenas podía distinguir, pero que me tranquilizaban sobremanera. Bartolomé, de pie, con la pierna doblada sobre el costado de proa, señalaba la tierra africana hacia donde nos dirigíamos, y su perfil era igual que el de mi padre recortándose contra el mar.

El sol brillaba en lo alto y proyectaba sombras que tendían a esconderse entre nuestras piernas. Hacía un calor tórrido. Sudábamos por cada poro. El aire estaba estancado y ni siquiera el mar conseguía refrescarnos. Hundía los dedos en el agua.

La algarabía en el puerto era enorme. Se escuchaban los gritos de mujeres, el vocerío de la chiquillería, las conversaciones en alta voz de los hombres, maullidos, ladridos. Mil y un sonidos distintos y entremezclados.

El ataque, que había durado lo que tarda la luna en ocultarse, apenas había encontrado resistencia en una ciudadela que dormía. Los moros habían levantado el sitio todavía amparados por las tinieblas, llevándose cuanto pudieron y hallaron a su paso: provisiones y otros artículos de mayor o menor valor, sin importarles más que destruir y arrasar, y dejando a su paso un revuelo de súplicas y quejas.

–¡Malditos moros! –murmuró mi tío a mi lado.

No obstante, el número de heridos había sido reducido, y menor aún el número de muertos, por lo que los lamentos de aquellas personas eran casi innecesarios y resultaban sumamente molestos.

Me sentía decepcionado. No había podido hacer nada y el puñal me pesaba en las calzas obligándome a subírmelas cada dos por tres.

Fuimos conducidos al hogar del capitán. Mientras, una de las embarcaciones regresaba al buque para dar noticias al Almirante de lo acontecido. Yo andaba entre todos aquellos hombres blasonados y una multitud de niños de piel oscura. No podía evitar sentirme extraño, como si mis sentidos me engañasen al notar que aquella tierra firme se movía todavía más que la *Santa María*.

Las plantas resecas crepitaban cuando las pisábamos, y crujían bajo nuestros pies. Los páramos de arena blanca se extendían más allá de nuestra vista y los lagartos bullían asustados entre las grietas de las rocas. Un oficial guiaba nuestro paso y nosotros, silenciosos, lo seguíamos preguntándonos qué era lo que hacíamos en aquella tierra perdida de la mano de Dios, al ser nuestra ayuda ya del todo innecesaria, en vez de estar de nuevo embarcados y rumbo a las islas Canarias.

Llegamos a lo que no ha mucho debió de ser un pequeño poblado de casas de barro ahora convertido en un montón de escombros. Sólo dos edificios se mantenían erguidos. Penosa visión para los ojos aún tiernos de un niño: la del campo después de la batalla, a la que nunca terminé de acostumbrarme.

Las mujeres gemían abrazadas a sus hijos, y los hombres trabajaban penosamente para apartar los restos de las viviendas y apiñarlos un poco más allá, en un montículo que crecía por momentos. La antigua empalizada de madera todavía ardía en pequeños rescoldos. Las dos edificaciones supervivientes se alzaban en mitad de lo que debía de haber sido la plaza central. Una de ellas era la iglesia. Había sido saqueada y tenía los postigos de madera rotos sobre sus goznes. La otra era la casa del capitán y, aunque maltrecha, todavía se hallaba, sorprendentemente, en pie; totalmente vacía, pero con los muros aguantando el peso de la mitad de lo que, sin duda alguna, habría sido una techumbre.

Saltamos por encima de los restos del ataque, los cascotes, los bolaños, la ceniza... Los cuerpos de los muertos habían sido ya apartados para recibir las exequias cristianas; en el lugar donde habían estado tendidos apenas quedaban unas manchas casi verduscas.

La vida continuaba y el recuerdo de aquellos que se habían ido ya comenzaba a desvanecerse. Sin duda, el ataque había sido peor de lo que en un primer momento había pensado.

–Señor capitán –gritó nuestro guía a través de la puerta–. He traído la ayuda que me ordenó.

Lo seguimos hacia el interior a través de lo que antes hubo de ser una puerta y ahora apenas era un agujero en el muro. El ambiente, comparándolo con la atmósfera del exterior, era sorprendentemente fresco. Afuera, las cigarras y demás bichos no cesaban de cantar su chirriante melodía.

La estancia estaba en tinieblas o el resol hacía parecer todo más oscuro de lo que en realidad era. La única luz provenía de un ventanal cuadrado que iluminaba un cuarto grande, con las paredes desnudas y el aire cargado de polvo en suspensión. Todavía conservaba el hedor y el sabor de la batalla. En mi mente creía escuchar los gritos de ¡apunten!, ¡fuego! Y percibía el olor tan especial de las mechas prendidas, de la pólvora, del sudor y de la sangre. Algún que otro serpentín yacía en el suelo, rodeado de las moharras y los regatones de hierro de las picas, de las espingardas, de los arcabuces y de las ballestas. Las hojas quebradas de las espadas se acumulaban en una esquina.

–Pasen, pasen y siéntense, por favor.

Una voz salió de la esquina más alejada, allí donde la pared hacía un recodo en una especie de alacena secreta. Entrecerré los ojos y avancé un par de pasos para ver quién nos hablaba. No fui el único, la mayoría de mis compañeros, incluido mi tío, hicieron como yo.

La sala estaba vacía. Del antiguo mobiliario sólo quedaba una mesa donde, arrebujado entre mantas, yacía un joven al que le faltaba un trozo de oreja (entre otras partes de su anatomía que omitiré describirte).

Una mujer gorda, de rostro oscuro, no se cansaba de limpiarle una herida que no terminaba de cerrarse. Su cara no reproducía el gesto normal de repulsión hacia una tarea a todas luces desagradable, sino que, más bien, realizaba su tarea con un cariño casi maternal hacia el convaleciente. La herida tenía los rebordes negros y en el centro rojo, brillante, apuntaba un extremo del hueso. Una mosca sobrevolaba su pierna. La inmovilidad a la que estaba sometido se extendía hasta casi llegar a la cadera.

No hacía falta ser cirujano para comprobar que la gangrena no tardaría en aparecer y que esa pierna habría que amputarla de inmediato si se quería conservar la vida del joven. A pesar de ello, el capitán todavía sonreía y hablaba distendidamente, bromeando sobre su estado, como si apenas sintiera el dolor.

–Les ofrecería algo de beber, pero esos bárbaros se han llevado incluso el agua –decía. El pañuelo que intentaba cortarle la hemorragia se empapaba de sangre y precisaba ser cambiado por otro.

La mujer, sin grandes aspavientos, limpió con un delantal la sangre que no dejaba de brotar. Con un gesto rápido, fruto sin duda de la experiencia, hizo un torniquete alrededor del muslo. Fue en vano, la herida continuaba manando sangre a borbotones.

¿Sería su amante? –me pregunté.

Como si fuera mi eco alguien preguntó a mi espalda:

–¿Cuántas noches habían pasado unidos en un abrazo el valiente capitán y la gorda mulata?

–Como pueden ver, su ayuda llega un poco tarde, pero aun así, ¡sea bienvenida!... Créanme, me hubiera gustado mostrarles este paraje idílico –sonrió–, pero en mi estado tendrán que disculparme. –Y mientras hablaba espantaba con la mano una mosca que no dejaba de posarse en su oreja–. Empero, señores, ¡no hablemos de mí! Cuéntenme qué les lleva hacia las Indias, porque es allí donde van, ¿no?

La mosca voló decidida hasta posarse en el pelo de mi tío.

–Sí –contestó El Adelantado con el aire que adoptaba para las ocasiones solemnes–. Nuestro fin, como sin duda ya sabréis, no es otro que descubrir el estrecho que nos permita llegar a Catay, a las tierras del Gran Khan, de las que ya habló Marco Polo.

Sus voces me parecían cada vez más irreales. No podía apartar los ojos del repugnante vendaje, de la herida enorme abierta a la altura de la rodilla, de la parálisis morada que se extendía desde el principio del muslo hasta el pie descalzo.

Yo no era un niño asustadizo en demasía, ni la visión de las heridas hacía en mí más mella que en el resto de mis compañeros. No detestaba la visión de la sangre ni hacía que vomitara, como les ocurría a otros pajes que habían vivido conmigo en la Corte. No. Lo que hacía que mis tripas se revolviesen era la idea de que aquel hombre valiente que había defendido a sus hombres hasta llegar a ser herido de gravedad se encontrara postrado en aquel lecho del que ya no volvería a levantarse.

La muerte. El pensamiento de que alguien pudiese disponer de tu vida y acabar con ella con tanta facilidad me hizo reflexionar sobre la fragilidad de mi persona; meditar lo injusto que es no poder decidir si quieres nacer o si quieres morir cuando deseas hacerlo. No somos tan libres. Me pregunté si era verdad que Dios sabía lo que iba a acontecer; y por qué, si estaba en su mano, no evitaba que sucediese.

Y la vi riéndose de mí como luego volvería a verla cientos de veces en personas queridas y no tan queridas. Con su boca mellada y sabedora de que todo cuanto hagamos es inútil, porque al final ella siempre gana la partida. Aquel joven al que abrazaba no tardaría en reunirse con ella porque, avara en vidas y no conforme con arrancarle sólo una pierna, lo quería todo para sí misma.

¡Dios, qué asco!, ese olor a enfermedad, a muerte, a aire polvoriento estancado. Reprimí otra arcada, tapándome la boca con la mano. Nadie vio mi gesto. Rogué porque esa condena no se alargase demasiado. No podía permitirme vomitar en el primer acto público de mi vida. Yo representaba el apellido Colón.

—Les agradezco su visita, pero temo estar abusando de su buen hacer —dijo aquel capitán—. Como pago a la deuda que he contraído al hacerlos venir aquí, me gustaría que aceptaran a unos caballeros que me han servido honradamente y que pueden haceros mucho bien en una travesía tan penosa y llena de sorpresas —se tomó un tiempo en terminar la frase... al menos eso es lo que me pareció a mí, ansioso como estaba de marcharme—. Les ruego que presenten mis respetos al Almirante y les deseo buena suerte con su hazaña. ¡Vayan en buena hora!

Hicimos el camino de regreso en silencio, impresionados por el valor de aquel joven que, aun estando postrado y con una herida del tamaño de mi puño, era capaz de sonreír.

Y resultó ser que, entre aquellos hombres que el capitán nos había ofrecido para que nos acompañaran, algunos eran parientes de la primera mujer de mi padre, la madre de Diego, doña Felipa Moñiz.

Nunca la vi en vida, pero la odiaba a ella y odiaba a mi madre con un odio profundo.

Cayó la noche. La segunda noche que permanecía a bordo. Y, por segunda vez, me fui a dormir al camarote de mi padre sin quedarme para participar en los juegos nocturnos que se alargaron hasta bien entrada la madrugada.

Permanecía despierto, mirando el techo listado, envidiando la algarabía que tenía lugar en cubierta. Ovillado sobre mí mismo, escuchaba sus risas, sus conversaciones, sus cantos, sus poemas, sus leyendas, sus palmadas, sus ires y venires constantes. Y... ¡qué desgraciado me sentía ajeno a todo! Creía que ya nada podía empeorar y ¡cuán equivocado estaba!

El destino puede ser muy duro, y conmigo, sin duda, lo fue. Momentos como aquéllos, en absoluto dichosos, parecen ahora remansos de paz comparándolos con lo que habrían de venir y que yo, tonto de mí, no conseguí vaticinar.

No sé cuándo me dormí. Pero esta vez, para gran alivio mío, no soñé, y si lo hice, no lo recuerdo... ¡Tantos años han pasado desde entonces, tantos!

Continuamos la travesía, desgranándose los días como las cuentas de un rosario. Alternándose la noche y el día, sumidos siempre en la misma rutina. La de padre: escribir. La de los pajes y marineros: trabajar. La mía: leer, dormir y garabatear pliegos y pliegos de papel.

El mes de mayo iba pasando y con él una tranquilidad aparente, como la calma que antecede a la tormenta. Como preludio a lo que aún estaba por venir.

Llegamos a Canarias, donde repusimos leña y agua. Merece la pena que haga ahora un alto en la historia de mi periplo para hablar de ese lugar.

Era éste un puerto de escala obligada. Cualquier navío que partiese a las Indias debía pararse allí a fazer carnaje. Normalmente, debido a la picaresca del proveedor de navíos, y a pesar de los rigurosos controles, se había conseguido hacer pasar el vino por un sucedáneo, o rellenar los barriles con piedras en vez de con comida. Con lo que aquel punto suponía la última oportunidad de recopilar la carne que faltase para la travesía, disponer de médicos y barberos, reparar algún que otro desperfecto o respirar el aire de la tierra firme.

–¿Puedo desembarcar, padre?

–Claro que sí, Hernando –me contestó sin mirarme.

Durante aquellos días dormía al aire libre disfrutando del último atolón de la España no descubierta por mi padre. Y recuerdo los volcanes aún humeantes, las palmeras cargadas de dátiles como puños, los árboles de ramas retorcidas, la arena de la playa completamente negra, las rocas, los perros que abundaban...

Imaginé entonces que era aquella tierra la perdida Atlántida, el territorio de Platón. Y en las casas pequeñas creí entrever los fastuosos templos y palacios de sus antiguos moradores, los verdaderos descendientes de Zeus.

Escribí un relato sobre aquellas tierras en mi cuaderno. Pero desafortunadamente se perdió. Como todo.

El gobernador se preocupó de que todo estuviera del modo más adecuado y se realizara todo el avituallamiento con presteza y celeridad. Incluso vino a despedirnos el día que marchamos, sin duda inspirado por la profunda amistad que los unía. Aunque temo decir, y a pesar de que mancille la escasa honra que le queda a mi madre, que si el gobernador hubiese sabido la «amistad» que unía a mi padre con su mujer hubiese prescindido de tantos halagos.

–Vuelva usted a visitarnos, será siempre bien recibido.

–Adiós –dijo la gobernadora entre lágrimas. Entre el pañuelo me pareció que le lanzaba un beso al Almirante.

Partimos el día veinticuatro de mayo, día de Santa María Auxiliadora, estando el estado de la mar apacible y el viento soplando de oeste-sudoeste. Navegábamos de bolina, con todas las velas ceñidas.

–Cuídame, madre mía –me encomendé mientras el botalón indicaba el rumbo hacia las Indias.

Dicen que toda experiencia es buena si consigues salir más fuerte de ella, pero no fue ése mi caso. No. No de aquel modo.

Todavía hoy, mucho tiempo después, me pregunto si yo hubiera podido cambiar los hechos que iban a tener lugar.

3

DE CÓMO ARRIBAMOS
A LAS INDIAS

¡Hernando!, despierta, ya estamos en las Indias, vamos, arriba, pequeño gandul, que hay muchas cosas que hacer.

La cara de mi padre sobre mí me sobresaltó y me sorprendió. Tenía el pelo despeinado, el mentón cubierto con aquella barba salpicada de vello blanco y sus ojos despedían penetrantes brillos. Era guapo, siempre lo fue. La sonrisa que le recorría las mejillas ocultaba los surcos de las arrugas causadas por el miedo que todo buen marinero siente hacia el mar y por lo que a mí, personalmente, más me costaba aceptar: una vejez que no era nada prematura. Sus fuerzas se iban gastando. Un temblor imperceptible, un titubeo, una pérdida repentina de memoria, una tos a destiempo.

–Te he dejado algo de comer encima de la mesa, no tardes, adecéntate un poco y sal con el resto a celebrarlo como corresponde. A dar gracias a Dios.

Sonreí mientras me limpiaba las legañas y asentí. Todavía me sentía adormilado. La hamaca se balanceaba dulcemente por encima del suelo.

Él ya había desaparecido por el agujero de luz y sólo quedó ese perfume a sal y ébano tan suyo que lo seguía allá donde fuera. Sólo una vez, mucho tiempo después, cuando ya estaba muerto y de él apenas quedaban las cenizas, pude volver a revivir aquella sensación. Recuerdo que durante unos segundos mi nariz aleteó en una calle de Venecia, cuando un marino turco pasó rozándome con su hombro. Me giré y a punto estuve de llamarle padre, pero pasó de largo y no fue hasta mucho tiempo después que recordé quién era... Pero ésa es ya otra historia que algún día, si tengo tiempo, debería también contar.

Ese mismo olor día a día se me había ido haciendo más y más familiar hasta ser parte de mí mismo. Porque, en el mes y medio que había pasado desde que dejamos atrás el puerto de Cádiz, padre se había ido acostumbrando a mi presencia y yo a sus silencios. La forzada convivencia –creía– se había transformado en un vínculo tan estrecho que ya era imposible romperlo.

Durante aquellos días el número de cartas enviadas a Diego había ido menguando hasta casi desaparecer. El *Querido Diego* era un pájaro de mal agüero que se alejaba. El fantasma que había estado siempre entre nosotros sin llegar a tomar forma –el cuerpo de perfil alto y desgarbado, demasiado para su edad, que yo recordaba– se iba haciendo más y más transparente. Me reía entre dientes de sólo pensarlo. Por primera vez en mi vida, Diego era el segundón.

Yo, a mi vez, había ido aumentando el cariño que sentía hacia mi padre. El afecto que en el fondo siempre le había prodigado, incluso en los largos meses de ausencia cuando todavía perseguía sus sueños detrás de la Corte Real. Necesitaba de su presencia. Me pasaba pegado a él la mayor parte de las horas del día. Le espiaba en todo lo que hacía. Le ayudaba con todos sus quehaceres, aunque a veces resultaran terriblemente desagradables. Era más que su sombra.

A cambio recibía ligeras muestras de afecto, como la de aquella mañana de junio en la que, echado encima de mí, me había despertado ansioso de compartir su alegría con alguien y... ¿ con quién mejor que conmigo?

–¡Un nuevo día! –exclamé en voz alta.

Me levanté con cuidado, con aquel movimiento acompasado y repetido ya cientos de veces de pasar una pierna y luego la otra por encima del coi y dejarse caer con ambas a la vez para evitar que éste girase y encontrarme así de bruces contra el suelo.

Encogí los dedos con disgusto. A pesar de ser verano, todavía hacía frío; y más cuando abandonaba la seguridad de mi improvisada cama.

Me arreglé la ropa, estirándola sobre mis músculos. Durante aquel período habían cogido un color aceituna que, en vez de desagradarme, como habría ocurrido en mis años cortesanos, me hacía sentir más adulto, más libre y más hijo de Cristóbal Colón.

Subido a la silla donde mi padre se sentaba a escribir, descolgué la hamaca y la enrollé sobre sí misma para que ocupara el mínimo espacio posible, algo muy necesario para moverse a bordo. La guardé finalmente en el arcón.

Apuré voraz el desayuno como todos los días y salí a la cubierta sintiéndome pletórico por haber empezado con tan buen pie el día. Además, ¡tocaríamos por fin tierra firme! Porque aunque me hubiera acostumbrado a la vida en alta mar y ya no me desagradara el viaje, siempre da mucha satisfacción pensar que estás a salvo, que el mar ya no puede tragarte.

Abandoné la chupeta.

Las gaviotas que durante tanto tiempo nos habían abandonado volvían a revolotear por los flancos del navío, posándose en el velamen, manchando la tela blanca con sus heces y con los restos rojizos de los peces que devoraban. ¡Pero hasta ellas me parecían agradables!

El viento soplaba agitado, cambiando constantemente de rumbo, lo que obligaba al contramaestre a virar de dirección una y otra vez.

Con la cabeza descubierta, la tripulación permanecía arrodillada frente al clérigo, que, uno por uno, iba repartiendo el Cuerpo de Cristo.

–*Corpus Christi* –decía el clérigo.

–Amén.

El vino lo había apurado él de un solo trago. Decía que así evitaría que alguna de las embestidas del mar pudiese tirarlo, pero sus ojitos borrachos hablaban de un amor demasiado incondicional por la sangre de Nuestro Señor.

Resultaba realmente curioso ver a aquel hatajo de pecadores contumaces con la rodilla hincada y la cabeza agachada bañada por un dulce color anaranjado proveniente de los primeros rayos solares, humillados por fin ante algo que era, indiscutiblemente, superior a ellos. Y es que, a pesar de realizar el acto de contrición a menudo, seguían reincidiendo una y otra vez en sus mismos pecados, como si eso no supusiese un peso para su alma y con ello no se enviaran a un certero infierno.

–*Dominus vobiscum* –seguía diciendo el cura.

–*Et cum spiritu tuo* –contestaban los aplicados pupilos al unísono.

–*Benedicta vos omnipotens Deus, Pater et Filius et Spiritus Sanctus* –proseguía el padre trazando la señal de la cruz en el aire.

–Amén –replicaban ellos, santiguándose en la frente y sobre el pecho con sus manos pecadoras.

–*Ite missa est.*

–*Deo gratias* –concluían aquellos hombres fieles a una religión carente de doctrina.

Cuando se está embarcado, Dios se manifiesta, en su furor o en su bondad, a través de la fuerza del mar. Todas las noches le rogábamos, y en él buscábamos compañía y consuelo en las largas horas de soledad. ¡Me río yo de quien dice que los que embarcan olvidan a sus mujeres tan pronto como lo hacen con su fe!

Se levantaron al unísono y se precipitaron sobre la borda. Por fin habíamos llegado al lugar donde el oro crecía en los árboles y los diamantes surgían del suelo. Y el sacerdote se quedó solo en mitad de la cubierta, meneando la cabeza con un gesto de desagrado. Apenas transcurridos unos instantes le venció la curiosidad, y él también se dirigió, junto al resto, a mirar aquello que durante tantos meses habíamos esperado.

Padre también estaba asomado. En su cara se reflejaba un gesto de preocupación.

Me acerqué a él y me quedé en silencio. Durante aquellas semanas de travesía había descubierto que, si quería que me contase lo que pasaba por su mente, era mejor quedarse como mudo, porque cualquier tentativa de sonsacarle algo habría sido inútil.

–Ese barco es muy poco velero.

Sonreí. No había tardado demasiado en hacerse oír. «Qué bien te conozco ya», me jacté en mi interior. No obstante, continué callado.

–Navega francamente mal, cada día peor –se giró hacia mí–. ¡Míralo!, no puede sostener las velas si no se mete el bordo hasta cerca del agua.

Giré la mirada apartándola de él, buscando el motivo de su desasosiego y la hallé en la figura de un barco que surcaba las crestas de las olas a una legua escasa.

Era *La Gallega*, un pequeño navío dirigido por el capitán Diego de Terreros. El navío parecía bueno, pero a padre nunca le había terminado de convencer cuando en el puerto de Sevilla pagó para su flete un sueldo a razón de ocho mil trescientos treinta y pico maravedíes. En él viajaba mi tío Bartolomé.

Este barco, tal y como padre había señalado, daba bandazos sin conseguir atrapar el viento, lo que le hacía ir quedándose más y más atrás hasta transformarse en una señal distante en el horizonte.

–Hernando, ve a donde el timonel y ordena que cambien el rumbo. Nos dirigimos hacia La Española.

Lo miré sorprendido, pero él no acusó mi sorpresa. ¿Había dicho a La Española? ¿De verdad pretendía ir a aquella isla? ¿Estaba acaso loco, demente, senil?...

Padre, quise decirle.

Pero ¿quién era yo para cuestionarle? ¿Cómo me permitía, llamándome hijo suyo, no apoyar su decisión?

Me callé y dirigí mi paso hacia la toldilla, al lugar donde el timonel controlaba la dirección del navío.

Semejante orden debería habérsela comunicado al capitán, pero no me atreví a desobedecer los deseos explícitos de mi padre. Además, ¡me sentía tan importante!

–El Almirante me ordena decirle que cambie el rumbo.

–Y ¿adónde pretende ir el «señor Almirante»? –contestó con retintín aquel bellaco encargado de controlar el timón.

Hice como si no me hubiera dado cata y continué hablándole pendiente en mi interior de la reacción que le provocaría lo que tenía que decirle. Saboreando anticipadamente el gusto de la victoria.

–A La Española.

–¿A La Española? –preguntó extrañado.

–Sí. ¿Acaso tiene problemas de oído, marinero?

–No, pero... –dijo apurado.

–Son órdenes, no hay discusión posible. Prosiga con su tarea.

Y dejé al hombre aferrado a la caña del timón planteándose las mismas cuestiones que yo me había preguntado poco antes, con la única diferencia de que él no era hijo de nadie y podía opinar libremente tal cual le pareciese.

–Está loco, verdaderamente loco. No debería haberme embarcado, ya me decía mi mujer que este hombre no era normal. ¡Las Indias! ¡Menuda fantasía! Y yo que no la creía, que me reía de ella... –le oí murmurar mientras me alejaba.

«Había sido una mañana tranquila. Sus Majestades, cada uno desde su oratorio, habían asistido a la misa diaria y nosotros, los pajes a su servicio, hubimos de hacer lo mismo en los bancos que teníamos destinados para tal efecto. Al finalizar ésta, y como hacían siempre, se habían retirado los dos a tratar temas de política con sus consejeros.»

Aquélla era una época convulsa (y me pregunto ahora: ¿qué época no lo fue?), en perpetua lucha contra Francia para conseguir los territorios de Venecia. Aquellas tierras que le correspondían a Fernando, también llamado el Católico, por pleno derecho. Sin embargo, a pesar de los numerosos acuerdos de paz que se habían firmado y del apoyo incondicional del papa Alejandro VI, había sido necesario mandar más de un regimiento, capitaneados siempre por don Gonzalo Fernández de Córdoba, para mantener la supremacía en el territorio véneto.

Nosotros, los pajes, aunque viviéramos en aquel mundo y nos amamantáramos de sus escarceos políticos, todavía conseguíamos vivir apartados, tal y como si nos encontráramos en una burbuja.

Pero la burbuja terminó reventando.

Un sonido apresurado de caballos retumbó en el alcázar. Levanté la vista de las tareas que fray Diego de Deça, como cada mañana, nos había preparado y presté atención. Pronto hube de volver a mis quehaceres porque el ruido que había oído no era más que un sonido habitual: el de un mensajero más entre aquellos cientos que llegaban y se iban. Además, el maestro no dejaba de mirarme mientras golpeaba la vara contra su mano.

En la mesa –recuerdo– se extendía el dichoso problema de la dichosa cuadratura del círculo.

Pasó la mañana y la tarde entre clases que requerían toda mi atención. Por ello, apenas noté la agitación creciente que recorría los pasillos, los cuchicheos que atravesaban esquinas y resquicios llevando el nombre de Colón a todos los rincones.

Mas de pronto, un cortesano interrumpió la perorata que nos estaba dirigiendo Pedro Mártir de Anghiería en latín.

–Muy bien –dijo el licenciado, frunciendo los labios después de haber escuchado el mensaje–. Puede retirarse. Diego y Hernando, por favor, acompáñenlo. Los demás, proseguid con vuestras tareas.

Me levanté extrañado. Un poco más alejado, mi hermano Diego tenía mi mismo gesto de extrañeza. Seguimos a aquel joven por vericuetos, corredores y estrechos pasajes hasta donde se encontraba nuestra ama, doña Juana de Torres. Era una mujer baja y, como diría mi tía, «de buen comer». Cuando andaba, su traje negro resbalaba por el suelo tras sus espaldas como una serpiente que deseara morder sus piernas. Y, sin embargo, poseía una fuerza que sólo la de la Reina podía igualarla. Si no fuera por ella no sé qué hubiera sido de mí en los primeros años de vida cortesana, cuando el príncipe aún vivía

–Bien, os he hecho llamar porque habéis de saber que vuestro padre ya ha regresado de su viaje. –Su voz de matrona sonó cansada y la verruga que cerraba una boca muy fina tembló ligeramente.

Nuestra cara se iluminó como si de pronto, en aquella pequeña estancia, hubiera salido el sol.

–Pero debéis saber –prosiguió– que no vuelve en las mismas condiciones en las que se marchó. –Se dirigió a una silla de tijera y se sentó. La madera crujió bajo su peso.

Diego y yo cruzamos una mirada fugaz.

–No debería ser yo la que os lo dijera, pero así lo ha dispuesto la Reina. Como seguramente conocéis, en los meses precedentes comenzamos a tener noticias de motines y revueltas en la isla de La Española. Los que regresaban de allí no dejaban de importunar a Sus Majestades con el mal trato que se les había dado y del pésimo gobierno que estaban llevando los hermanos Colón. Murmuraban sobre hordas de esclavos que morían a manos de los colonizadores, hablaban de sueldos que no se pagaban a tiempo y de enfermedades que se extendían como plagas. En fin, castigos desmesurados e injustos –hizo una pausa– incluso para alguien que posee el título de Almirante. Sin duda, tampoco ignoraréis, por más que se intentara acallar, el altercado del otro día cuando una banda de follones, totalmente carentes de vergüenza, se sentaron en el patio de la Alhambra de Granada, diciendo a gritos que debían llevar aquesta vida –bonita manera de decir muerte, pensé– por lo mal que les había pagado vuestro padre.

Diego entrecerró los ojos y yo carraspeé ligeramente. El ama prosiguió como si no hubiera notado nada.

–Así que debido a ello, viendo Sus Majestades, a los que Dios conserve su salud durante muchos años, todo lo acaecido, decidieron mandar un enviado que en su nombre y con plenos poderes pudiera observar lo que sucedía en realidad en La Española y decidir qué hacer. Para tal cometido, como sin duda no ignoraréis, fue nombrado Donís de Bobadilla, un pobre comendador de la Orden de Calatrava que había ejercido como inquisidor para el Santo Tribunal.

Diego y yo habíamos enrojecido y, en un gesto simétrico, sin duda hereditario, golpeábamos el suelo de piedra con el talón izquierdo. Un perro se acercó a oler entre mis piernas y sentí deseos de patearle todo el costillar.

Era la primera vez que el ama, a pesar de lo que nos quería, nos dirigía un discurso tan largo.

—Eso es cuanto, hasta el momento, sabíamos. Y es que hasta hoy no hemos tenido noticias de la gestión del comendador. No podíamos, por tanto, saber lo que había hecho a vuestro padre y a vuestros tíos, por ello espero que nos juzguéis con la benevolencia que tanto he deseado que adquiráis. Bien, habéis de saber que vuestro padre ha vuelto, sí, pero regresa encadenado con grilletes en pies y manos y vestido con un pobre hábito; habiendo realizado toda la travesía vestido de esta guisa.

Creí que el mundo se me caía encima... ¡Destituido! ¡Encadenado! Cada palabra era como un latigazo en mi espalda desnuda. ¡Cómo osaban! ¡Cómo podía hacérsele aquello a un Colón! ¡Mi padre! ¡Acusado de maltratar a los indígenas! ¡De no pagar sueldos! ¡Qué habían hecho los Reyes!

Estaba indignado. Daba vueltas por la sala mientras mi hermano soltaba un gemido largo como el de las vacas a punto de ser guillotinadas.

¿Qué pasaría con mi padre vestido como un vagabundo, tratado como un ladrón?... ¿Qué pasaría conmigo y con Diego ahora que habíamos caído en desgracia?

No obstante, Sus Majestades, que siempre fueron bondadosos y justos, pronto habrían de corregir este agravio y reparar el desatino de aquel bellaco comendador: la descarada y desproporcionada extralimitación en sus funciones y el brutal trato hacia mi padre, y por ende, hacia nosotros. Por ello, mandaron destituirlo y enviaron en su lugar a otro hombre que ocupase su puesto.

Y era aquel el hombre que a la sazón cumplía allí sus funciones. Sólo tenía una encomienda –algo desmesurada, según mi parecer– de los Reyes: que Colón, en el cuarto viaje, no pisara, bajo ninguna circunstancia, aquella tierra, La Española.

Y era precisamente esa misma isla hacia la que mi padre, aquella misma mañana, y contra todo pronóstico, había decidido encaminar sus pasos.

Ante nuestros ojos se extendía una playa que, en sus arenas, reflejaba los rayos del sol. Suaves olas de espuma lamían sus orillas y las palmeras erguidas y cargadas de frutos se inclinaban a nuestro paso. Las casas de aquella bahía recordaban las de un pueblo de Andalucía: pequeñas, blancas, con sus ventanales negros como ojos donde flotaban las cortinas al viento, igual que los pañuelos de las damas. Barcas de madera salpicaban la rada por doquier. Gaviotas y cormoranes sobrevolaban el cielo, atravesando cebadera, trinquete, gavia, mesana, mayor.

Padre, tan seguro de sí mismo como siempre, y confiando en la buena voluntad del comendador de Lares (hombre que había tomado el poder en La Española), mandó un esquife solicitando el permiso para poder atracar en el puerto de aquel baluarte. Pretendía, además, pagar, con sus dineros si hiciera falta, los arreglos de aquel bajel que hacía agua por todas partes.

La respuesta no se hizo esperar.

–¡Denegado! –exclamó golpeando la mesa donde el maestre, el contramaestre, el piloto mayor, el capitán y yo terminábamos de apurar el plato de tasajo reseco. Entre los dedos sentía moverse los gusanos de las galletas.

Escuchaba atentamente a padre, aunque con el rabillo del ojo perseguía a aquellas diminutas criaturas rojizas. Intentaban huir infructuosamente de unas bocas que las devoraban sin piedad –bien es cierto que con los ojos cerrados–. Y crujían y se revolvían inquietas en mi lengua hasta que bajaban por mi garganta.

–¿Cómo que denegado? –preguntó maese Ambrosio Sánchez, el maestre.

–Sí, nos deniegan la entrada a puerto, nos vetan cualquier arreglo que pudiésemos hacer en él y nos niegan cualquier bastida que pudiésemos necesitar –calló amargamente–. Además, y como si esto no fuera suficiente, nos encomian a marcharnos lo más raudo posible.

Padre se había levantado y paseaba nervioso por el castillo, golpeándose, detrás de la espalda, la mano diestra contra el puño zurdo. La misiva, hecha una bola de papel, había volado hacía rato por la barandilla de proa y se sumergía lentamente en las aguas tranquilas.

–Y ¿qué dicen de la tormenta que se avecina y de la que tan bondadosamente vos les advertisteis? –demandó Diego Tristán, el capitán. Miré hacia el cielo y lo vi tan despejado como el día anterior o el precedente.

–Opinan que son patrañas de una mente calenturienta afectada por el excesivo calor de estas latitudes. Añaden que busque mejores excusas para incumplir los fervorosos deseos de los Reyes y que la flota que iba a partir hoy, con rumbo a España, saldrá puntualmente tal y como estaba acordado... –Se giró lentamente y, mirando amenazante hacia aquel lugar, la primera colonia española en las Indias, exclamó–: ¡Ojalá se hundan todos!

Y quiso Dios oír sus ruegos.

–¡Huracán! –gritaba el vigilante desde la cofa.

–¡Huracán! –repetían distintas voces desde las esquinas del navío.

Y aquella palabra, que para mí nada significaba, ya condensaba en sus tres sílabas todo lo que siempre había temido. Y comenzó a correr igual que la pólvora entre los tripulantes.

El viento rabioso agitaba el velamen. Temblaba sobre nuestras cabezas como látigos, golpeando los mástiles, luchando como animales enjaulados.

Nos movíamos a oscuras porque todo fuego se había apagado ante el temor de que éste pudiera derramarse y extenderse por la madera de un barco que ejercería de pira natural.

En el cielo cualquier signo remoto de estrellas había desaparecido. Y, en su lugar, una boca enorme, oscura, parecía querer engullirnos a todos. La luna, burlona, aparecía de vez en cuando entre las nubes negras.

Las olas se elevaban como lenguas de fuego en la noche de San Juan, y la *Santa María* cabeceaba elevándose y cayendo de nuevo sobre ellas. La espuma blanca entraba por mis ojos, por mi nariz y por mi boca.

–*Pater noster, qui es in caelis, sanctificetur nomen tuum* –gritaba el párroco intentando hacerse oír en medio del estruendo del mar.

Y nadie paraba quieto.

–¡Aguante el timón firme! –voceaba mi padre entre el fragor de los truenos–. ¡Hemos de llegar a tierra!

–Recojan los aparejos –clamaba el maestre.

–*Et ne nos inducas in tentationem, sed libera nos a malo* –proseguía el padre, desgañitándose.

Tenía toda la ropa empapada, y el agua salada, mezclada con la de lluvia, corría por delante de mis ojos impidiéndome ver nada.

–Hemos perdido a los otros navíos –profirió el vigía desde lo alto.

–Mantengan la dirección –seguía clamando mi padre–. ¡Aguarden en sus puestos!

El mar zahería el barco, que no dejaba de moverse. Agarrado a un mástil, encontré un cabo suelto con el que me até la cintura para evitar salir despedido en una de las frecuentes embestidas de las olas.

Y el viento seguía rizándose en los paños, húmedos ya por la lluvia.

–¡Empañiquen las velas! –gritó una voz que no pude reconocer.

Soplaba el viento en mis oídos. Un redoble, el del océano luchando contra la madera, como si fuera un ejército que se acercara inevitablemente, colmaba de miedo los ya de por sí asustados corazones. Retumbaba. Tam, tam, tam. Cada vez más cerca.

Un cuenco de metal, en un intento de sustraerme de aquella conmoción a la que nos veíamos sometidos, captó mi atención por un momento. Con dificultad veía cómo se deslizaba sobre la cubierta con su chirriar lastimero, rozando contra la madera, chocando contra los pies de los marineros que corrían de un lado a otro, hasta que finalmente cayó en una ola que lo engulló literalmente. Un escalofrío subió por mi espalda. Me agarré más fuerte a la maroma, hasta que mis manos empezaron a sangrar. Un estertor de muerte reverberó en otra ola que se elevó por encima del bauprés. En su profundidad seductora, dos sirenas bailaban dando vueltas.

El viento seguía aumentando y su intensidad nos impulsaba entre olas. Chocaban contra proa como en una batalla desmesurada: dos jinetes que, en una justa, lanza en ristre, ven sus cuerpos encontrarse.

El agua caía del cielo con furia, como si Dios se vengara de nosotros por haber vacilado en nuestra fe.

–*Pater noster, qui es in caelis* –seguía proclamando el cura a voz en grito.

Mis sentidos titubearon y ya no distinguía colores, ni formas, ni olores, ni sabores, más que el del agua salada. Y andaba, trastrabillando, tirando de la cuerda a la que estaba amarrado y chocándome contra todo el mundo, estorbando a aquellos que sí sabían adónde iban.

Resulta muy difícil explicar lo extremado de mi terror. ¡Era yo tan pequeño! ¡Me sentía tan impotente... tan... inútil!

Y el cielo tan negro, tan vacío, nos envolvía con su tenebrosidad.

«El segundo ángel tocó la trompeta y una enorme mole de brasas, como una montaña, fue lanzada al mar. La tercera parte del mar se convirtió en sangre, pereció la tercera parte de los seres vivientes del mar y la tercera parte de las naves fue destruida.»

El ensordecedor ruido, los truenos y relámpagos, el viento, la oscuridad, el frío, y el miedo. Sobre todo el miedo. Respiraba fatigosamente, en una arcada interminable y el agua comenzaba a acumularse en mis pulmones.

Me acuclillé con la cabeza metida entre las piernas mientras guijarros dolorosos de lluvia me golpeaban en la nuca, como pequeñas puñaladas dadas a diestro y siniestro.

Y el miedo, aquel miedo tan certero que te atrapa, que te envuelve y que termina por apoderarse completamente de ti.

–Adrizad las velas –repetía una voz.

Y yo ya no sabía si venía de un hombre o de mi cerebro embotado.

Temblaba desde los pies hasta la cabeza, y no de frío precisamente, aunque la humedad me hubiese calado hasta los huesos.

Cerré los ojos, dejándome mecer, olvidándome de todo, con el único deseo de descansar, de ir a otro lugar... un lugar luminoso... un hogar... una chimenea... ¡Dios mío!, pensé de pronto, mi padre está allí solo... tengo que ir con él, tengo que ayudarlo.

Me levanté y volví a caer. No tenía fuerzas, no sabía ya de dónde sacarlas. Me costaba respirar. El agua, siempre el agua. Y el redoble continuaba, tam, tam, tam. Iba acercándose, estaba rozándome, el mar me llamaba con su voz seductora y quería ir con él, quería unirme a él, yacer con él antes de que cayera el cielo sobre nosotros y se abriera el libro de la vida y fuera juzgado según mis obras y fuera arrojado finalmente al estanque de fuego.

De pronto, una mano se cerró en mi hombro, ayudándome a levantar, elevándome por encima de ruidos que oía, única y exclusivamente, en mi imaginación.

–Ven, sígueme –dijo.

Y yo me fui detrás de él, como aquellos apóstoles.

Y la sombra, porque no era más que eso, avanzaba derecha y segura entre el bamboleo constante hacia la tabla de jarcia, hacia aquellos estáis que se elevaban hasta las velas.

–¡No, ahí no! –grité, pero mi voz fue arrastrada por el viento que soplaba de cara. No me oyó y siguió subiendo.

Titubeé levemente y lo seguí, agarrándome al esparto mojado, mirando sus pies desnudos que, como una senda luminosa, me indicaban un camino de subida que se perdía en una bruma difusa. Y el cielo, furioso, descargaba sobre mí su ira, golpeándome con sus puntas afiladas en los carrillos, brazos y manos. El viento silbaba a medida que ascendía por la tela de araña. Colérico, iba agitando las sujeciones a las que me aferraba con todas mis fuerzas. Y temí caer, y me sujetaba con una mano pendiente del hilo que me separaba de la muerte. El mar bramaba debajo de mí, elevándose y volviendo a descender, intentando engullir el barco, la cubierta donde se arremolinaban los pequeños hombres que habían osado retar a la naturaleza.

–No dejes que te venza el miedo. No mires hacia abajo, Hernando –me decía.

A cada paso, iba superando mis miedos, enfrentándome a ellos. Comencé a mirar con repulsión, pero también con respeto a aquel mar que tan sereno podía parecer a primera vista pero que en el fondo ocultaba las peores intenciones.

–Un poco más –una voz atravesó el hilo de mis pensamientos–. Bien, agárrate. –Y ante mí se alzaba blanca, como un faro en mitad de la tormenta, una mano estirada.

La agarré y cinco dedos se cerraron alrededor de mi palma dolorida, impulsándome en el trecho que aún me faltaba.

Miré desconcertado, la sombra ya no estaba ahí. En su lugar, la espalda de un chico. Continuaba avanzando sobre la verga de mesana, asiéndose a ella con piernas y manos. Lo seguí, imitando sus movimientos, evitando mirar hacia abajo.

Los gritos aún retumbaban en mis oídos y perdido del todo, aún me parecía que mi padre me animaba.

De pronto, aquel muchacho se giró y su cara sonrió en mitad de la tormenta.

–Bien –dijo–, ayúdame a plegarla.

¡Era él! ¡Otra vez aquel chico! El del pelo negro, el de las manos grandes capaces de izarme sobre mis propios miedos. Hice como me pedía y ayudé a subir aquel revuelo de tela blanca empapado, que pesaba como si todos los demonios estuvieran allí, tirando del otro lado, para dificultar nuestra tarea. Mis pies desnudos colgaban en el vacío mientras el viento los hacía balancearse. A mis pies se extendía la vela de mesana, ondeando espectralmente en un espectáculo sobrecogedor. Las sujeciones que habían de fijarla a la aleta se habían roto con el temporal y parecía que el paño blanco no era más que la bandera de un barco fantasma.

Aún ahora, años después, la boca se me queda con un gusto dulce cuando digo *nuestra*, porque por primera vez desde que dejara atrás a Diego hacía algo con alguien. Por vez primera en muchos años alguien me necesitaba y era útil, y casi, me atrevo a pensar, necesario.

Y el paño subía lentamente, enroscándose como una serpiente alrededor del mástil.

De pronto noté una presencia extraña, otro paje sentado junto a mí ayudaba a tirar, concentrado en su tarea. Su cuerpo era un contorno difuso a causa de la lluvia. Y luego otro, y otro, y otro más, todos sentados sobre aquella verga luchando contra el viento, contra la lluvia, contra un Dios que, al fin y al cabo, había decidido que se abrieran todos los sellos de la caja de Pandora.

Una voz rasgó el velo de agua, elevándose por encima del resto. Aunque sonaba difuminada y a borbotones, conseguí distinguir la letra. Era una melodía infantil que Diego me cantaba cuando éramos pequeños y quería fastidiarme. Esa canción había quedado ligada a su figura en un odio compartido. Pero, en aquella ocasión, esa melodía me produjo el efecto contrario. Con la cabeza colgada hacia abajo y tirando de la lona, comencé a cantar yo también a voz en grito, intentando hacerme oír en medio del temporal. Se unieron a mí todos aquellos que realizaban la misma tarea.

El navío tembló y la madera crujió. Hube de sostenerme para evitar caerme. Nos quedamos en silencio. Era un silencio profundo que nos aplastó contra las sujeciones. Y el viento dejó de soplar, y la lluvia, que seguía cayendo, ya no hacía ruido. Un sonido desagradable, como el de un cuerpo que cae al agua, inundó la atmósfera.

–¡Hurra! –gritó alguien.

–¡Hurra! –le contestó otro.

–¡Hurra! –gritó aquel que estaba sentado a mi lado.

–¡Hurra! –grité yo.

–¡Hurra! –gritamos todos al unísono.

Frente a nosotros se extendía una tierra plagada de palmeras que se agitaban en una danza frenética. Sus largas hojas temblaban y se plegaban sobre sus finos troncos. Desde la *Santa María*, una cadena negra nos unía al fondo del mar. El ancla había caído y con ella todos nuestros temores.

–*Gloria in excelsis Deo* –comenzó a decir el clérigo.

–*Et in terra pax hominibus bonae voluntatis. Laudamus te, benedicimus te, adoramus te, glorificamus te, gratias agimus tibi propter magnam gloriam tuam.*

Eran las voces de los hombres de la *Santa María*. La acción de gracias partía desde nuestro mismo ser.

Y yo, subido a aquel mástil, me sentí más cerca de Dios que nunca.

Aquella noche no dejó de llover, pero aun así, aunque pasados por agua, cenamos un refrigerio ligero y después pronunciamos la oración que daba lugar al turno de noche: «Amén, Dios nos dé buenas noches. Buen viaje, buen pasaje haga la nao. Señor capitán y maestre y buena compaña».

Sentía el corazón palpitando en la garganta. Apenas podía tragar. ¡Estábamos vivos! ¡Habíamos ganado! ¡Habíamos aplastado a la muerte!

Comenzaron, entonces, los bailes, las palmadas, las canciones *a cappella* que duraron hasta bien entrada la madrugada. Parecía como si no notásemos el cansancio o las ropas pegadas a la piel por la humedad. La marinería bailaba una danza vulgar, rápida y gradual. ¡Y era tan diferente de aquellos bailes que yo conocía! Sin embargo, lo peor de todo era que esos hombres carentes de ritmos dictados por profesores o por abigarrados códices palaciegos, aquellos marineros de movimientos naturales y totalmente irregulares, poseían la cadencia interior que diferencia al buen bailarín del que no lo es, por mucha educación que éste reciba. Sus movimientos, totalmente armónicos a la postre, resultaban mucho más agradables que cuantos había conocido en mi infancia.

Padre se había retirado mucho antes. Y yo, por temor a despertarle, me fui con el resto de la marinería a la toldilla de popa a dormir, por fin, entre aquellos de los que había renegado. Ahora, sin embargo, me acogían como a un hijo pródigo.

Allí, abrazados los unos contra los otros para intentar proporcionarnos algo de calor, entre dientes que castañeteaban y pelos erizados, dormí aquel día. La lluvia chocaba contra la cubierta. Se escuchaban los pasos del marinero de guardia y el envite de las olas contra la arboladura. Me sentí seguro y casi de vuelta al hogar.

Antes de caer rendido por el sueño, le pregunté a aquel paje que ya se había convertido en mi ángel de la guarda su nombre.

–Diego, El Negro, me dicen –contestó mientras cerraba los ojos.

Y yo lo miré mientras se sumía en un profundo sueño, deseando preguntarle el porqué de semejante nombre, el motivo por el que, de entre todo el sagrado santoral, había tenido que llamarse precisamente así.

He visto muchos amaneceres en mi vida. Pero, sin duda, ninguno como aquél.

El mar era el mejor espejo. En él nos reflejábamos todos. El sol parecía surgir de sus mismas profundidades.

No, decididamente, no hay en mi memoria ningún amanecer como aquél.

La cubierta aparecía desordenada. El silencio moría con la noche. Ya se escuchaba el batir del viento y los gritos de las gaviotas.

Desperté en medio de aquella marinería que bostezaba y se rascaba el pelo. Cuando estiraban sus brazos podía ver sus costillas, que se dibujaban por debajo de la ropa todavía húmeda. Y a pesar de la nueva jornada, el ayer había dejado su impronta pintada en nuevas arrugas y en nuevas canas.

A mi lado, el hueco aún caliente delataba la presencia auténtica de Diego. No lo había soñado. Diego, El Negro, existía de verdad. E incluso podía ser mi amigo.

Paladeé su nombre como si fuera la primera vez que lo oyera y aquellas cinco letras no tuvieran ningún significado para mí. Olvidé incluso que el ser que más odiaba de la faz de la tierra se llamaba de igual modo. Deslicé la lengua por el paladar hasta chocar contra los dientes: Diego, El Negro.

Lo busqué con los ojos, haciendo un barrido con la vista de proa a popa. Lo encontré en la no muy decorosa, pero siempre necesaria, acción de orinar. Asomado sobre «los jardines» –que así los llamábamos– él, como otros muchos, devolvía a la mar lo que nos había regalado.

Me sonreí y le dejé hacer. Estaba a gusto y me tendí de nuevo sobre el suelo.

Mas, de pronto, un sentimiento de culpa comenzó a embargarme. Y la boca se me quedó seca y se me hizo un nudo en el estómago.

–¡Padre! –exclamé.

Había tenido un mal presentimiento. Algo no iba bien. ¿Por qué no había salido aún de su camarote? ¿Por qué no estaba ya dictando órdenes o charlando con la marinería?

Me levanté y salí corriendo hacia aquel postigo de madera combada. La distancia se me hizo eterna. Las gotas del rocío surcaban sus estrías de pino.

Llamé, pero no esperé que me contestara. Abrí la puerta y estiré los brazos entre aquella oscuridad y ese olor a cerrado. Tosí. Allí, entre las sábanas, se agitaba mi padre. Me acerqué a él. Mis pasos retumbaban en el camarote. Apoyé mi mano sobre su frente. Ardía. Sus pómulos, siempre tan altivos, estaban cubiertos por un sudor pegajoso. Con los ojos cerrados, sus labios agrietados protestaban silenciosamente.

—No me dejan entrar en mi propia tierra, la que yo descubrí, Hernando —decía entre susurros—. ¡En mi propia tierra!, la que me pertenece. Yo soy el gobernador, ¡tu hermano será el gobernador! No pueden hacernos esto, ¡no a un Colón!

Hube de reprimirme para no soltar aquella mano trémula que me aferraba como si fuera su único salvavidas.

¡Diego de nuevo! ¿Tenía que estar siempre incrustado en mi vida?

—Shhhh —le dije conteniendo mi ira—. No habléis. Dormid. Descansad.

—No puedo, la tripulación me necesita. He de levantarme.

Lo intentó, pero un gesto de dolor le atravesó la cara. Aun así, siguió en su empeño. Gotas de sudor se deslizaron por su frente. Una fina película parecía cubrir sus ojos.

—La tripulación puede sobrevivir hoy sin vos, ante todo debéis descansar. Hacedlo, si no por mí, por Castilla, que os necesita aún más.

Este argumento pareció convencerlo, al menos momentáneamente, porque dejó de agitarse. Sobre la almohada caía su pelo blanco. Tenía la mano fría y yo se la frotaba. Era una especie de caricia no correspondida.

Y Diego, mi hermano, me sonreía desde el otro lado de la cama.

—Hernando, por favor, abre las escotillas, no puedo permanecer aquí encerrado como si ya hubiera muerto —dijo al cabo de un rato.

Hice como me pedía, contento de poder dar la espalda a aquella figura de humo irreal, pero presente. Siempre presente.

No puede ser –pensé–, es mi imaginación, sólo eso.

–¿Ves aquel bote de ahí? –me preguntó señalando hacia la estantería donde se alineaba su botica particular–. Bien, coge el de color jalde, el frasco pequeño. Es para el reuma, me lo regaló tu madre, ¿recuerdas? –Y sonrió.

Junto a Diego había comenzado a dibujarse otra figura, una silueta difusa de tez morena y pelo negro. Y a pesar de que yo no lo quisiera, ese espejismo mucho se parecía a mí. Aparté la vista.

–El tacto es un tanto desagradable, pero funciona, te lo puedo asegurar. ¿Podrías darme una friega con él?

Me miró, y sus ojos se encontraron con los míos, desorbitados. Sentía horror de encontrar allí, junto a él, a aquellas dos figuras que me perseguían doquiera que fuese.

Hernando –me decía–, no son reales, no las mires.

Pero seguían observándome desde la oscuridad.

–Claro –contesté vacilante, apartando las sábanas que cubrían su cuerpo.

Aparecieron ante mí aquellas dos piernas morenas surcadas por cicatrices blancas. Las rodillas y los tobillos habían duplicado casi su tamaño hasta convertirse en cuatro bolas de carne tumefacta.

Abrí el bote y hundí los dedos en él, sintiendo su fría viscosidad rodeándome. Sin embargo, apenas pasados unos instantes, un olor a enebro y romero colmó la atmósfera, y parecía como si aquellos tablones pulidos de las paredes se hubiesen transformado en los troncos de un bosque, y los pájaros cantaran entre los árboles con su melodía acompasada, y el musgo se alzase asustado entre los líquenes, los hongos y los helechos.

Deseé encontrarme fuera de aquel lugar, alejado del mar, de la compañía no deseada de esa familia a la que sólo estaba unido por un lazo de sangre.

Con una caricia circular, extendí aquella masa procedente de la cerviz materna, de aquel ente que un día tuvo la desfachatez de considerarse mi madre. Y de pronto mis manos se transformaron en las suyas, en las de Beatriz. Mis dedos se alargaron hasta el infinito con su callosidad reciente, que provenía de frotar la ropa, de preparar la comida y limpiar la casa. Y vi mis brazos curtidos convertidos en sus cortas ramificaciones surcadas de pequeñas venas azules y rojas. Mi piel joven era la suya ajada, mis músculos tensos eran los suyos flácidos, mis huesos eran los suyos. Rozaba su cuerpo como si fuera mi amante, como si mis extremidades desearan unirse a las suyas, atraparlas, retenerlas a mi lado.

Temblaba su cuerpo bajo mi contacto. Besos fríos de mujer despechada. Mis manos ascendían y descendían por sus piernas, atravesando su carne, sus venas y capilares hasta donde latía la sangre anhelante. Mis dedos se perdían en sus muslos y ascendían entre su camisa arrebujada hacia aquellos lugares nunca bañados por el sol.

Beatriz reía gozosa porque ella era yo y yo era ella. Diego, a su lado, reía también. Y yo continuaba con mi masaje de amor no correspondido. Intentando contener un cuerpo que no respondía a mis deseos...

De pronto sonó un golpe en la puerta. Y mis manos volvieron a ser mis manos; mi piel, mis músculos, mis huesos, todo volvió a ser mío como si nunca hubieran sido de otro. En el quicio, se asomó la despeinada cabeza del piloto mayor.

–Señor Almirante, ¿se encuentra usted bien? –preguntó.

–Sí, pase, maese Juan. ¿Se tienen ya noticias del resto de los navíos?

Entre las sombras se desvanecían los dos fantasmas de mi imaginación y su risa todavía retumbaba en mis oídos.

–No, nada, señor –contestó el interpelado.

–Pero pase, pase y tome asiento.

Viendo que no tenía dónde hacerlo, ya que yo ocupaba la única silla, mi padre se giró hacia mí y me dijo:

–Hernando, ¿por qué no sales un poco a que te dé el aire?

Asentí, todavía anonadado. Sentía bajo mis palmas el calor de su cuerpo.

Las velas volvían a sacudirse en el cielo. Se sumergían en el agua los cuerpos de aquellos que sabían nadar. Otros arrojaban cebos sobre la barandilla, esperando que picaran el anzuelo aquellos peces de los que esa zona era tan rica: las esclavinas y los manatíes.

Me senté sobre el suelo, con la cabeza entre las manos.

¡Dios mío! ¿Qué había hecho? ¡Mi propio padre! Me había condenado. De algún modo que no llegaba a entender del todo, sentía que había tomado un camino para el que ya no existía retorno posible. Y no tenía el consuelo de la confesión porque ningún párroco podría creer nunca mis palabras. Era como si me hubieran desvirgado sin haber sido consciente. Peor aún: era como si me hubieran abierto las entrañas, dejando aflorar en mí mi lado más oscuro, el más primitivo, aquel que siempre había desconocido por estar aletargado.

Una mano apartó las mías de mi rostro y, ante mí, apareció el de Diego.

–Ven –dijo.

Me miraba. Tal y como hizo la noche pasada, como si supiera exactamente lo que pensaba. Me estremecí.

¡No podía saberlo! ¡Era imposible! Y, sin embargo, no me quedaba ninguna duda al respecto: lo sabía.

Agarraba mi mano con fuerza. Su nuca aparecía surcada de gruesos pelos negros. Yo me dejaba guiar. Me llevó al lugar donde se agrupaba media docena de pajes. Estaban descansando después de haber concluido todas las tareas de adecentamiento del navío.

–Escuchad, os quiero presentar a alguien –anunció como si toda aquella muchedumbre no supiera perfectamente quién era–, se llama Hernando y es un paje. Como nosotros.

Bajé la cabeza esperando oír las risas de todos los que siempre me habían despreciado. Más incluso de lo que yo les había despreciado. Sin embargo, para gran sorpresa mía, se fueron levantando uno a uno, estrechando su palma contra la mía. Parecía como si obedecieran una orden silenciosa de aquel al que ya consideraba mi amigo.

—Mi nombre es Antón Chavarrín, pero llámame mejor El Mellado, así lo hacen todos. —Y sonrió, dejando entrever una dentadura con varios nichos oscuros.

—Yo me llamo Alonso Martín —dijo uno un poco más pequeño que el resto, pelirrojo. Su voz, algo estridente, me recordó la de los gatos. El color verde de sus ojos parecía verdaderamente pertenecer a este animal.

—Yo soy Baltasar Daragón, Dragón para los amigos.

—¡Bienvenido al grupo! —exclamó otro que dijo llamarse Donís.

—Y yo soy Juan Garrido —concluyó, sin levantarse, el quinto de aquella camarilla.

—El Mellado, Alonso, Dragón, Donís y Juan —iba repitiendo.

Diego, como líder indiscutible, permanecía atento a todas las actitudes y a todas las reacciones. Estaba de pie, apenas a dos pasos de distancia. Con los brazos cruzados sobre el pecho, ni el mismísimo rey Fernando podría haber parecido más apuesto.

Resultaba sorprendente el poder que ejercía su mera presencia sobre cualquiera de nosotros. No necesitaba elevar el tono, ni enfadarse, ni gritar. Ni siquiera necesitaba pronunciar una palabra para que todos y cada uno cumpliésemos su voluntad como si se trataran de nuestros propios deseos.

Nadie lo deseaba, pero todos sentíamos necesidad de contarle nuestros secretos. Él escuchaba con una sonrisa irónica. Parecía como si, en su fuero interno, cualquier cosa que le dijéramos la hubiera sabido desde siempre.

Y no puedo decir que no fuera simpático, es más, su trato siempre resultó agradable y cortés, pero continuamente marcaba las distancias. Su voz era profunda y algo triste. Cuando hablabas con él parecía como si conociera las mayores desgracias y se las quedara para él solo. Como si con eso nos librara a nosotros, ¡pobres mortales!, del tormento de tener que saber de su existencia.

Era distinto a nosotros, diferente a todas las personas a las que había conocido antes y a todas las que habría de conocer después. Nunca le oí hablar de su pasado. Era como si no existiera. No tenía planes, ni sueños ni ideal alguno. Parecía como si desde un principio supiera que no tenía futuro.

Poseía un acento neutro. Su figura transmitía un halo extraño que atraía incluso a sus peores enemigos. Era un áurea fría, pétrea, orgullosa, egoísta, segura de sí misma, pero, sin duda, bella y fascinante.

–Bueno, ¿y qué hacíais? –pregunté incómodo. No estaba acostumbrado a hablar en público y las piernas me temblaban. Sentía todos los ojos clavados en mí. Incluso los de mi padre desde su camarote.

–¿Tú qué crees? –preguntó el tal Donís irónico. Me limpié el sudor de la manos con mis calzas.

–Estábamos hablando de lo de ayer –dijo Baltasar Daragón ignorando a Donís.

–¿Qué de ayer? –le interrogué con la mirada fruncida, sin saber muy bien a qué atenerme.

–De que no nos dejaran entrar en La Española –me aclaró El Mellado.

–De que permitieran que quedáramos fuera de refugio... –explicó de nuevo el Dragón

–¡De nuestra propia tierra! –saltó, con su voz chillona, Alonso Martín.

¡De mi tierra! ¡De las tierras de los Colón! De aquellas que me pertenecían desde que el pabellón de Castilla navegó surcando el océano tenebroso. ¿Cómo se atrevían esos desconocidos a hablar de algo que no les incumbía?

–¡Cállate, Alonso! –exclamó Donís. Permanecía recostado sobre el suelo con las piernas abiertas–. Que esas tierras no son tuyas

ni mías, sino de los Reyes, nuestros señores, a quienes les da abso-
lutamente igual lo que nos pase.

Asquerosa rata –pensé–, ojalá te mueras.

Hube de contenerme para no sujetar a aquel chico por el pescuezo. Era una prueba, me estaba probando. Contrólate, me dije,
no pasa nada. Los ojos de Diego me miraban fijamente, controlando mi reacción. Le sonreí mientras me pellizcaba las piernas.
Asintió y desvió la vista. Seguí escuchando. Alonso había frunci-
do los labios y miraba con cara de odio a Donís. La misma con
que, supongo, le miraba yo. Él prosiguió con su perorata como si
no se diera cuenta de nada.

–Y es que la culpa de todo la tiene el «Almirante». Sí, suya es
la culpa de que no podamos pisar esas islas y de que casi hayamos
muerto... ¡A saber qué ha sido del resto de los navíos!

Iba a estallar. ¡No tenía derecho a hablar así de mi padre! Pero
en una cosa tenía razón: el resto de navíos había desaparecido. Y
en el peor de ellos iba mi tío.

¿Y si hubiera?, me pregunté... La palabra era tan grande y daba
tanto miedo el pronunciarla que no podía, era incapaz... No podía
ser... Solía fantasear con la idea. A veces, incluso, escribí poesías
sobre ella. Pero nunca se había llevado a nadie de mi lado y, ¡Dios
mío!, ¿cuántos muertos hube de ver en ese viaje? Pero Bartolomé
era tan fuerte... tan lleno de vida... él no, el no podía haber... ¿por
qué tardaban tanto si no?... ¡Bartolomé no! ¿Dónde estaba mi fe?...
Él era el mejor marino que conocía... tampoco conocía a muchos...
la tormenta había sido terrible... pero era impensable, él no podía
haber... ¡Un Colón no puede morir!

Me levanté sin escuchar nada de lo que estaban hablando.
No me daba cuenta de que, en realidad, todos se habían callado
y que en un gesto paralelo compartían mi mismo temor. Sólo Donís
permanecía indiferente. Alonso tendió su mano hacia mí, pero yo
ya me había ido de su lado.

–Está maldito –dijo Dragón–, este viaje está maldito.

Esperé que Diego viniese tras de mí, que me ayudara en aquella incertidumbre que me ahogaba. No lo hizo. Debió de pensar que era algo a lo que debía enfrentarme yo solo. Sólo a mí me concernía.

Pensé en dirigirme hacia el camarote de padre para hallar en su compañía la fuerza que a mí me faltaba, o preguntarle, buscar consuelo. No lo hice. No podía encararme con él. Ver de nuevo su cuerpo. Pensar en lo que había hecho. No en esas condiciones. La vergüenza y el miedo, los dos se unían para aplastarme y hundirme.

Huyendo me encaminé hacia aquel sitio al que nunca había ido.

Es extraño esto del miedo. Precisamente en aquellos momentos en los que me tenía dominado por completo, como había acaecido durante la tormenta el día anterior o en ese mismísimo instante, era cuando conseguía sacar las fuerzas para hacer precisamente aquello que, hasta entonces, no me había atrevido. Así, el subir hasta las velas o bajar a la bodega.

La lobreguez sólo se puede entender en un lugar como éste, el más recóndito y solitario que he conocido nunca. Se extendía desde la cubierta inferior hasta la quilla. Allí se almacenaba todo el cargamento que pudiéramos necesitar durante la travesía: los barriles de agua, la carne salada, las legumbres, junto con las velas y los cables de repuesto.

Descendí por la escala con los ojos nublados por las lágrimas. Me adentré en una oscuridad espesa y profunda que me rodeó con sus tentáculos. La negrura podía cortarse con un cuchillo. Andaba tanteando las paredes, rozando su superficie húmeda con la punta de los dedos. Del techo caían gotas de agua con una cadencia regular. El sonido que hacían al caer al suelo se entremezclaba con el ruido continuo de la bomba de achicar. Los tablones y los barriles rezumaban agua, y, ¡ay!, sobre mis pies sentía aquella agua estancada y fétida.

La luz macilenta de un farol iluminaba una escena que hubiera sido mejor que permaneciese a oscuras. En mi mente, todavía, veía las piernas de mi padre extendiéndose, infinitas, por las sábanas blancas. Mis lágrimas se entremezclaron con el agua salada que seguía cayendo del techo y rodaba por mi cara.

No sé cuánto tiempo estuve así, quizás fue tan breve como lo que se tarda en decir un salmo. No quería pensar. Me sentía culpable de algo que era mío. Mi mente giraba y se sentía más sola, más incomprendida.

¡Es tu padre!, ¿cómo te has atrevido? –me decía.

Y como si alguien hubiese escuchado mi grito de súplica ante el temor de volverme ya totalmente loco, una voz pareció atravesar todos los rincones, retumbando en el agua estancada.

–¡Navíos por estribor!

Eché a correr sin importarme el que, al hacerlo, me salpicara por completo. Atrás dejé la vergüenza y el miedo.

Sobre la cubierta, un Bartolomé viejo y sucio, pero vivo, abrazaba a mi padre. Yo no cabía entre aquellos cuatro brazos que se cerraban sobre sus hombros, sobre los de Cristóbal y los de Bartolomé, como si fuesen una jaula y aprisionasen, en su interior, todo el afecto que se dispensaban. Se soltaron sin mirarme.

–¡Brindemos! –exclamó mi padre.

Y el vino comenzó a correr libremente, inflamando los corazones.

Un marinero disfrazado de mujer con un paño alrededor de la cabeza y dos trozos de tela sobre el pecho recitaba a voz en grito una coplilla popular para gran alborozo de sus compañeros, que aplaudían y reían.

–¡Queridito! –decía falseando su voz de hombrón–. No me toquéis, entrañas mías, que tenéis las manos frías. Yo os doy fe de que venís esta noche tan helado que, si vos no lo sentís, de sentido estáis privado. No me toquéis en lo vedado, entrañas mías, que tenéis las manos frías.

Y mientras recitaba, se paseaba entre la marinería contorneándose y moviendo las nalgas tal y como si fuese en verdad una buena moza.

Yo, un poco más alejado y totalmente fuera de aquestos menesteres tan vulgares, atendía a la conversación entre mi padre y mi tío. No había sido invitado, pero tampoco fui expulsado.

–¿Y cómo conseguisteis sobrevivir? –preguntaba mi padre mientras remojaba sus labios en el vino.

–Bogando sobre el mar, sin rumbo fijo, con la única meta de sobrevivir.

Mi padre asentía gravemente.

–Y resultó, créeme, cosa harto difícil. El agua llegaba hasta cubierta y era imposible saber dónde terminaba el navío y dónde comenzaba el mar. *La Gallega* se encuentra totalmente destrozada y dudo que pueda seguir adelante. Por más que trabajen a marchas forzadas, las bombas de achique no consiguen reducir el agua que entra en el navío y, como si esto no fuera suficiente, todos los repuestos se encuentran estropeados. Por no hablar de la tripulación, que se encuentra agotada y sin fuerzas para continuar con la travesía.

Se estaba refiriendo a aquel navío del que era capitán. Aquel mismo que mi padre, con su sano juicio y con el exacto conocimiento que da la experiencia y los años en alta mar, quiso trocar o reparar en La Española.

–La tripulación sacará fuerzas, te lo aseguro, como me llamo Cristóbal –dijo el Almirante con una voz inflexible que no admitía réplica.

–Brindemos por eso –le contestó Bartolomé.

Sus vasos se entrechocaron en el aire.

Yo lo miraba sorprendido por aquella dureza. Por vez primera reconocí en su rostro la imagen de aquel Cristóbal Colón en el que no cabía la duda. Su sonrisa me pareció cruel. Era capaz de arriesgarlo todo por cumplir su sueño. Aquel Colón no dudaría en arriesgar nuestras vidas si fuera preciso.

4

DE CÓMO VISITAMOS EL PRIMER
POBLADO Y CÓMO CRUZAMOS
EL RÍO DEL DESASTRE
Y LO QUE ALLÍ NOS SUCEDIÓ

De pie, frente a la amura de estribor, sentía el aire deslizarse por mi nuca y por mis dedos estirados. El agua se escurría por debajo de la quilla. Notaba en la lengua el regusto salado de la atmósfera. El sol se filtraba por poniente. Una ligera brisa se había levantado y erizaba los pelos de mis brazos. El día cálido que había sido dejaba paso a una noche fría. Un escalofrío me recorrió el espinazo y sentí que a mis espaldas había alguien más, alguien a quien no necesitaba ver, oler, escuchar para saber quién era.

–Pronto será otoño –dijo.

–Sí –afirmé todavía sin girarme.

El verano había pasado. Y estaba cansado de la tiranía a la que me tenía sometido. Su simple presencia me ponía tenso, sin embargo, su figura me atraía como la primera vez que lo vi.

Diego.

En mi mente retumbó la voz de Alonso aquella noche en la que recuperamos el navío de mi tío. Había sido durante la cena. Él, todo lo borracho que puede estar un cuerpo de doce años, se había girado hacia mí en plena algarabía y, señalando hacia Diego, había dicho:

–Te va a hacer mucho daño.

Cuando quise preguntarle a qué se refería, su cabeza pelirroja ya se perdía entre la multitud.

«Te va hacer mucho daño.»

Sí, lo sabía, lo había sabido siempre, pero ¿qué podía hacer? Estaba atrapado en un juego en el que yo no había pedido jugar. Todas las cartas estaban repartidas sobre la mesa. Sólo quedaba apostar o perder.

El sol había desaparecido en el horizonte y con él, todos los tripulantes.

–Vamos –dijo tendiéndome la mano–, la cena ya está lista.

Sonreía y su sonrisa perfecta resultaba muy inquietante. No obstante, por ver esa sonrisa, aunque sólo fuese durante un instante, habría ido al fin del mundo. Estreché su palma contra la mía. Tremendamente fría.

La multitud hambrienta se amontonaba alrededor del caldero. Mi padre ya se encontraba degustando aquellas extrañas viandas que habíamos obtenido en el último descenso a tierra. En sus piernas sostenía un portulano con nombres que ya eran tan familiares como antaño habían sido las calles de Córdoba, o de Sevilla, o de Barcelona, o de Valladolid, o de cualquier lugar donde la Corte de los Reyes se detuviera. Las islas Guanajas, los Pozos, Honduras, cabo de Gracias a Dios... Cada uno de ellos recogía una aventura, una impresión diferente que me había ido haciendo más hombre.

Había comenzado a crecer en mi labio superior una pelusa oscura que no me cansaba de acariciar.

–¿Sabes, Hernando? –me preguntó sin levantar la vista del papel mientras recogía con la yema de los dedos las migas que habían caído cuando masticaba–. Hoy he tenido noticias de lo que le pasó a aquella expedición que partió de La Española cuando a nosotros nos denegaron el refugio.

–¿La de Bobadilla? –pregunté. Aquel traidor, ladrón de tierras... La ira todavía conseguía crisparme.

–Sí –dijo. De pronto se elevaron sus ojos y una luz relampagueó contenta en su oscuridad–. Sólo se salvaron cuatro navíos de los veintiocho –hizo una pausa para observar mi reacción. Al ver que no decía nada continuó con el discurso–. Tres volvieron a La Española y solamente uno continuó la travesía hasta Castilla. Y adivina qué. Ese navío era precisamente aquel en el que viajaban los dineros que enviaba el administrador de las rentas que me corresponden por designio regio. ¡Mi barco, Hernando!

Estaba asombrado. Poco me importaba que el resto de embarcaciones se hubiera hundido. ¿Cómo lo había hecho mi padre?

Me llegué a plantear incluso si no poseería algún poder especial que le permitiese elevar aquel barco y remontarlo por encima de las olas, superando las tormentas y los vientos huracanados para hacerlo llegar, finalmente sano y salvo, a tierra firme con todo su cargamento intacto. Me preguntaba si mi padre no sería un hechicero, un sabio nigromante capaz de controlar –como se decía entre la marinería–, con sólo la fuerza de sus deseos, la naturaleza. Y, en mi mente, su imagen descuidada creció y creció hasta transformarse en la de un héroe.

–¿Y el comendador? –inquirí.

Bajó el dedo pulgar como hacían los antiguos romanos. Su boca fina no dejaba de sonreír.

–¿Muerto? –no podía terminar de creérmelo.

–Sí, muerto junto con todos sus secuaces... Que Dios les haga la merced de perdonarlos. –Y su voz sonaba alegre, con la alegría que hacía mucho que no experimentaba.

En mi interior me azotó un sentimiento extraño. ¿Mi padre vengativo? ¿Desde cuándo?

Miré hacia Diego, que, de pie junto a mí, sonreía también como si ya lo supiera; como si yo, tonto de mí, fuera el único que no hubiese previsto esa posibilidad de todos los que viajábamos en aquella carabela.

A esas alturas del viaje, padre ya se había acostumbrado a verme con Diego y lo consideraba uno más, haciéndole partícipe de todos sus proyectos, tanto o incluso puede que más que a mí. Había un entendimiento entre ellos del que yo estaba excluido. A veces tenía la impresión de que, en esos momentos de silencio, como el que tenía lugar en ese instante, los dos se entendían mejor que con palabras.

Era como si entre ellos se estuviese desarrollando una larga conversación y yo me hubiese quedado mudo, ciego y sordo. Traicionado por mi amigo y por mi propio padre, sentía deseos de matarlos a ambos, de hundir mi mano en sus gargantas y obligarlos a hacerme caso. ¡Cómo me dolía que me ignorasen!

Controlándome, me giré y salí de aquel lugar.

Era mi propia envidia la que me hacía huir de aquellas personas a las que más quería, a las que más he querido. Me condenaba.

Me senté junto a Alonso, Dragón, El Mellado, Juan y Donís –el odiado Donís–, que terminaban de apurar su cena. Yo no había comido nada, pues esa misma acción se me hacía insoportable. Padre y Diego continuaban hablando y el dedo de Cristóbal se deslizaba por el mapa trazando un dibujo que debería estar destinado a *mí* y no a Diego.

Otro Diego venía a robarme a mi padre.

Y, sin embargo, a pesar de quitarme su cariño, no conseguía terminar de odiarlo. No tenía nada que reprocharle, nada que perdonarle, porque todo en él era natural. Como tenía que ser. Diego era así por más que me disgustase. Y era mi único amigo.

–¿Y tú que piensas? –una voz interrumpió mis divagaciones. Alonso, con sus ojos verdes, me miraba curioso.

–¿Qué pienso de qué? –le pregunté.

–¡Qué raro! –exclamó Donís con un deje de retintín en su voz–. El señorito no se ha enterado de nada. Hernandín, vuelve al mundo de los no muertos.

Alonso le dirigió una mirada furibunda, pero yo no le hice ni caso; estaba acostumbrado a sus ataques.

–De la obra de teatro –completó Dragón.

–¿Qué obra de teatro? –De reojo seguía mirando a padre y a Diego.

–¡Hum! ¡Es verdad! –continuó Alonso–. Has estado todo el día encerrado en el camarote.

En efecto, padre había sufrido otro de sus ataques de gota y yo había tenido que quedarme junto a él, con el maestre y el contramaestre. Entre los cuatro habíamos trazado los planes del desembarco a fin de conseguir nuevas provisiones, que ya comenzaban a escasear. La presencia allí de aquellos intrusos, en vez de incomodarme, ayudó para que no sucediese nada extraño entre aquella figura venerable y la de un advenedizo que tenía su mismo apellido.

–Pues hemos pensado que entre los pajes y los grumetes podríamos hacer una obra de teatro. ¡Son tan aburridas las tardes! Después de mucho divagar y de discutir –echó una mirada de reojo a Donís– decidimos que lo mejor sería representar la Pasión de Nuestro Señor. ¿Te gustaría participar?

No me lo pensé dos veces.

–Sí, claro que voy a participar –dije, y mi voz sonó segura entre la algarabía de la tripulación–. ¡Claro que voy a participar! –repetí lleno de rabia.

Ya me imaginaba a mí mismo crucificado, subido a lo alto de algún mástil, cubierto de heridas lacerantes que no dejaban de sangrar. Esas heridas provocadas por aquellos que habían sido mis discípulos y amigos y habían dicho quererme. Estaría coronado por aquella corona de espinas y pobremente vestido con la túnica blanca enrollada sobre mis piernas y con los labios reverberando hiel. El insultante INRI colgaría del madero.

Sí, ya me veía, mirando al cielo, mirando a Dios y exclamando aquel «Elí, Elí, lama sabactiní?» por el que Jesús, en un gesto último de sufrimiento, moría dejando caer la cabeza sobre su costado derecho mientras las tinieblas cubrían la tierra, el sol se eclipsaba y el velo del templo se rasgaba por el medio. Y sentir, por fin, que mi padre, como aquel Dios lejano, lloraba viéndome así.

Las voces de aquellos con los que me encontraba continuaban disertando a voz en grito sobre los planes de futuro, concretando personajes, escenarios, atuendos con los escasos recursos de los que disponíamos. Sus voces se fueron haciendo más y más difusas. Me recosté sobre los tablones, contemplando las constelaciones. Orión se debatía con la espada en alto, ayudado por el águila, contra un Dragón que no dejaba de echar humo y fuego por la boca. Mientras, Virgo recogía con los reflejos de su mano espigas doradas de trigo.

Volví a apartar la vista, asqueado por su frialdad, y la deslicé entre el barullo de cabezas. Allí, en la puerta de su camarote, mi padre me hacía señas para que fuera a dormir con él. Levanté los ojos de su figura erguida, haciendo como si no lo hubiese visto, volviendo a mirar obstinado la fijeza del cielo. Pareció vacilar, un pie se alzó dirigiéndose hacia donde me encontraba. Pero de pronto cambió de opinión, se dio media vuelta y se introdujo en la oscuridad de su territorio.

Y no es que no deseara dormir con él, pero no debía. No podía soportar verle dormido tan cerca, respirando tan tranquilamente, pero a la vez tan lejos (como aquellas constelaciones) y ser incapaz, por mi propia abigarrada –y tan odiada– moral, de tumbarme a su lado y soñar, tan sólo soñar, abrazado a él.

En la cubierta, los únicos muros que nos separaban eran los del olor. Dormidos los unos junto a los otros, uno regoldaba, el otro vomitaba, otro soltaba los vientos, otro descargaba las tripas y no se podía decir que ninguno era de mala crianza, porque las ordenanzas a bordo lo permitían todo. Donde comenzaba mi pierna terminaba el brazo de otro; donde finalizaba mi mano, empezaba el pecho de otro. Apenas había sitio para respirar.

Y me fui a dormir preguntándome, como he hecho miles de veces, por qué era así. A mi lado, el hueco de aire indicaba el lugar donde habría de recostarse Diego. Y no estaba incómodo, porque ese mismo hueco de aire viajaba siempre a mi lado incluso cuando sentía su húmeda y cálida respiración filtrándose por el cuello de mi camisa.

Todas las noches, aquel que se decía mi amigo se levantaba y se iba.

No podía seguir así. Él lo sabía todo de mí y yo nada de él. Era impensable vivir con tantos interrogantes. Y fue en ese preciso instante cuando decidí que debía averiguar adónde iba Diego, El Negro, todas las noches. Averiguaría qué era aquello que precisaba de tanto secretismo. No dormí en toda la noche.

Ya al amanecer se recostó a mi lado sumiéndose en un profundo sueño. Aún con los ojos cerrados, sentía sus pupilas mirándome. Su pecho bajaba y subía como si nada se agitase en su corazón. Sin embargo, toda su figura transmitía tensión. ¿O quizás era sólo la mía?

–¿Quién eres? –le pregunté–. ¿Qué eres?

Lo averiguaré todo sobre ti, me dije, aunque tú no quieras.

Permaneció inmóvil sin responder. Los ojos se me fueron cerrando.

Y pasó Lira, y corrieron las Nereidas, Cannis, Hércules y Coma Berenice.

Tres lanchas aguardaban. Mi tío, desde cubierta, daba órdenes a diestro y siniestro. Los que habríamos de descender a tierra nos apiñábamos los unos junto a los otros intentando darnos calor. Sentía las piernas moradas de frío y los dientes me castañeteaban. Hundía los dedos en el agua y ondas concéntricas rozaban mis uñas. Un fondo límpido dejaba entrever hipocampos de colores, corales y algas.

¡Judas! En mi cabeza tan sólo una palabra, ésa, porque no lo era, no señor, no era suficientemente alto, ni guapo, ni nada de nada para hacer de Jesús. Porque «mira, Hernando, comprende que llegas tarde y que no quedan más papeles». Y protesto y Donís se ríe de mí. Si no me contuvieran me tiraría a su cuello y le mordería hasta que su lengua dejase de moverse para siempre. Soy náufrago. Me rebelo. ¿Por qué? ¡Yo no quiero hacer de Judas! El asesino. ¿Mira dicen? Apóstol perjuro, los años te recordarán.

Entonces, ¿es mi destino? ¡Reo es de muerte! ¡Reo es de muerte! ¡Reo es de muerte! Adivina quién te hirió.

–El papel no es tan malo, Hernando. De hecho, es uno de los protagonistas –me decía Dragón sonriente. Mequetrefe.

–Está bien –le dije–, no pasa nada, seré Judas.

Acepté. No tenía otra posibilidad. Mi corazón hervía mientras las embarcaciones avanzaban hacia tierra firme. Así que yo tendría que hacer de Judas mientras Donís interpretaría a Jesús.

Frente a mí, mi padre permanecía mimetizado con la embarcación.

–No tenía razón.

A mi lado, Alonso me miraba. Su pelo pelirrojo estaba enmarañado por el viento. Él continuó.

–Donís, que no tenía razón.

–¿A qué te refieres, Alonso? –pregunté.

–Dijo que tú no debías hacer de Jesús, que ni de broma serías capaz de interpretar...

–¿Eso dijo? –En mi mente comenzaban a aclararse muchas cosas.

–Sí, y los demás le dieron la razón.

–¿Los demás? ¿Diego también?

–No, Diego no opinó, sólo Dragón, El Mellado y Juan.

Por lo menos Diego...

–Yo intenté defenderte –continuó Alonso– porque pienso que podrías hacerlo mucho mejor, y que Donís se parece mucho más a Judas que tú. De hecho, yo creo que nunca nadie se pareció tanto a Judas, ¿te has dado cuenta alguna vez de lo insoportable que es su risita irónica? Pero me dijeron que me callase porque los pequeños no pueden opinar.

Le miré y desvié la vista. Frente a él, sentado, estaba Diego. Tan diferente. Los rasgos de uno y otro se superpusieron y me parecía que formaban parte de un mismo personaje.

La playa se extendía sorteando riscos. Las tortugas bostezaban encima de ellas y los lagartos yacían buscando un poco de sol. Se veían también las aletas de los tiburones rodeando cuatro islotes. De vez en cuando se acercaban también a los barcos en los que viajábamos y me parecía ver sus ojos diminutos buscando nuestra presencia. La arena fulguraba. Estaba cubierta de caracolas y conchas de los más diversos tamaños y colores. La desembocadura de un río se abría en un delta al mar.

–Subiremos el río –dijo Bartolomé desde una barca vecina. Mi padre, a su lado, asintió con la cabeza.

Remontamos aquel regato impulsando con la fuerza de los remos. Las pequeñas embarcaciones crujían. Atrás dejamos la playa para internarnos en una selva húmeda y cálida buscando la población que mi padre nos había prometido, pero que por más que buscáramos no aparecía.

–Es muy fácil para el señor Almirante no hacer nada más que pasarse el día midiendo, ¡pero que al menos lo haga bien! –murmuraron a mi lado.

Los árboles corpulentos se alzaban muy por encima de nosotros, creando un cielo donde las hojas, como esmeraldas enormes, colgaban de los árboles. Como las lianas y las plantas. Bullían a nuestro alrededor los mosquitos y las moscas. Los pájaros cantaban en tumulto. Caobas, cedros crecían entre el follaje de plantas que jamás había visto. Saqué la mano del agua. Los tiburones habían desaparecido y en su lugar rugosos caimanes bogaban a nuestro lado, abriendo sus bocas de enormes dientes, donde la carne terminaba de pudrirse.

Navegábamos, y los músculos de los brazos se tensaban cada vez que hundíamos los remos en las aguas cristalinas.

Al final de la mañana encontramos un remanso donde las aguas se deslizaban plácidamente en una ensenada de arena muy propicia al descanso. Tres mujeres que se encontraban allí huyeron despavoridas. Sus cuerpos morenos cabrillearon mientras sus pisadas se perdían en la espesura.

Padre ordenó desembarcar para perseguirlas, pues era probable que sólo así pudiéramos encontrar algún vestigio de civilización. Atamos las embarcaciones y emprendimos la marcha. Atravesamos aquellos bosques de vegetación exuberante y virginal, donde los pies se hundían constantemente en la tierra húmeda hasta llegar, por fin, a un poblado de casas pequeñas y oscuras. Estaban cubiertas por ramas resecas y barro.

Allí apostados aguardaban una centena de indígenas que sacudían los brazos en un torbellino de caoba, que eran sus cuerpos, surcado de abalorios de colores, dispuestos a defender su territorio con la vida si fuera necesario. En sus manos morenas sujetaban arcos y flechas; mazos, garrotes y astas de palma, negras como la pez y duras como el hueso.

El Almirante se abrió paso entre la muchedumbre. Detrás de él, iba Bartolomé, algo más tosco. El resto llevábamos en nuestros brazos los cascabeles y objetos de latón que intentaríamos trocar por víveres.

–No queremos haceros nada, amigos –decía mi padre enseñando sus manos desnudas. Todo eran sonrisas y ademanes amistosos.

Los nativos, al ver que éramos gente de paz, y asombrados sin duda por la valiente actitud de mi padre, depusieron las armas y su gesto hostil, convirtiéndose en lo que el cardenal Cisneros habría denominado «ovejas descarriadas».

Aquellos hombres llevaban el pelo recogido en trenzas que enrollaban alrededor de la cabeza, a modo de corona de pelo oscuro que enmarcaba sus frentes anchas. Las mujeres, en cambio, lo llevaban corto como nosotros. Iban desnudos, cubriendo sus partes pudendas con un simple trozo de tejido. Una fina tela cubría los pechos de las mujeres, que sostenían en sus espaldas a bebés que dormían apaciblemente. Los ojos oscuros de los niños más mayores atisbaban a través de las ventanas.

El que parecía el cacique del grupo se adelantó. Llevaba un tocado de plumas de colores y una camisa burda, sin mangas, que le llegaba hasta el ombligo. Tenía los brazos cruzados sobre el pecho. Prestamos atención. Había comenzado a hablar en su lenguaje de chasquidos. No sabíamos lo que quería decirnos. Yo, por si acaso, di un paso atrás. No obstante, por señas parecía querer invitarnos a compartir la comida. Respiré aliviado mientras notaba como mis dedos dejaban de hacer presión sobre los cascabeles.

–¿No tienes hambre, padre? –le pregunté mientras observaba su cuenco de barro rebosante de los trozos de la especie de gallina que se asaba en la hoguera.

–Estaba pensando...

Callé. Como siempre, tendría que esperar por si quisiera decirme más. Un humo suave se elevaba desde mi plato.

–Estos hombres parecen fuertes, ¿verdad? –no esperó que le contestara, prosiguió–: Y son muy serviciales. Mucho. –Se giró hacia mí y me preguntó–: ¿No crees que servirían muy bien de esclavos?

Me quedé en silencio. ¿De esclavos? Estaba atrapado entre la espada y la pared. Por un lado no quería decepcionarle, pero los Reyes y mis maestros me habían enseñado a odiar la esclavitud. ¡Oh, Dios! Me era imposible imaginar aquellos cuerpos flexibles como juncos trabajando a destajo para unos hombres que no dudarían en maltratarlos hasta el límite.

–Sí, sí que servirían. No obstante, la esclavitud está prohibida por los Reyes. –Respiré. De algún u otro modo me sentía decepcionado con mi padre y eso me hacía sentir culpable.

–¿Sabes, Hernando? –dijo después de una larga pausa–. Ya te darás cuenta de que siempre que hay una norma existe también la forma de evitarla. Siempre se pueden «tomar atajos» y hacer alguna trampa. Esto vale para todos, incluidos los Reyes. Sí, incluso los Reyes... Recuérdalo.

Y prosiguió la comida entre las conversaciones de los descubridores y de los bailes endemoniados de aquella gente hospitalaria, mientras mi cuenco repleto se quedaba junto al de mi padre.

Al caer la tarde, parejas de hombres blancos y mujeres tiznadas se iban retirando poco a poco. Y yo no era tan inocente como para ignorar adónde se dirigían, ni conocía tan poco de la vida para no comprender la necesidad que llevaba a aquellos que permanecían durante meses encerrados a intentar desfogarse con lo primero que encontraban. Y ¡cómo no hacerlo con aquellas mujeres bellas que, además, no ponían dificultades, como hacían las mujeres castellanas!

Mi tío, totalmente ebrio, se encaminó hacia donde me encontraba, agarrando, por la cintura, a dos jóvenes que no pasarían de los dieciséis años.

–¿Y tú, Hernando? –me espetó mientras soltaba en mi cara un vaho de hierbas fermentadas que me hizo cerrar los ojos. Tragué saliva.

–¡Déjalo! –terció mi padre–. A él no le gustan esas cosas. –Y tenía su voz un tono de amargura que me hirió más profundamente que ninguna herida.

Bartolomé se fue con la cara del borracho que no consigue lo que se propone, mientras mi padre, con las manos entre las rodillas, miraba fijamente al suelo. Su pelo cano brillaba.

Acaso –mi pecho palpitaba–, acaso lo sabía; acaso había notado mis ademanes, mis ojos que siempre le buscaban, los movimientos de mis manos anhelantes cuando me encontraba a su lado. No podía ser. Se levantó y se adentró en el bosque. No lo seguí, no podría haberlo hecho, y, sin embargo, me hubiera gustado tanto... Sentía que me ahogaba, si mi propio padre sabía lo que sentía, si me conocía tan bien, ya no existía salvación posible, mi pecado era ya de todos. Necesitaba ayuda. Alguien al que poder decir Amigo; y que me mirara y me dijera a su vez Amigo.

Los rescoldos de la hoguera brillaban palpitantes entre la ceniza y una pequeña llama, diminuta, se alzaba como un pequeño salvavidas. Detrás de ella se encontraba Alonso junto a Diego. Éramos tres, los únicos que quedábamos.

Sacando fuerzas abjuré de la vergüenza que me corroía y que embotaba mi mente. Llegué a ellos en busca de remisión. Y quise pedirles socorro, contarles ya sin miedo todo lo que me pasaba... pero callé.

A mi alrededor todo era también suciedad. Se oían gritos desde las pequeñas casetas del poblado. Los moradores masculinos de éstas se habían retirado, con las armas en la mano, Dios sabe dónde.

Mis amigos también callaban. Yo no sabía cómo interrumpir su silencio. Me senté junto a ellos y dejamos que el tiempo se escurriera entre las ascuas.

–He de irme –dijo Diego levantándose, sin sentir que necesitaba su ayuda más que nunca.

¡Diego!, quise gritar, y su sombra se perdió, como antes lo hizo la de mi padre en la espesura.

Las pequeñas chozas nos miraban.

–Levantémonos de aquí, Alonso. Marchémonos de este sitio.

Habíamos iniciado la búsqueda de aquel lugar donde podríamos ser libres, aun a sabiendas de que nunca podríamos huir.

El olor del pecado se sentía en el aire.

Cruzamos charcas, helechos y malezas espinosas. Los niños del poblado se escondían felices entre los arbustos ajenos al pecado que sus madres –junto con nuestros amigos y compañeros– realizaban sin sentimiento de culpa alguno.

–¿Te gusta escribir, Alonso? –dije para romper el hielo.

–No sé hacerlo.

Y ya no hablamos más. Anduvimos durante horas y horas sin dirigirnos la palabra. Atrás dejamos lomas y riachuelos. El sol ya comenzaba a hundirse en el horizonte y el calor estival iba dejando paso al frío húmedo y cortante característico de la noche de aquellas latitudes, cuando decidimos regresar.

–Es muy tarde, Hernando.

Sin duda alguna, el castigo sería ejemplar.

–Tú, corre.

El aire golpeaba en mi cara. La sangre se acumulaba en mis manos. Tenía la boca reseca. Pero casi me sentía dichoso corriendo junto a aquel niño.

En el poblado nos esperaban todos y, contrariamente a lo que pensábamos, cuando llegamos, no nos dirigieron ningún reproche. La sonrisa lasciva que recorría sus mejillas, más animal que humana, les hacía olvidar cualquier deseo de regañarnos.

–¡Me he enamorado! –exclamó Donís en cuanto nos reunimos con ellos–. ¡Y os aseguro –dijo mirándonos presuntuosamente– que mi hembra era la más bella de todas! ¡Si hubieseis visto sus formas, sus redondeces! ¡Qué mujer, en España no las hay así! ¡Por no hablar de las cosas que sabía hacer!

Y dijo así: «Hembra». Su boca babeaba. Lo miré asqueado. ¡Cuán despreciable era! ¡Cuán simple! Diego tenía pintado en la cara un gesto más taciturno que de costumbre.

Esta noche –sé que pensé– averiguaré dónde vas. Y proseguí escuchando sus conversaciones sórdidas. Las posturas indecorosas, los éxtasis sobrehumanos, las palabras libidinosas de mis compañeros. Mientras, la espalda de mi padre marchaba por delante de nosotros y veía su nuca, que se deslizaba espalda abajo.

Cuando llegamos al lugar donde habíamos dejado las barcas, nos quedamos pasmados. Durante el tiempo que pasamos en el poblado, las aguas del río por el que habíamos ascendido a la ida habían aumentado hasta casi triplicar su caudal. Lo que antaño había sido una superficie apacible se había transformado en un agujero inhóspito y salvaje. Por doquiera que mirase, cantidad de turbulencias y torbellinos giraban furiosos, chocando contra los escollos que emergían entre las aguas.

–¿Embarcamos, señor Almirante? –preguntó dubitativo el maestre Ambrosio Sánchez.

–Embarcamos, señor maestre –contestó mi padre haciendo caso omiso de las murmuraciones que comenzaban a alzarse entre la marinería.

Era un peligro innecesario y todos éramos conscientes. Podíamos acampar o volver al poblado, pero mi padre había decidido que no, poniéndonos de nuevo en peligro. Introduje el pie en aquella embarcación y un escalofrío me recorrió el espinazo.

De aquel viaje confuso del que yo, como mis compañeros, creí que no sobreviviría, lo único que recuerdo es que murieron ocho personas. Su lancha, a diferencia de la nuestra, no pudo llegar a buen puerto y pudimos ver como los tiburones devoraban sus cuerpos en la desembocadura.

–Id a dormir –dijo el Almirante cuando todos estuvimos embarcados–. Mañana celebraremos las exequias debidas.

Fui a donde él se encontraba, restregándome las lágrimas que morían sobre mi pómulo. No debía verme flaquear.

–Padre –le dije con un nudo que me atravesaba la garganta. Lloraba más por él y por mí que por todos los que habían muerto. Sentía la necesidad de consolarle y consolarme a mí mismo.

–Se llamará río del Desastre –murmuró volviéndose, como si no hubiese notado que estaba allí. Todo lo que habíamos pasado parecía un capítulo en blanco en su mente. Sólo recordaba la aciaga comida en la aldea.

Y quise decirle que me alegraba de que hubiese sobrevivido y que no podía imaginar la vida sin él. Contarle que prefería pasar miles de ríos así antes que perderme un segundo de su presencia, de su ser. Que era lo único que me importaba y que, en definitiva, lo quería. Pero mis palabras expiraron en mis labios mientras lo veía dirigirse hacia su camarote.

Me fui a dormir a mi hueco de siempre, junto a Diego, que, despierto, miraba fijamente el cielo. De pronto se levantó, sin hacer ruido, comprobando que yo dormía –o por lo menos lo aparentaba– y, con paso silencioso pero seguro, bajó por la escalerilla que descendía hacia la bodega.

Alonso, tendido junto a mí, se apretó a mi cuerpo frío y sentí su sangre latiendo en mi espalda. Lentamente, me giré y me quedé mirando a sus ojos.

–Hernando, tengo mucho miedo.

–Lo sé, Alonso, todos lo tenemos –le contesté. Su mano, fría y sudorosa, buscó la mía.

–No quiero morir.

–No vas a morir.

–Hoy creí que no viviría, ¿sabes? –Y su voz temblaba.

–Es más difícil vivir que morir, Alonso.

–Quiero que Donís muera.

–Sshhh, calla, duerme.

Lo abracé mientras sentía su cuerpo de niño deslizarse en un sueño cargado de tribulaciones que no me pertenecían. Escuchaba su respiración acompasada, cada vez más rítmica, más regular hasta que la fuerza con la que se había aferrado a mi espalda dejó paso a la postura rígida del descanso.

Pasaron las horas, los días, ¡qué sé yo! Comencé a sentir la desazón de aquel que sabe que en ese momento ha de estar en otro lugar. Me desembaracé de sus delgados miembros mientras echaba un último vistazo a su cuerpo. Eché a andar.

Sabía que me dirigía hacia mi condena, que al lugar donde había de ir no podría volver de igual modo y que el Hernando que dejaba atrás durmiendo junto a aquel niño era ya una sombra del pasado. Andaba, sí, andaba por aquella estrecha cubierta que a cada paso parecía se hiciera más y más larga, mientras las olas batían los costados de la nave. No me vio el grumete ni el oficial de guardia encargado de velar el cuarto de alba. Nadie supo que yo había entrado en aquel sitio, por eso me pregunto si fue real lo que vi.

Era aquel marinero que se había reído de mí el primer día. Su aro de oro brillaba a la luz del candil. Abrazaba el cuerpo desnudo de Diego. Encima de él, pronunciaba palabras soeces que jamás había escuchado. Y Diego, tendido sobre el suelo, se dejaba hacer. Con los brazos extendidos frente a su cabeza, estaba más distante que nunca. Y Diego me miró, y vio mi cara de espanto y sonrió mientras asentía. Comprendí, por fin, cuál era su oscuro secreto.

Me di la vuelta y salí corriendo. Huía de aquel lugar mientras se me abrasaba el pecho por dentro. No podía pensar. No sabía qué hacía ni adónde iba. No entiendo siquiera cómo pude encontrar mi sitio en aquella cubierta.

Y soñé, y más que soñar rememoré una escena de mi infancia; un recuerdo que se había ido difuminando pero que ahora comprendía.

Me vi a mí, niño todavía, andando de la mano de Beatriz y de mi hermano Diego. Había mucha gente. Nunca había visto tanta. Todos estaban reunidos como anhelantes. Hablaban a voz en grito, comiendo fruta y comentando algo que habría de pasar y que yo no lograba entender en la parquedad de mis cinco años. De pronto se extendió el silencio. Las miradas se dirigieron a un mismo punto: a una de las puertas de la plaza que se abrían en un chirriar de goznes como si una fuerza sobrehumana las empujara. Miré intrigado. ¿Qué podía ser aquello que tanta expectación merecía, capaz de reunir más gente incluso que una misa en la catedral? Sólo vi a Juan, El Chico, el carnicero del barrio de San Andrés, atado de pies y manos, andando descalzo sobre la plaza. De vez en cuando levantaba los ojos, como si buscara la cara de alguien, y la gente le rehuía la mirada. Parecía que se avergonzaran de él. No lo entendía. A mí siempre me había parecido muy agradable y atento. Cada vez que iba a su carnicería, en las contadas ocasiones en las que podíamos permitírnoslo, me daba un hueso para la sopa de Beatriz. Ese mismo hueso que yo daba al perro que vivía justo en la esquina.

Dos hombres enormes marchaban junto a él, y su mujer, justo detrás de nosotros, se ocultaba bajo una pañoleta. No entendía por qué lo hacía si allí todos la conocíamos. Era una mujer normal (aunque cojeaba levemente y su halitosis había llegado a ser crónica). No tenía nada de que ocultarse.

El preso avanzaba rozándonos apenas y dejando tras de sí el mal olor de aquel que ha estado encerrado durante muchos días. A su paso la gente se apartaba como si estuviera poseído por la lepra. Las muñecas escuálidas del carnicero, su piel cetrina y sus ropajes manchados así lo indicaban. Anduvieron con paso firme hasta que llegaron a una pira donde se levantaba un madero reseco.

El pequeño murmullo que había en un principio se había transformado en un ruido ensordecedor.

–¡Fuera! –había comenzado a gritar la muchedumbre.

–¡Que arda en la hoguera!

–¿Por qué no yació con una barragana como hacen todos? –comentó una voz chillona detrás de mí.

Me giré. Era doña Constanza, una vieja que siempre nos regañaba a Diego y a mí en cuanto nos veía. Aunque no estuviésemos haciendo nada ni molestando a nadie. Hablaba con otra vecina a la que apenas conocía de vista pero que, por las trazas, no debía de ser muy distinta de ella.

–Mi difunto Antonio así lo hacía. Dios lo guarde en su memoria. Porque, hija, a los maridos hay que cuidarlos –continuaba con aire de suficiencia–. Y si una no es capaz...

–Sí, pero ya sabe, su mujer no conseguía darle hijos y se tenía que desahogar –le replicaba la otra.

–¡Pero si eso es lo que digo yo! Pero que lo hubiese hecho con una mujer, como dice la Biblia. Ya lo hizo Abraham... ¡Y él era profeta!

–Tiene toda la razón, pero ya se sabe. Por ello ya tiene su justo castigo... ¡¡Dios!! Pecar contra natura en su propia carnicería.

–Él, que parecía tan buen esposo. Y su aprendiz ¡tan agradable!... Chica, ¡qué asco me da sólo pensarlo! Menos mal que Dios lo va a encerrar en el infierno.

Y continuaron con su diatriba, perforando los cerebros de aquellos que, por estar tan apretados, no podíamos evitar escucharlas. Hasta que un profundo ¡ohhhhhh! azotó a la congregación de ciudadanos y los enmudeció de pronto.

Primero el fuego prendió su ropa, luego comenzó a arderle el cabello, y, finalmente, la piel se apergaminó y comenzó a caer en trozos sanguinolentos sobre la paja candente, descubriendo así unos huesos y una calavera reluciente, con dos oquedades profundas.

Su mujer había comenzado a llorar y los goterones, grises por la ceniza que arrastraba el aire, goteaban por su cara, su nariz y su ropa. Un olor a chamuscado inundaba la atmósfera y me recordaba a cuando a Beatriz se le quemaba la comida. Aquel olor que revolvía los estómagos. Sólo pude volver a olerlo mucho tiempo después, cuando tuve que visitar un campo después de una batalla, y, ni siquiera entonces, a pesar de la cantidad de heridos, fue tan intenso.

Durante la quema me pareció que me miraba y sus ojos, más que reflejar pena por él, parecía que lo hicieran por mí.

La gente ya había comenzado a marcharse, en busca de otras diversiones y los niños jugaban a tirar piedras donde estaba el cadáver, apenas huesos calcinados, todavía humeaba, para gran disgusto del alguacil encargado de custodiar los restos del difunto hasta que se decidiese qué hacer con ellos: si enterrarlos, arrojarlos al río o al monte más cercano.

Recuerdo que me acerqué y que casi pude tocar las pajas candentes. Aquella calavera con sus filas de dientes, su agujero en la nariz, sus restos de piel y carne pegados todavía a su superficie.

Me mareé, me cerraron los ojos y ya no vi nada más.

¡Pecado nefando! ¡Pecado nefando! ¡Pecado nefando!

5

DE CÓMO EL ALMIRANTE
DECIDIÓ IR A PORTOBELO

Sin detenerse, el Almirante navegó hasta que llegó a Portobelo, al que puso este nombre porque es muy grande, muy hermoso y poblado y tiene alrededor mucha tierra cultivada. Entró en él el dos de noviembre, por entre dos isletas; dentro de él pueden las naves acercarse a tierra y, si quieren, salir volteando. La tierra que circunda este puerto es alta, y no muy áspera, bien labrada y llena de casas distantes unas de otras un tiro de piedra o de ballesta; parece una cosa pintada, la más hermosa que se ha visto...»

Estas palabras, escritas en otro tiempo y lugar, vuelven ahora a mí con fuerza.

Era aquel paraje el más idílico paraíso, la viva imagen de todas nuestras oraciones. ¡Portobelo!

Tumbado sobre la hierba, dejaba que las horas fueran parte del pasado y de la memoria de días antiguos ya olvidados. Olía el dulzor del prado todavía húmedo. Los caracoles se deslizaban y bullían las lombrices. Tallos de seda, que eran la hierba, crujían bajo mi peso, y en el cielo surcaban los barcos de espumas rizadas.

Alonso, junto a mí, permanecía echado sobre su espalda: los ojos cerrados y su pecho subiendo y bajando como si durmiera. Veo su imagen como si estuviera ante mí.

Sus pies pálidos estaban abiertos como abanicos al sol del mediodía. Se encorvaban y se estiraban meciéndose al compás del viento. Sus tobillos eran nudosos como los troncos de los árboles, salpicados de pequeñas pecas. Y las pantorrillas, y las rodillas, que, como puños cerrados, doblaban sus piernas en ángulos imposibles. Y las manos, y los brazos, y su cuello como ese cisne que allí llamaban yaguasa. Su barbilla todavía infantil sonreía inocentemente; su boca, gruesos pétalos; su nariz, desafiando la severa ley de las proporciones, sus mejillas arreboladas, sus párpados temblorosos, su pelo revuelto.

–Qué endiablada travesía –dice.

–Qué endiablada –repito yo.

Tanteo la hierba en mis recuerdos, con mi mano buscando la suya. Y me recibe, cálida. Y vemos cómo pasa el tiempo y cómo pasa también la vida. El viento labra la piedra. El cielo se llena de nubes que presagian la lluvia y revientan en aguacero.

–¡Hernando! –gritó una voz rompiendo el encanto–, ¡Alonso! ¡A las embarcaciones! ¡Rápido! ¡Se avecina una tormenta!

Aquel que nos había llamado ya había desaparecido de nuestra vista. Alonso se giró hacia mí despacio.

–Podríamos quedarnos aquí toda la vida –dijo.

Sólo pude negar antes de levantarme y ayudarlo a incorporarse.

–Hemos de partir –susurré sin demasiada convicción–. Vamos, Alonso, que nos están esperando.

No podía mirar atrás. Durante siete días, con sus siete noches, había vivido en ese paraje de tierra firme esperando, como el resto de mis compañeros, a que escampasen los truenos para poder continuar con la misión que nos habían encargado Sus Majestades. Teníamos que hallar el estrecho que separaba Cipango de las enormes riquezas descritas por Marco Polo en la región de Catay. Tal era nuestra misión, pero durante una semana habíamos convivido con aquellos indígenas de piel aceitunada que no dudaban en trocar su oro, sus espejos, su misma sangre, si hiciera falta, por una quincallería de cascabeles, alfileres y agujetas de latón. Y no quería irme. Durante aquellos días había descubierto junto a Alonso la sensación de tener un amigo con el que compartirlo todo. Ya no me sentía solo. El cariño me desbordaba. Sólo había un punto negro. Durante esos siete días había estado alejado de mi padre. Se había quedado en la *Santa María* postrado en cama retorciéndose en su enfermedad.

Me apresuré hasta casi obligar a Alonso a que trotase a mi lado.

—¿Qué te pasa? —me preguntó—. ¿Por qué aprietas el paso?

Vacilé. Bien podría haberle explicado lo que me torturaba, lo que me hacía levantar sudoroso por las noches y me volvía taciturno por el día; bien podría haberme desahogado con él.

Entonces Alonso habría comprendido quién era aquel ser al que se aferraba cuando se sentía caer. Sabría entonces quién era aquel al que había comenzado a llamar amigo, y su espanto habría sido tal que el Alonso que yo quería habría muerto para siempre. Era mejor callar.

—Nos están esperando —le contesté mientras la voz me temblaba en la garganta.

Me miró consternado, ¡pobre niño mío!, pero no dijo nada, continuó con la marcha extenuante a la que yo lo tenía sometido.

—¿Te has aprendido ya el papel de la obra? —le pregunté para romper el silencio que se había adueñado de nosotros.

Las pisadas crujían y los pies se hundían en la arena tostada. Los trozos de conchas partidas, los guijarros diminutos chocaban contra nuestras uñas largas produciendo un sonido desagradable.

—No, no del todo —contestó. Sus tendones se estiraban y se encogían, cubiertos apenas por un vello rubio que brillaba con los últimos destellos del sol. La arena rubia también se elevaba detrás de sus talones—. Además, no me sale la voz de vieja.

Porque si Donís había decidido que yo habría de interpretar a Judas, a Alonso se había contentado con darle el papel de anciana. Sonreí amargamente.

–Si quieres, yo te puedo ayudar a que te lo aprendas... pero lo de la vieja va a ser más difícil –le dije intentando hacer más leve la carga de culpa que pesaba sobre mis costillas. Reí y mi risa sonó falsa.

Silencio.

–Alonso, no es que no te lo quiera decir... –Sus ojos verdes me miraban y brillaban condescendientes.

–Lo sé, no te preocupes, te lo digo en serio, de verdad. No me importas por lo que me cuentas, sino por lo que supones para mí –dijo.

Tuve miedo; Alonso no debía crecer, no debía sufrir; no debía transformase en lo que ya éramos todos: Diego, Bartolomé, Juan, Donís, El Mellado, Cristóbal y yo mismo.

–¿Y qué supongo yo para ti, Alonso? –le pregunté intrigado.

–El hermano que perdí.

Entonces el que calló fue él, y yo respeté su silencio porque sabía que había cosas que es mejor no contar. Hay cosas que son tan nuestras que si las compartiéramos con alguien dejarían de pertenecernos. Y aún peor, dejaríamos de ser nosotros mismos

La lluvia había comenzado a caer fina sobre nuestra cara y rodaba por nuestros cuellos.

¡Otra tormenta más! Parecían no tener fin y haber decidido hacer fracasar la expedición y sumirnos a todos en una desesperanza continua. Voces dispersas comenzaron a surgir reclamando al Almirante regresar a España, poder volver a casa y dar por concluida una misión que sólo poseía significado para él en sus delirios megalómanos de liberar el templo de Jerusalén. Y yo, como hijo infiel que era, secundaba esta opinión pensando tan sólo en su salud, que cada día se veía menguada, obligándolo a permanecer postrado en su camarote.

Padre –hubiera querido decirle–, seguir luchando es absurdo. Este viaje es una pesadilla sin sentido. En Castilla te esperan riquezas, gente que te quiere y una vida más larga. Regresemos.

Pero no me atrevía a hablar con él. Sólo pensarlo hacía que las manos me temblaran como si yo también fuera un viejo.

Un grito profundo y continuado a mi lado me sobresaltó. Alonso había echado a correr por la playa con los brazos en alto hacia el agua.

–¡Alonso! –le grité–. ¿Pero qué haces? ¿No ves que nos están esperando?

Se había vuelto a levantar el viento huracanado que tan normal resultaba ya en la travesía. Mi pelo –largo por tantos meses sin recibir el corte piadoso de la cuchilla debido a la ridícula superstición de que sólo habría de cortármelo cuando estuviese de vuelta al hogar– se revolvía por encima de mi cabeza, tapándome los ojos. De pronto, Alonso se giró y me miró.

–Hernando –dijo chillando y haciéndose oír entre el tumulto de las olas que rozaban sus pies descalzos–. ¿No te diviertes nunca?

–Sí –dije también chillando–, pero no cuando nos están esperando.

–¡Vamos! ¡No seas cobarde! –gritó riéndose–. ¿O acaso te da miedo el mar?

¿Cobarde? Eso nunca. Podría ser soberbio, envidioso, arrogante, egoísta, ambicioso, pero nunca cobarde. Nunca, nunca, nunca.

Eché a correr hacia la orilla y tras de mí quedaban huellas profundas de arena húmeda, cada vez más oscura cuanto más me acercaba a mi meta. Allí estaba Alonso, con el agua a la altura de las rodillas, la espalda encorvada, las manos hundidas en el mar, esperándome.

Comenzó la batalla. Alonso delante, de espaldas, y yo, detrás, persiguiéndolo. Los pies, las manos, todo valía para salpicar al oponente. Y nuestras risas se elevaban confundiéndose con los chillidos de las gaviotas que vuelven en busca del refugio que ha de protegerlas de la furia del mar.

–¡Vive Dios, qué buen espectáculo!

Aquella voz nos paralizó. Comenzamos a sentir entonces la culpa que habíamos obviado tan fácilmente. Y el frío, el viento, la lluvia volvieron a hacerse notar como si, durante un instante, nos hubiesen concedido una tregua y ahora volvieran a arreciar con toda la cólera que habían contenido.

–Bien, bien... Supongo que de ésta no os vais a librar tan fácilmente, por mucho que alguno de los presentes sea hijo del «señor Almirante».

Y Donís nos miraba desde la orilla mientras reía abiertamente. Su enorme cuello se agitaba bajo la mandíbula. Daba rienda suelta a una envidia que nunca se había molestado en disimular. Y lo odié como nunca había odiado a nadie porque él era como yo. Donís representaba todo lo que odiaba de mí mismo. Era mi misma imagen, mi mismo reflejo. En sus ojos vivía mi mismo miedo, tenía en sus manos mis mismos deseos y su sonrisa poseía mi misma animosidad. Sólo una cosa nos diferenciaba, sólo un apellido me elevaba por encima de él y me redimía.

Alonso, junto a mí, marchaba decidido hacia él.

Eché a correr y lo agarré por la espalda.

–No hagas tonterías –le dije.

Alonso, desistiendo, todavía tuvo tiempo de exclamar, mientras el cuerpo del odiado se perdía tras el escollo de piedra que había ocultado nuestros juegos de las miradas de aquellos que nos aguardaban:

–¿Por qué eres así, Donís?

Y le arrojó una piedra que rebotó contra su cabeza deforme.

Caía el agua rítmicamente: plof, silencio, plof, silencio, plof, silencio. La oscuridad se condensaba en torno a nosotros y la luz de un candil apenas nos dejaba ver nuestras propias manos. Los ruidos se multiplicaban y rebotaban entre las maderas encorvadas. Crujían como si se fueran a desarticular en cualquier instante. Se sentían las pisadas leves de las ratas, el corretear de las cucarachas y de la multitud de seres que poblaban aquella estancia cerrada. Afuera se oía el sonido de la lluvia golpeando contra la cubierta y el batir de las olas contra el maderamen. Otro día más de tormenta.

Sentados sobre un barril (para no tener que meter los pies en el agua putrefacta), cumplíamos con el castigo impuesto y veíamos como el líquido salado se filtraba por las junturas mal calafateadas de los tablones. Pero no teníamos miedo, ya no teníamos por qué.

Durante dos días estuvimos encerrados en aquella lóbrega bodega. Codo con codo, habíamos compartido secretos, comidas, horas de mal sueño. Habíamos aguantado encerrados renegando de todo, especialmente de aquel que nos había metido en aquel lugar.

–Por esta vez no os azotaremos –dijo mi padre mirándonos–, pero lo que habéis hecho es muy serio. Pasaréis dos días encerrados en la bodega en penitencia.

Y ya habíamos imaginado a Donís colgado de un árbol, agujereado por una pica, reventado por un lanzazo diestro; revolviéndose en convulsiones espasmódicas gracias a un veneno tan infalible que cerraría por siempre su enorme boca. Porque las horas de aburrimiento habían sido muchas, así como el rencor.

–¿Y tus padres? –le pregunté mientras reprimía un bostezo.

–Mi padre mató a mi madre, y mi hermano mayor, el que me dio el dinero para huir de mi casa, lo mató a él. Fin de la historia.

Me quedé mudo, no sabía cómo socorrerlo. Acariciaba su mano mientras mi mente desesperaba por encontrar las palabras que le demostraran que yo estaba ahí, que lo comprendía.

Durante nuestro castigo, Alonso me había demostrado la banalidad de mi vida. A pesar de su corta edad había vivido experiencias inimaginables: contactos con brujas, párrocos pervertidos, padres borrachos... ¡Dios, y yo me atrevía a quejarme!

Quería darle las gracias, abrazarlo y dejar que descargase en mí todo aquello que le compungía. Pero no dije nada. Continué estrechando su mano mientras afuera seguía lloviendo, las olas continuaban acometiendo los costados del barco y la luz del candil se iba haciendo más y más difusa.

–Hernando –dijo, su voz vibraba en la tenebrosidad de la bodega–, ¿crees en el destino?

Y sus ojos volvían a ser los del niño asustado que necesita la fuerza que sólo da el cariño de los padres. Padres que a él, como a mí, nos habían sido negados injustamente, privándonos de aquello que tuvo incluso el mismísimo Jesucristo en María y en José.

Debería haberle dicho la verdad, contado lo que pensaba: que nosotros somos libres, que ni siquiera Dios sabe lo que vamos a hacer, que somos nosotros mismos los que escribimos nuestra historia, los que tomamos nuestras decisiones. Quizás, entonces, su destino hubiera sido diferente y yo no tendría que estar lamentándome ahora por todo aquello que callé. Dije todo lo contrario a lo que en realidad pensaba, creyendo que así aliviaba su carga, y que tal vez así lo liberaba de la culpa que le hacía acusarse de la muerte de su propio hermano.

–¡Claro que existe! –dije animado–. ¡Ha de existir! Todo tiene un porqué, una causa profunda. No estamos aquí por causa del azar. No hemos nacido porque sí, no hemos de morir porque sí. Todo tiene una razón.

Y el silencio y el tiempo volvieron a adueñarse y a pasar entre nosotros.

–Podríamos hacer una cruzada –propuse.

–¿El qué? –me preguntó curioso.

–Una cruzada. No sé. Atrevernos a salir de aquí. O coger algo de comida... ¡hacer algo diferente!

Pero justo cuando ya estábamos decidiéndolo, alguien vino a interrumpirnos.

–Que dice el maestre que ya podéis salir de aquí, que vamos a ensayar la obra y que necesitamos vuestra ayuda. –Era El Mellado. Sentí asco. Al fin y al cabo, él era sólo una prolongación de Donís.

–Bien, ya vamos. –Y le tendí la mano a Alonso, que me la aferró con fuerza.

Sobre la cubierta ya estaban todos preparados. Donís, que había de interpretar a Jesús, se había enrollado una vela vieja, de aquellas que ya no servían, alrededor de su cuerpo contrahecho, creyendo que de esta manera se parecería a él. Mientras tanto, dictaba órdenes por doquier pensando que tenía suficiente autoridad para hacernos cumplir sus mandatos. Pasé a su lado empujándolo con el hombro y mirando hacia el frente.

–Bien, vamos a comenzar con la escena del prendimiento. Espero que todos os sepáis ya vuestros papeles –dijo con su voz chillona sin querer reflejar mi afrenta–. ¡A ver ese Judas qué tal lo hace hoy después de estar tantos días encerradito el pobre! –Y me miraba burlón con sus ojos de sapo que parecía se le iban a salir de las órbitas.

–Desgraciado –murmuré.

A su alrededor se reunieron aquellos que hacían de apóstoles y él, con amplios ademanes y voz afectada, comenzó a recitar sin dejar de mirarme:

> Amigo ¿esa tu color
> cómo le traes demudada.
> Si tu vienes con amor,
> tu ánima es perturbada?

Y yo le contesté, conteniendo la rabia que me embargaba, con el mismo tono de falsete con el que Judas hubo de contestar a Nuestro Señor cuando tuvo lugar aquella misma escena:

> Señor, yo te vengo a besar
> y a darte paz en la boca.
> Mi devoción no es poca
> luego quiero començar.
> Besarte quiero, Señor,
> qu'eres mi criador.

Donís, frente a mí, hacía verdaderos esfuerzos para contener la risa. Yo intentaba contener mi mano y no soltarle un guantazo en pleno rostro, en esa cara hinchada cargada de pupas y de cicatrices grotescas. Continuó moviendo las manos como si espantase moscas. «Ridículo mostrenco», murmuré.

> Plázeme de te besar,
> yo bien sé de tu falsía,
> que vienes a perturbar
> la mi santa compañía.

Y esperó a que yo depositase mi beso de traición en ella. A mí, de sólo pensar en besar a aquel monstruo, se me revolvían las entrañas. No estaba dispuesto a hacerlo. Bajo ninguna circunstancia. Sus dientes amarillos brillaban repulsivos. Antes besaría... ¡qué sé yo lo que besaría!

Con un gesto teatral me caí sobre los tablones y bajé la cabeza, depositándola sobre las rodillas; mis manos, como muertas, rodeándome la nuca. Asustados, se arremolinaron en torno a mí todos aquellos pajes, sujetando mi cabeza, soplándome aire, preguntándome cómo estaba, si necesitaba algo. Y yo les conté, pobres ilusos, que me había mareado, que el impacto con la superficie había sido muy grande después de tantas horas de respirar el aire nauseabundo y estancado de la bodega y que, por favor, me dejasen unos instantes para reponerme. Les dije que no parasen el ensayo por mi culpa, que yo habría de reponerme y que por favor continuasen sin mí y que no se preocuparan, que ya comenzaba a sentirme mejor.

Y prosiguieron con la representación. Yo los miraba. Niños apenas interpretando el papel de adultos desde el momento en el que se levantaban hasta el instante en el que se acostaban, y cuyo único descanso consistía en aquella pequeña pieza teatral.

Sólo Jesús parecía ridículo en todo aquel conjunto. Había comenzado la tercera escena y El Mellado, frente a Alonso, declamaba a voz en grito el papel que tanto le había costado aprender.

Nunca yo lo conosçi,
ni con El uve notiçia
pero soy venido aquí
por mirar esta justçia.

Alonso adoptaba la postura de una vieja: espalda encorvada, cabeza hundida entre los hombros, rodillas ligeramente abiertas y arqueadas –«más patizambo, Alonso», le había dicho yo mientras ensayábamos juntos–, y contestaba ante la negación de san Pedro con voz temblorosa: «Yo te vi en el huerto quando sacaste el cuchillo... quando sacaste el cuchillo... por ello habéis, no deviés... por ello deviés ser... por ello deviés ser...».

–¡Basta! –exclamó Donís furibundo, agitando sus brazos repulsivos. La carne que colgaba de sus huesos se agitaba en el aire–. ¡Parad!, ¡esto es un desastre! Alonso, ¿no te sabes el papel? «¡Por ello deviés ser muerto!» ¿Acaso es tan difícil? Dime, ¿te parece muy difícil?

–No, no es eso –contestó el aludido recuperando su postura natural.

–¿Entonces, qué? ¿No has tenido tiempo de ensayar, ocupado como estabas en otros menesteres? ¿Qué has hecho en la bodega? –dijo mirándome fijamente–, ¿qué pretendes? ¡Explícamelo! ¿Que hagamos todos el ridículo por tu culpa? –continuó con su tonillo irónico.

–Donís, es que yo no sé...

–¿El qué no sabes? Dime, ¿el qué?... ¿No contestas? Yo te lo diré. ¡No sabes pensar! ¡No sabes hacer nada de nada! Eres un estorbo que mejor se hubiera quedado en su casa con su mamaíta. –Y comenzó a hacer pucheros con las manos y con la boca.

No pude más.

–¡Donís, cierra la boca, pardiez! –salté. Alonso debía de hacer verdaderos esfuerzos para contener las lágrimas. El resto, a nuestro alrededor, asistía expectante al final de la trifulca.

–Ánimo, Hernando.

–Venga, Donís.

Jaleaban una pelea que, de haber ocurrido, no sólo hubiera desembocado en otro castigo en la bodega, sino quizás en algo peor. Solamente Diego, alejado de todos, el único que no había querido participar en la representación, nos miraba con un verdadero gesto de desinterés, como si le aburriéramos y como si, en el fondo, todo lo que hiciésemos incluso le hastiase. Y fue precisamente esta actitud la que hizo estallar en mí la ira, porque Donís parecía no notarlo y seguía tentando a la suerte.

–¿Y qué me vas a hacer tú? –me preguntó burlón–, ¿se lo vas a decir a tu *padre*?

–Eres demasiado despreciable para que mi padre se digne siquiera dirigirse a ti –le contesté mientras hacía verdaderos esfuerzos para mantener los brazos pegados al cuerpo. Hundía las uñas en la carne de mis muslos y me mordía los labios al tiempo que la sangre me subía por la garganta y me golpeaba en las sienes.

Levantó entonces el puño hasta la altura de los ojos y cuando iba a descargar el brutal golpe, una mano, surgida de no se sabe muy bien dónde, lo detuvo en el aire.

Abrí los ojos tembloroso. Frente a mí se encontraba Diego, que, sin necesidad de hacer fuerza, sostenía la palma ya abierta de mi contrincante.

«Porque ya es venido, el cielo ya se abrió y apareció el caballo blanco; el jinete fue llamado el Fiel, el Veraz y juzga y combate con justicia.»

Donís, derrotado, había dejado de hacer fuerza y miraba con la mirada temerosa a Diego, El Negro. Lentamente, la piel de su mano se iba tintando de tonalidades que oscilaban entre el morado y el verde cárdeno, mientras que la de Diego permanecía impasible alrededor de su muñeca.

–¡Nada de peleas! ¿Me oís? –dijo quedamente, como si hablase del tiempo o de cualquier asunto trivial. Sólo sus ojos relucían extrañamente.

Y nosotros asentimos sin demasiada convicción. Ambos habíamos salido derrotados pero, en el fondo, comprendíamos que la guerra no se había terminado. Apenas había sido una primera toma de contacto. Nos habíamos medido calibrando nuestras fuerzas, nuestros puntos débiles y ya sólo habríamos de aguardar el momento propicio en el que no hubiese espectadores inoportunos observando. Los dos solos, el uno frente al otro. Sería un combate desesperado en el que no existiría piedad para los vencidos.

Ya se alejaba Donís en abierta retirada cuando se giró y dijo:

–¡Ah! Y, por descontado, la función no se representará.

–¡Tanto mejor! –exclamé. Orgulloso como era, no podía permitir que él dijera la última palabra.

Y eché a andar hacia la proa, donde me apoyé en la barandilla.

–Te has equivocado –dijo con su tono suave Diego.

¿Quién le había pedido su opinión? ¿Por qué sólo aparecía cuando no creía necesitarlo? Te estás equivocando, te estás equivocando... ¿Quién era él para poder decirme aquello?

–Tú eres el que te equivocas –exclamé. Nunca me creí capaz de hacer algo así, de levantarle la voz, pero lo hice y me sentí todavía más culpable conmigo mismo–. He cambiado, Diego, ¿entiendes? Ya no soy el niño que embarcó en Sanlúcar. –Y a cada palabra sentía que me perdía. Supe que yo no era mejor que él.

Y él me miró y aquellos ojos reflejaron tristeza. Sonrió, y su sonrisa era aún más triste que sus ojos.

–Sí, ya has crecido, Hernando –afirmó dándose la vuelta.

Y quise pedirle que volviera, que regresara; decirle que le perdonaba sus deslices nocturnos, que, en realidad, se lo había perdonado hacía mucho tiempo y que me daba igual con quién yaciera mientras estuviera a mi lado protegiéndome. Y que por caridad, por lo más sagrado, no me dejara solo en aquel navío. Pero se fue.

Conservo de aquellas horas nocturnas un recuerdo muy claro, demasiado. Durante la cena luchaban en mi interior las contradicciones propias de un niño de trece años que deja de serlo.

Todo se derrumbaba a mi alrededor. Todo aquello por lo que había luchado dejaba de tener sentido. Padre comía abstraído en su mundo de cruzadas fantásticas, y Diego se había retirado de todos nosotros y comía también, más bien comían sus manos y su boca, porque él estaba en otro mundo. Me sentía más solo que nunca.

–¿Cómo fue la primera vez que viste a los Reyes, nuestros señores? –me preguntaba risueño.

–No me acuerdo, Alonso, yo era muy pequeño, fue hace mucho tiempo –le contestaba desganado.

Y seguía cayendo, mi vida seguía cayendo, deshaciéndose a mi alrededor.

–Pero de algo te acordarás, una cosa así nunca se podría olvidar –insistía obstinado. Y yo, para que no averiguase lo que pesaba en mí, porque al fin y al cabo ¿qué culpa tenía él?, comencé la narración de un momento que jamás había podido olvidar.

–Bien, pues nada más regresar mi padre de su primer viaje, al presentarse en la Corte de Barcelona rodeado del fasto que había traído de las Indias, y que tú de seguro no recordarás, puesto que eras muy pequeño –dije mirándole a los ojos y esbozando una sonrisa comprensiva–, tuvo el tino de solicitar a Sus Majestades una merced que muy difícilmente podrían negarle: el aceptar a sus dos hijos como pajes en la Corte del príncipe Juan, es decir, a Diego y a mí, que a la sazón nos encontrábamos en Córdoba, malviviendo con mi madre. Así, cuando padre volvió a Sevilla en lo que sería su tercer viaje, encumbrado como un Dios, cargado con todas las glorias que le habían dispensado los Reyes y aclamado a voz en grito por todos aquellos que luego le dieron la espalda, nos comunicó la buena nueva y pidió a su hermano, El Adelantado, que fuera él el que, en su lugar, nos llevase a Valladolid. Y no porque él no quisiera hacerlo, ¡al contrario! Nada deseaba más, pero tenía órdenes urgentes e ineludibles de hacerse a la mar cuanto antes.

Mientras narraba detalles que me eran tan lejanos, vigilaba con el rabillo del ojo a aquellos que habían decidido abandonarme a mi suerte.

–¡Si lo hubieras visto! Vestido de terciopelos, capa corta forrada y una gran cadena de oro alrededor del cuello. Tan alto, tan grandioso... Su cara brillando radiante, su pelo todavía rubio, sus ojos más azules que nunca, sus brazos fornidos que me acogían y me izaban elevándome por el aire. ¡Si lo hubieses visto! ¡Si supieras cómo era el Cristóbal Colón de aquella época! Venerado, admirado, respetado, todos los adjetivos se hacían pequeños y no le llegaban ni siquiera a la altura de su sombra. La gente incluso se inclinaba a su paso como si fuera uno de los Grandes de España. ¡Y es que lo era! ¿Comprendes? ¡Era el Almirante de la mar Océana y virrey de las Indias! ¡Si hubieras estado allí entenderías... sabrías...! ¡Si lo hubieras visto a él y a los diecisiete navíos con las banderolas ondeando al viento! Digo navíos de verdad y no como éstos, que apenas son barquitas. ¡Si hubieras oído el sonido de las lombardas resonando todas a la vez, despidiéndose de la tierra firme, de nosotros! ¡Si hubieras visto aquellas estelas brillantes que dejaban a su paso las gaviotas como un cortejo nupcial, la gente que nos arremolinábamos en la orilla agitando pañuelos, rezando oraciones! Pero no lo viste, y ¡cuán pronto olvida la gente aquello que veneró! ¡Qué efímera es la fama, Alonso!

Callé.

–Bueno, ¿y qué pasó después? –preguntó anhelante Alonso.

Me angustiaba. Algo en mí se estaba muriendo, pero continué con la narración a pesar de que de este modo me desligara de quien había sido.

–Bien, nada más zarpar padre, partimos los tres: Diego, Bartolomé y yo rumbo a Valladolid, al lugar donde los Reyes habrían de recibirnos. Y marchamos sin despedirnos de nadie. Éramos tres sombras que salían de Sevilla a escondidas. Como si fuésemos otras personas, individuos sin pasado que no debían rendir cuentas a nadie.

Hice una pausa amarga, atrapando al vuelo recuerdos.

–Durante meses marchamos sin pausa por los caminos de España, recorriendo páramos que se extendían delante de nosotros. Y andábamos felices porque nos dirigíamos a nuestro destino, ¿sabes? Aquello que nos había pertenecido desde siempre. Daba igual dónde durmiéramos ni qué comiéramos, porque nos alimentábamos de nuestros propios anhelos. Y España nunca me pareció tan bella, nunca la amé tanto como entonces, porque mi corazón marchaba ligero y mi alma, ávida de vida. Y fueron tantas las charlas que sostuve con mi hermano Diego, ¡tantas! ¡Era tanto lo que compartíamos! ¡Tanto lo que nos entendíamos! Y comprendí que la felicidad no entiende de riquezas ni de posesiones, porque entonces, en aquellos días en los que nada tenía y nada debía, yo era feliz, más feliz de lo que fui jamás.

–¿Y qué pasó cuando llegasteis a Valladolid? –preguntó. El cuerpo de Alonso estaba inclinado hacia adelante y me miraba expectante. Intuí que a él, en realidad, no le interesaban nuestros tránsitos por caminos que conocía de sobra. Y que lo que de verdad deseaba saber era ese capítulo de mi vida que, un tiempo ha, había sido importante para mí, pero que entonces, en aquella cubierta y aun ahora, apenas significaba nada comparándolo con aquellos meses de travesía por una península tan desconocida.

–Llegamos a la ciudad en pleno invierno –continué resignado–, y la nieve caía sobre nuestra piel. Alcanzamos el alcázar vestidos con los ropajes que habíamos adquirido con los dineros que padre nos había dado a tal propósito. Durante la noche anterior apenas había podido dormir en la posada donde nos habíamos alojado. No así Diego ni Bartolomé, que roncaban como si nada inquietase sus almas. Por lo que ese día, el gran día, tenía unas ojeras enormes. Sentía los dedos congelados y picaduras de pulgas por todo el cuerpo.

Reviví entonces el nerviosismo que me había impedido desayunar nada, el dolor de los dedos, el frío inmisericorde que me había azotado el rostro cuando salté de la cama de mantas apolilladas de aquel pobre establecimiento.

–Anduvimos por las calles vallisoletanas con el paso de los caballeros, mientras Bartolomé nos repetía normas básicas de civismo: «Arrodillaos cuando estéis delante de Sus Majestades, no habléis si no os preguntan y, sobre todo, sobre todo, ¡no estornudéis ni bostecéis en su presencia!». El sol despuntaba tras las suaves laderas castellanas y el ambiente olía a cera e incienso. Cuando llegamos a la puerta de aquel edificio que iba a ser nuestro hogar no pude reprimir un escalofrío. Se alzaba enorme, con sus almenas grises y sus grandes ventanales. Los monteros de guardia nos cerraron el paso entrecruzando sus picas, pero hubieron de flanquearnos la entrada al enterarse de quiénes éramos. ¡No te puedes imaginar la impresión que me produjo el cruzar aquel postigo de madera!, porque en el fondo siempre tuve dudas de que no se hubieran equivocado, que todo no fuera más que una broma pesada y de que, cuando llegara al portón de entrada, me harían volverme a Córdoba con mi madre. Y allí estaba el salón del trono... ¡Nunca jamás pude imaginar tal magnificencia! El suelo aparecía totalmente cubierto por alfombras en las que te hundías al pisar, como un césped pero más dulce y suave. En una chimenea enorme –nunca había visto otra igual– crepitaban leños que soltaban alegres chispas y lenguas rojas de fuego. De las paredes pendían tapices finamente bordados que representaban imágenes del apóstol san Iago montado a caballo, desafiando a todo aquel que se interpusiese en su camino. El ambiente, aromatizado por los perfumadores, era una explosión de fragancias. Olía a palo, búcaros, almizcle y ámbar. Y salían los candelabros de la pared. Eran como brazos de oro, coronados por velas blancas, que iluminaban aquella escena de ensueño. Mientras, los tañedores de cámara acometían una danza furiosa de vihuelas, clavicémbalos y atabales. Porque allá al fondo, escoltados por los mozos de espuelas, bajo un dosel blasonado con un escudo de flechas, Diana cazadora y un yugo de bestias, se encontraban los Reyes. Con la capa larga de marta real, púrpura como la sangre de Nuestro Señor, aguardaban silenciosos a que nos acercáramos. Y lo hicimos temerosos de que, al aproximarnos demasiado, desaparecieran de nuestra vista.

Me atraganté y tosí. Alonso ni se molestó en darme palmadas en la espalda.

–Bartolomé iba delante de nosotros, con los andares de aquel que está acostumbrado a hablar con principales y se arrodilló al llegar frente al escabel que ascendía hasta sus asientos regios. La reina Isabel, con las manos entre los pliegues de la falda, le sonrió condescendiente, y su sonrisa sabia era más bella y discreta que la que en su tiempo hubieron de poseer Esther o Judith. Con voz firme habló, y su voz sonaba como la de los poetas de la Corte. «Bien, maese Adelantado –dijo–, ¿qué deseáis? ¿Por qué esta premura?» A lo que Bartolomé contestó un discurso mil veces repasado durante la travesía refiriéndose a Diego, que yo apenas escuché, imbuido como estaba en observar sus ademanes elegantes y seguros. La Reina movía grácilmente las manos, mientras su pecho se inflaba y desinflaba con un aire solemne que jamás había visto antes. Fernando, a su lado, asistía a la presentación sin demasiado interés y tenía un aire algo tosco y casi vulgar que contrastaba con el de fina delicadeza y esmerada educación de su mujer. Su voz volvió a restallar en mis oídos. «Y aqueste rapaz que viaja con vosotros, ¿quién es?» –dijo refiriéndose a mí. El corazón comenzó a latir en mi pecho de tal forma que parecía que se me iba a desbocar. El Adelantado contestó seguro de sí: «Éste es Hernando, el hijo que don Cristóbal Colón, vuestro Almirante y virrey de las Indias de la mar Océana, tuvo con Beatriz Enríquez de Arana, vecina de Córdoba. Por mandato de su padre, el cual se encuentra en estos momentos al servicio de Vuestra Alteza, lo traigo a la Corte para que, cumpliendo vuestros deseos, sirva al príncipe, nuestro señor, como paje en su casa». A lo que la Reina, mientras el escribano de la cámara apuntaba y su pluma rasgaba contra el papel (mi pulso latía y latía y casi no podía escuchar), respondió: «Aceptamos a Hernando como hijo de don Cristóbal Colón y lo hacemos merecedor de los dones otorgados a su padre por su apellido, que así nos place a nosotros los Reyes». En ese preciso momento, los Reyes me otorgaron la mayor merced que podían concederme, que no era ser paje de su hijo, el príncipe Juan, futuro rey de España, sino precisamente el de reconocerme como hijo de mi padre, como hijo de don Cristóbal Colón.

Alonso se había quedado callado y yo preferí que no dijera nada. Sentía mis recuerdos todavía palpitantes en el ambiente. Pero al contarlos habían dejado de pertenecerme.

—Me voy a dormir —le dije, y me marché sin mirar atrás.

Seguía lloviendo y seguíamos avanzando. Éramos cuatro navíos destartalados bordeando una costa que nos rechazaba y nos repelía una y otra vez, obligándonos a bogar a nuestra suerte, ¡demudada fortuna!, en demanda de refugios pasajeros que apenas encontrábamos. Y cuando lo hacíamos era sólo gracias a la pericia de los siempre diestros marineros que viajaban a bordo. La suerte se nos había puesto de cara. Ciñendo lo más posible, hasta que las velas crujían por la tensión a la que las teníamos sometidas, navegábamos de bolina, dando tumbos y miles de vueltas entre tormentas que no cesaban nunca. El Sol era una idea tan lejana que el simple anhelo de verlo se había convertido en una idea disparatada. Una sensación de agobio y opresión se había apoderado del ambiente. No había hombre en los barcos que no fuese presa de la angustia y casi la desesperación viendo que no se podía descansar ni tan siquiera media hora. Estábamos permanentemente mojados.

En mitad de tan espantosas galernas se recela de todo; de los truenos y relámpagos, del aire por su furia, del agua por sus olas y al agua por los bajíos y los escollos de las costas no conocidas que a veces aparecen junto al puerto, precisamente donde se esperaba estar a salvo, como sucedió en Guaigua y Retrete.

Nos encontrábamos en este último puerto cuando sucedió un acontecimiento que vendría a tornar el transcurso de la travesía, marcando lo que habría de ser un hito para lo que restaba de viaje.

Era aquella la zona retirada de un paisaje agreste. Los salvajes acantilados se hundían en el mar. Nos refugiamos en una pequeña angra escondida entre la tierra cuya bocanada de entrada no tendría más de quince o veinte pasos de ancho y en la que difícilmente habrían entrado más de cinco embarcaciones. A ambos lados se elevaban rocas que se proyectaban sobre el agua como puntas de diamante, y el océano fulguraba entre tonalidades azules y verdes con una profundidad tan insondable que, acercándonos un poco a la orilla, podíamos saltar a tierra firme sin que el barco rozase con la quilla la arena del fondo.

Gracias a esta circunstancia no perdimos los barcos en un puerto tan estrecho.

Los habitantes de este lugar eran los de mejor disposición que hasta entonces habíamos encontrado. De complexión alta y delgada, sin los vientres prominentes tan característicos en sus hermanos de otros parajes, poseían, además, hermosos rostros siempre prontos a una sonrisa. Todavía me parece verlos sonriéndome.

En aquel puerto de Retrete estuvimos nueve días, esperando que el tiempo mejorase.

Vivíamos sobreviviendo por mera rutina, porque estábamos acostumbrados a hacerlo. Si hubiéramos sido malditos, la desesperanza no hubiera podido ser mayor. Paseábamos por cubierta como presas enjauladas, prontas a saltar en reyertas por los motivos más absurdos. Se peleaban los amigos, los hermanos, los padres e hijos, llegando, incluso, a rodar nuestra propia sangre por los tablones húmedos de la cubierta.

–Maldito truhán –le decía el joven al viejo cogiéndolo por el cuello–, ¿quién te dio permiso para pisarme?

Y salíamos corriendo para separarlos, aunque en el camino hasta ellos se produjeran otra docena más de peleas.

Llegada la noche, los marineros salían de los navíos deslizándose como sombras para cometer todo tipo de tropelías con los indígenas que poblaban la zona. Desde que comenzaba el ocaso, y hasta que llegaba el crepúsculo, se oían los gritos de las mujeres forzadas, los berridos de los animales abiertos en canal, degollados mientras dormían, los lloros de los niños que eran ocultados por sus padres entre la vegetación para salvarlos de las horribles aberraciones que les harían los cristianos si los encontraban. Cuando regresaban al despuntar el alba, más parecían bestias que personas.

Y padre, que debería haber puesto fin a semejante caza desigual, los dejaba hacer, más temeroso del posible motín que ya comenzaba a fraguarse entre la tripulación que de lo que Dios pudiese hacernos a todos nosotros. Así que cuando amanecía y los indios podían comprobar cuántas piezas de su ganado habían muerto, cuántas de sus casas habían sido saqueadas, cuántas de sus mujeres habían sido violadas, se reunían a lanzar piedras a unos barcos que, como ya he dicho antes, no distaban mucho de la tierra. Y era él, el Almirante, el encargado de pacificar sus ánimos, de devolverles las cosas sustraídas, de poner paz en los dos bandos. Pero mi padre estaba cada vez estaba más viejo y débil. Cada vez imponía menos a su tripulación. Encerrado en su camarote, sufría sus enfermedades en silencio con un orgullo que fue su perdición.

Porque yo moría al verlo así... ¡Cuántas veces deseé cargar con sus enfermedades para que él no sufriera! ¡Cuántas veces estuve tentado de abrazarlo! Y decirle: «Padre, estoy aquí, pequé contra el cielo y contra ti, ya no soy digno de llamarme hijo tuyo». Y que él me abrazara y me perdonara un pecado que no encontraría perdón nunca, porque mientras durara su abrazo yo escucharía su corazón latir y sabría que lo que sentía por él –la tortura desmedida que me atormentaba día y noche– no había muerto y seguía torturándome y seguiría haciéndolo hasta el final de los tiempos. Quererlo era mi condena.

Comenzaban a alzarse voces de protesta contra su mandato. En el barco se habían formado dos facciones: aquella que lo defendía a ultranza, en la que yo, obviamente, me encontraba; y aquella que abogaba por su destitución, aunque eso hubiera supuesto ir en contra de las normas del mar, de los designios reales que, con su buen hacer y su inmensa sabiduría, lo habían nombrado Almirante vitalicio.

–Señor Almirante, haga algo, por favor –le decía el capitán–, estamos al borde de un motín. Los indios pueden atacarnos en cualquier momento.

–Sí, algo he de hacer –contestaba mientras se tapaba y se daba de nuevo la vuelta en la cama.

Al octavo día tomó finalmente las riendas. Viendo que las palabras de concordia, de paciencia y de amabilidad no valían con aquellos indígenas, y menos aún con aquella tripulación disoluta que se alzaba contra aquel que los había sacado de la vulgaridad, hubo de replantearse la toma de decisiones más firmes. Años después llegó a ser tachado de injusto e incluso de tirano. Pero me gustaría saber qué hubiera hecho en su situación el que lo dijo.

Mandó el Almirante que se cargaran algunas piezas de artillería. Utilizaríamos pólvora sin bolaños para no herir a aquella muchedumbre que se agrupaba en la orilla gritando. Sólo pretendíamos que se asustaran con el ruido y se produjese por fin el cese de las hostilidades entre los dos bandos.

Disparamos y el eco retumbó en lontananza colmando la pequeñez de la ensenada. Callamos aguardando el resultado de la estratagema. Mas sólo habrían de huir aquellos enormes lagartos que descansaban en las orillas. Viendo entonces que el ruido apenas asustaba a aquellos a los que de verdad iba dirigido y que incluso los volvía más hostiles, mandó Cristóbal Colón que se volvieran a cargar las lombardas, pero esta vez con piezas de artillería y que apuntasen hacia el grupo de alborotadores.

Sonó el cañonazo y ya surcaban los aires gruesas piezas redondas que habrían de demostrar la superioridad de los nuestros. Volaban y se abatían entre aquellos que tan inferiores veíamos. Caían también los miembros sanguinolentos de sus cuerpos desgajados como frutos maduros que se retorcían al llegar a tierra. Los ojos desencajados, las bocas abatidas sobre la barbilla, el pecho reventado por la metralla. Morían dando alaridos de espanto frente a aquellos a los que creían semidioses capaces de controlar el rayo y el trueno.

Salieron corriendo como almas que lleva el diablo y no se les volvió a ver todo el tiempo que estuvimos encerrados en aquella zona aguardando que el mal tiempo amainase.

Y todo lo que pasó en mí durante aquellos días me cuesta recordarlo porque aparece confuso en una mente que prefirió olvidarlo y dejarlo aparcado en el rincón más remoto del alma. Porque en aquellos nueve días una parte de mí murió con aquellos indígenas que chillaban como cerdos en el día de matanza. La pieza que fallaba se rompió del todo y dejé fluir el lado oscuro que siempre había reprimido.

Como le había dicho a Diego: había crecido y había cambiado. Ya no era el niño asustadizo que había embarcado en Sanlúcar, sino un Hernando rebelde en un mundo adverso a quien su padre y sus amigos daban la espalda. Comencé a rehuir, paulatinamente al principio, descaradamente después, la presencia de Alonso.

Caí en mis peores instintos. ¡Tal era yo en realidad! Aquel que había conseguido entender y trascender las costumbres de aquellos pueblos primitivos más que ningún otro nunca antes, se convirtió en su mayor detractor. Salía por las noches del navío enfundado en la protección de las sombras a quemar casas, a matar animales entre otras aberraciones que no te cuento no por lo que tú puedas opinar de mí, sino porque resultan demasiado terribles incluso para poner por escrito en estos pliegos tan blancos.

Lo confieso. Estaba ebrio de una rabia incontenible que me dominaba ante un mundo que me resultaba hostil. Bebía por las noches con aquellos que secundaban mis fechorías, sustrayendo el vino de la vigilancia de los toneleros amparado en la protección que me daba mi apellido. Odiaba ese sabor acre, como de sangre, que rozaba contra mi garganta y que caía, como una losa, contra mi estómago. Y, sin embargo, anhelaba su contacto contra mi lengua. Los efluvios que subían a mi mente me liberaban de todo remordimiento y me volvían locuaz, desinhibido e incluso divertido. Porque aunque era desagradable la sensación de no ser capaz de controlarse, poseía una fascinación que me subyugaba por completo: era desenfreno, entereza, resolución y vida. Una vida falsa.

Bebí de la copa prohibida. Los dedos divinos habían escrito mi sentencia: Mené, Tequel y Parsin. ¡Yo! ¡Aquel que siempre había renegado de todos los vicios se hundió en ellos como el peor mozo de cuadras! Y dejé de interesarme en todas aquellas que habían sido mis premisas. Los libros quedaron aparcados en el arcón de padre, las clases de cosmografía vieron como los cuadrantes, los nocturlabios y las agujas de marear se oxidaban en sus estuches. Incluso la pelea con Donís hubo de posponerse porque, en realidad, su existencia me importaba una higa. Sólo me preocupaba por mí mismo. Me deslizaba hacia el infierno.

–¿Me das un poco? –me dijo un día Diego acercándose hasta donde yo estaba.

–No –le contesté. Me di la vuelta y entrecerré los ojos mientras apresaba fuertemente el odre de vino, como si temiera que pudiera robármelo.

Y pasaba los días enteros tumbado al sol recuperándome, resacoso, de las juergas nocturnas en las que después de venir de tierra firme me había dedicado a espiar lo que hacía Diego, aquella escena que me atraía y me repelía como nada lo había hecho antes. Y veía sus cuerpos desnudos agitarse en una danza de brazos y piernas, y bebía de sus posturas pecaminosas y aprendía sus palabras soeces. Y luego, cuando todo terminaba y se quedaban como muertos, salía sin que me notasen de la bodega y entraba sigiloso en el camarote de padre observándolo dormir tranquilamente –sus pulmones hinchándose y deshinchándose–, desconocedor del envilecimiento de su apellido.

Valga como paliativo a mi condena el que nunca me atreví a tocarle ni un pelo. Su imagen venerada jamás sufrió deshonra alguna por un sedicioso que decía llamarse hijo suyo. Era tal mi estado de ebriedad continua que ya me costaba distinguir lo que era real de lo que no lo era. Y caí para tocar fondo; no pareciera que pudiera caer más bajo.

Lo que más añoraba era el sentimiento de comprensión absoluta que había sentido junto a Alonso. Y lo veía marchar taciturno, mirándome de reojo mientras esperaba en vano que yo volviese a recibirlo en mis brazos. Y comprendía, lo único claro que mi mente llegaba a atisbar, que ya no debía acercarme a él porque su inocencia era un barranco que nos separaba. Y él no lo entendía, y quizás yo tampoco, pero así debía ser.

Y Diego, desde su lejanía, me miraba como se mira a un extraño y yo me hundía más y más en mi profundidad infernal. Porque él poseía la llave para sacarme de aquel martirio, pero había decidido que debía ser yo el que lo hiciera, el que descubriera en mí la fuerza suficiente para abandonar los abismos en los que me hallaba sumido y poder renacer así libre ya de pecado. A veces son dolorosos los caminos para encontrarse a uno mismo. Dios decidió que el mío lo fuera hasta el extremo.

Iba a la cabeza de los pecadores, de aquella marinería insurrecta, sin acercarme nunca a ellos; nunca me interesaron y me sentía continuamente solo en su compañía. Me seguían porque era cabecilla y porque proponía planes y felonías más arriesgados que ninguno, no porque tuvieran el más mínimo deseo de conocerme, de comprenderme... ¡Dios mío! ¡De cuántas aberraciones fui causa! Mi lado reprimido brotó, y manó con la mayor virulencia, como un río que destroza la presa que lo retiene. No, no deseaban conocerme. Si lo hubiesen deseado, si de verdad lo hubiesen querido, no habrían descubierto más que a un niño con demasiadas prisas por crecer, con demasiadas necesidades de llamar la atención. Y Donís, que al principio se reía de mí con su risa de rata, comenzó a tenerme miedo, a eludir un ataque en el que yo estaría secundado por mis acólitos, aquella manada de lobos hambrientos. Tampoco yo lo buscaba porque su existencia, como ya te dije antes, no contaba para mí en un momento de mi vida en el que sólo me importaba yo mismo.

Recuerdo la primera vez que besé a un hombre. Borracho como una cuba, deposité un beso rápido en los labios de alguno de mis secuaces, sellando así mi condena definitiva. No volví a probarlo. Y la verdad es que, si en ese momento me hubieran conducido al cadalso, hubiera ido incluso alegre, ¡tan deseoso estaba de librarme de mí mismo!

A veces, en los escasos momentos de sobriedad de aquella época infausta en la que nada tenía sentido, estuve tentado de dejarlo todo, de olvidarlo todo, de alejarme de aquel mundo que provenía de mí mismo y arrojarme por la borda, para librar, así, a todos de mi presencia, de un mal que tenía en mi cuerpo su origen, y no hacer sufrir a nadie más: ni a Diego, ni a Alonso, ni siquiera a mi padre, si es que alguna vez llegó a penar por mí. Arrojarme por la borda y dejar que el mar me abrazara, arropara el peso que sostendría entre mis manos; permitir que el agua entrara en mis pulmones y los colmara, y que el cielo se oscureciese y desapareciese para siempre. Y escuchar a las sirenas, sentir cómo me rozaban y bebían de mi sangre y comían de mi carne. Y morir, morir, finalmente, en una muerte de siglos, en un mar que habría sido mi condena, mi verdugo y mi tumba.

6

DE CÓMO, DESPUÉS DE MUCHAS PERIPECIAS, ALCANZAMOS BELÉN

Avanzábamos bogando en un mar de fortuna negra, de frágil azar, en un sino desgraciado al que estábamos todos abocados. Las olas se agitaban en movimientos enormes pero pausados, una mole de agua que venía contra nosotros, que nos golpeaba, que nos sacudía como si no fuéramos más que cuatro nueces que debiesen cascarse. Volvía a irse para luego volver.

La brisa que nos impulsaba era tan fuerte que ya resultaba imposible distinguirla de un viento huracanado. Y el sol era aquel reflejo de bronce tras las nubes, el lugar de donde manaban rayos como haces, iguales a aquellas flechas del escudo de la reina Isabel, para recordarnos que era por ella, que era gracias a ella, por su culpa por lo que nos encontrábamos en esa empresa catastrófica y detestable.

«No veo por qué hemos de sufrir tanto. No entiendo por qué no nos volvemos atrás, por qué el Almirante no renuncia a planes tan descabellados. ¿Acaso no entiende que nos estamos muriendo? ¿Acaso no ve que avanzamos y que las tormentas nos persiguen, que marchan con nosotros doquiera que vayamos?

»El ánimo escasea, ya hemos perdido casi todas las anclas, e incluso el Vizcaíno ha perdido su lancha de salvamento. Nos falta la comida, las ropas secas... ¿Qué dice el maese?... ¿Que él también nos secunda? ¿Debemos alzarnos entonces?

»Por no hablar de la broma, los agujeros que ha hecho son como puños y entra el agua de continuo, sin detenerse nunca. ¡Yo no puedo más! Y así debemos trabajar, a destajo. Y nos dejamos las manos, la piel, ¡la vida! Todo para vaciar una bodega que vuelve a llenarse una y otra vez.

»A mí, la verdad, es que me da igual, en España no vivía mucho mejor, aquí, por lo menos, estoy alejado de mi mujer y de mi suegra, que ¡mal rayo las parta a ambas! Es molesto, sí, no tener nada que comer e ir siempre húmedo, pero ¡si hubieseis visto qué mal carácter tenían! Creeríais entonces que esto es el paraíso.

»Yo pienso que estamos gafados, que alguien de aquí tiene mal fario y que por ello nosotros hemos de padecer tanto. Y os aseguro que no soy yo, puesto que ésta es la primera vez que me ocurren tantas desgracias juntas y tan de seguido.

»Y seguro que todo es debido a eso y a que *tal* día y *tal* hora hemos de morir todos, porque escuché en mi pueblo que se acercaba el fin del mundo y lo dijo un hombre muy sabio que no se equivocaba nunca, que siempre estuvo a bien conmigo y que no tendría por qué engañarme».

Yo, tendido sobre las maromas, escuchaba el susurro de sus voces; las palabras que nada me decían, y lo hacía como si ya estuviera muerto, y no perteneciese más a este mundo, mientras veía pasar los días, amparado en el refugio que me proporcionaba mi apellido.

Llevábamos más de ocho meses navegando por el mar, alejado de todo lo que antaño había conocido, de lo que había querido. Ocho meses en los que mi vida había cambiado tanto y tan deprisa... ¡Era normal que yo lo hiciera también! ¡Era normal que una crisis, demasiado tiempo postergada, estallase así, de pronto! ¡Es lógico! –intento justificarme ahora–. ¡Y más en aquellos años en los que uno no sabe aún muy bien si es niño o es hombre!

Si existe un punto de inflexión en mi camino, si alguna vez estuve más sumido en mí mismo –en las tinieblas más profundas que en realidad son mi alma–, empero sin conseguir encontrarme por más que lo intentaba y sin hallar en mí la fuerza vital que distinguía mi ser del de los demás, fue sin duda por aquella época, recién cumplidos los catorce años. ¡Y sabe Dios lo que sufrí! ¡Lo que pené viéndome así, postergado, un bulto que había perdido las ganas de vivir! ¡Sabe Dios lo que hice sufrir a aquellos que me querían!

Alejado de aquel puerto de Retrete, cesé de cometer las tropelías que me habían encumbrado como el alma más perversa del navío, el más depravado, el más sanguinario y, tal vez, el mayor bárbaro de la *Santa María*, para sumirme en una suerte de melancolía de la que no conseguía escapar. Parecía que estuviera enfermo, ebrio de mí mismo y, como un animal que se refugia en su concha, me resistía a ver lo que había fuera de ella. Y no por sentirme culpable de aquello que cometí sin mayor remordimiento, sino porque estaba hastiado de aquellos animales que chillaban cuando los abríamos en canal, de aquellos hombres que morían como se quiebran las plantas al podarlas, de aquellas mujeres que nada me decían, que nada significaban para mí, puesto que no conseguía disfrutar en su compañía como hacían mi compañeros. Estaba cansado de unos secuaces que nada me aportaban y preferí desligarme de ellos y beber solo de aquel vino diabólico, en mi ostracismo y en mi exilio voluntario. Ellos también se habían alejado de mí porque temían que ahora que ya no estábamos en tierra firme pudiese hacer con sus cuerpos lo que antes había hecho con el de los indígenas. Era una sensación totalmente extraña y no del todo desagradable ¡provocar temor! Aquel Hernando recatado y timorato había muerto definitivamente. Dormía la mayoría de las horas del día y lo hacía a pierna suelta sin que nada perturbase sus sueños.

Pasaba el invierno. Discurría noviembre y diciembre entre calores desusados y lluvias incesantes. Yo asistía a todas aquellas desgracias que en los meses precedentes habrían causado en mí algún tipo de mella, como un espectador pasivo incapaz de padecer. Como si el aire que respiraba no lo aspirase yo; como si la comida que digería no la probase yo; como si el agua que caía del cielo no resbalase sobre mi piel, sino que lo hiciese sobre la de un muñeco, un pelele deshinchado que veía cómo se sucedían las estaciones sin que él pudiera moverse de su lugar.

Así, conocí de pasada las aventuras acaecidas en aquella tierra misteriosa donde las sorpresas nos aguardaban en cada rincón. Y ahora, años después, trémulo de ansiedad, me aferro a los recuerdos de aquellos instantes lamentando no haberlos vivido como se merecían. Culpándome por no haber prestado atención a las conversaciones que relatarían aquellos sucesos trágicos pero no carentes de encanto. Y me maldigo, condeno mi suerte, me reprocho el haber sido tan tonto, tan irresponsable, tan egoísta, tan incapaz... Yo, que creí que mi inteligencia sobrepasaba la del común de los humanos, desaproveché una oportunidad que sólo se presenta una vez en la vida. Y es que estaba tan ensimismado, tan embebido en aquellas congojas que mi ánimo creía tan enormes que no me di cuenta de todo lo que me estaba perdiendo. De aquel modo, por las voces dispersas de aquellos que no se atrevían a acercarse a mi reducto, pude saber que habíamos pasado ya la costa de los Contrastes, para adentrarnos en otro territorio al que los indios llamaban Huiva, y donde las lluvias, para variar, eran constantes. Allí hubimos de atracar esperando que el tiempo mejorase.

Era el referido ancón como un enorme canal que triplicaba el tamaño de los de la ciudad de Venecia. Con hiedras que pendían de los árboles, una humedad pegajosa que se hacía insoportable, y los mosquitos como los de la ciudad del véneto, que bebían de mi sangre como yo bebía del vino de la tripulación.

No, esa vez no habría de participar en la expedición que bajó a tierra. En mi postración sólo veía el cielo encima de mí, y bajo mi espalda, sólo sentía los tablones del suelo. De este modo, nunca pude observar a los hombres que vivían como pájaros; con sus casas construidas en las cimas de los árboles; nunca pude experimentar la sensación de pisar, bajo mis pies, la hierba seca de aquella zona; nunca pude escuchar el piar de sus aves, nunca pude oler el aroma de sus flores. Y todo fue, para mí, como si nunca hubiera ocurrido.

Era como un perro rabioso. Insultaba a todo aquel que osase acercarse a mí. Me alimentaba, como una bestia, de aquello que hurtaba. Y desesperaba porque mi padre no me decía ni palabra.

No obstante, como es bien sabido, nada dura eternamente y así, mi actitud, afortunadamente, también hubo de cambiar. Sería por Navidad, las primeras que pasaba alejado de la Corte, cuando tuve un sueño, otro más, que consideré entonces como el comienzo de mi recuperación. Ahora no, ahora ya sé que aquel cambio ya estaba en mí, latiendo aletargado porque yo, marea más caprichosa que la del propio mar, ya había comenzado a aburrirme de mi actitud pasiva, del mismo modo que antes me había aburrido de la asesina.

Fue una noche en la que el cielo se encontraba encapotado, aunque no llegó a llover. A pesar de los efluvios del alcohol, no conseguía dormirme. Aquel sueño, de habitual, resultaba monótono. En cambio, daba vueltas y más vueltas en aquellas frazadas pestilentes escuchando la respiración de aquellos que ya habían alcanzado el estado de sopor que a mí se me negaba. Y veía encima de mí la toldilla de madera combada por el agua y un poco más allá la oscuridad opaca de las nubes. Esta situación me desesperaba y, borracho como estaba, sentía la ira renacer en mí. Deseaba levantar a todo el mundo. ¡Si yo no conseguía dormir, ellos tampoco debían hacerlo! Y todo giraba, y se alargaba, y se encogía y adoptaban posturas grotescas. Si yo no hubiese sabido que esos tablones sobre los que estaba recostado eran de madera y estaban firmemente fijados al navío, hubiera pensado que estaban vivos.

Desconozco cuánto tiempo estuve así, girando sobre mí mismo, fustigando la rabia que me dominaba con la única persona que podía: conmigo mismo. Pero por la cantidad de cicatrices con que desperté al día siguiente, hubo de ser bastante. Aunque bien es cierto que pude hacérmelas mientras dormía. No lo sé. El caso es que conseguí cerrar los ojos, y si en ese momento hubiese sabido lo que tendría que ver, hubiera preferido quedarme en vela toda la noche, toda la vida. Como san Juan en la isla de Patmos, había caído en un éxtasis que más que placer me causó un dolor extremo.

Amanecía yo también en una isla perdida en mitad de lo que podía haber sido el mar Mediterráneo por sus aguas tranquilas, su cielo claro y sus olas suaves. Pero yo, desnudo, tan sólo veía desolación a mi alrededor. Incomprensiblemente, pues me encontraba solo, sentí vergüenza de estar así, como Dios me había traído al mundo, y empecé a buscar mis ropajes. Con alguna tranquilidad al principio, desesperadamente después. Y, cuanto más los buscaba, más desnudo me sentía. Se había comenzado a levantar viento y la escasa vegetación que poblaba aquella isla se agitaba furibunda; y el polvo, la arena de la orilla, giraba a mi alrededor como un torbellino furioso y atacaba mi piel y mis ojos. Mas a mí no me importaba, solamente deseaba vestirme, cubrir los miembros desnudos para poder ocultarlos de mi vista.

De pronto, una voz retumbó entre las nubes, el cielo que poco antes fuera azul había comenzado a abrirse en una brecha de la que manaban vahos cárdenos. «¡Detente!, ¿no ves que aquí eres no grato?», dijo. Y yo, más asustado de lo que había estado nunca, dejé de palpar con mis manos aquella arena que me atacaba como una horda de picas, y escondí la cabeza entre ellas en busca de un refugio miserable, temeroso de alzar los ojos. Temblaba la tierra y caían truenos y rayos y granizo y fuego mezclado con sangre. «Ya se abrió el libro de los Siete Sellos, ¿existe algo por lo que debas salvarte?», dijo la voz alzándose entre el ruido insoportable de la naturaleza colérica.

Busqué rápidamente con mi memoria algo que hubiese hecho, algo que pudiese redimirme. Por mi mente pasaron entonces los años con Beatriz, los años en la Corte, incluso los últimos meses a bordo. Y nada encontré que hubiese hecho por los demás, porque incluso el estar con Alonso más lo hacía por mí, por la sensación de bienestar que me embargaba en su compañía, que por él. Sin embargo, todavía tuve fuerzas, en un atisbo de rebeldía, para exclamar cuatro palabras que parecieron perderse en el fragor de la tormenta: «Elí, Elí, lama sabactiní?», dije, y, al hacerlo, pareció que toda la ira divina cayese sobre mí. El suelo temblaba y clamaban las voces de una humanidad agonizante. La voz volvió a bramar y sus palabras resonaron en mi mente como la sentencia de muerte que era: «Tú mismo te has condenado». Y ya no vi nada. Me quedé ciego y creí que había muerto. Era la sensación más angustiosa que se pudiese imaginar. ¡Hubiese preferido mil infiernos antes que aquel lugar! Nada escuchaba, nada sentía, nada olía. Incluso mi propio cuerpo había desaparecido. Y no podía moverme porque no tenía piernas, y no podía pensar porque no tenía mente y no podía rezar porque no tenía boca, y seguramente tampoco alma. ¡Yo era parte de la nada! Y no había manera de salir de ahí. Deseo describirlo y no tengo palabras. Era demasiado horrible para intentar imaginárselo siquiera.

No obstante, después de lo que pudieron ser siglos, milenios, ¡sólo Dios lo sabe!, en aquel lugar, una luz comenzó a iluminar el escenario, una llama que parecía brotar de mí mismo y que fue creciendo como lo hace una hoguera. Y la nada volvió a colorearse y las sombras adquirieron formas, y los contornos se dibujaron transformándose en una escena conocida. Un momento que ya había vivido antes. Y yo volví a tener cuerpo, piel e incluso ropas que brotaban de mí mismo como crecen las ramas de los árboles: surgían mis huesos, mis tendones, mis músculos; germinaban mis brazos, mis piernas, florecían mis dedos.

Me levanté y miré en derredor. Avanzaba con una paz extraña en un lugar conocido. La *Santa María*. En torno a mí todo estaba quieto. Demasiado quieto. Las velas caían como muertas de los mástiles. Incluso las olas no azotaban los costados. Todo estaba sumido en un silencio denso.

¡Crac! Un crujido sonó bajo mis pies y de pronto sentí mis dedos húmedos, empapados en un líquido viscoso. Miré hacia abajo sin meditar lo que hacía, desconocedor del espanto que me embargaría al reconocer sobre qué estaba andando... ¡Y cuál sería mi espanto al comprobar qué era lo que acababa de pisar! En los ojos de la cabeza rebanada de Alonso había un gesto de espanto. Simétrico al de los de Alonso, y a los de El Mellado, y a los de Juan, y a los de Donís y a los de todos aquellos compañeros que habían viajado conmigo y de los que ahora sólo quedaban aquellas calaveras envueltas en sangre y jirones de piel. En mi mente aturdida volví a recordar aquella carabela que había visto en una noche pasada de hacía siglos; la noche en la que un niño borracho había creído ver, en un navío, la muerte. En mi interior, el miedo luchaba contra la rabia de ver a todos los que habían quedado diseccionados por mi propio tío, por aquel al que había querido igual que a mi padre. Al final venció esta última y, a voz en grito, con un tono que pareció brotar de mí mismo y que resonó en los mástiles, en los estáis, en las velas, en las vergas, le increpé como nunca había hablado antes con nadie. Salió una voz de adulto de la garganta que me costó distinguir como propia:

–¿Por qué lo has hecho? –pregunté angustiado.

Lentamente, la figura se giró, en su mano derecha llevaba un hacha todavía ensangrentada que goteaba gotas escarlatas sobre el maderamen; en la izquierda, aferrado por los pelos, sostenía la cabeza de mi padre seccionada con una mueca de espanto. Hube de contener un grito de horror, porque aquel rostro que me habló no era el de mi tío, sino el mío propio. Con un tonillo irónico, casi cínico –que también pude reconocer como mío–, dijo:

–Querrás decir: ¿por qué lo hemos hecho?

Entonces desperté dando alaridos. Lloraba, envuelto en un sudor pringoso que pegaba mis ropas sucias contra la piel. Nadie se había dado cuenta y seguían durmiendo como si nada hubiese pasado, como si aquel que pernoctaba junto a ellos no acabase de experimentar, aunque fuera a través de sueños, una de las experiencias más duras y repulsivas de su vida. Y si se hubieran despertado, si lo hubiesen hecho, entonces debieron de preferir seguir durmiendo que consolar a aquel que sólo sabía causarles desgracias.

Jamás podré olvidar la sensación de pavor en aquellos instantes recién despertado. Volvía a mí, a ser yo mismo y a revivir aquel pánico que me había acompañado durante toda mi vida, que era inherente a mí; la cruz que debía cargar, como Simón de Cirene, sin haber sido todavía enjuiciado. Y mi época oscura de mutismo, de autocontemplación, dio paso al pavor. Todo me daba miedo. Había contemplado la destrucción de las cosas, empezando por aquello que había amado y que todavía poseía. Había comprendido su fragilidad. Así temía que se pudieran acabar, desaparecer como si nunca hubiesen existido, el que la muerte pudiese terminar con ellas todas: me torturaba la idea de que no existiese vuelta atrás posible. Pero, sobre todo, me espantaba pensar que pudiese volver a brotar de mí aquel manantial oscuro capaz de las peores atrocidades.

Y así pasé toda la noche, temblando de miedo, abrazando unas rodillas, unas piernas semidesnudas que parecían muertas de tan congeladas como estaban. Con el mentón hundido entre ellas, sintiendo a mi alrededor las presencias de aquellos indígenas que maté y que por fin pesaban en mi conciencia.

Pero amaneció, no obstante amaneció, y mis miedos nocturnos, como el temor a dormirme que ya siempre habría de acompañarme, se disolvió con las tinieblas de la noche al llegar el nuevo día.

Y el cielo, aunque encapotado, me pareció más bonito que nunca. Y la vida más placentera que nunca.

–Ya estás de vuelta.

Diego, junto a mí, miraba el infinito. Y sus ojos poseían la misma oscuridad del cielo negro. Comprendí entonces que había más de Diego en mí de lo que jamás habría pensado.

–Te esperaba –dijo, y su voz retumbó como el restallar de una ola contra las maderas–. El camino ha sido duro. Por fin estás de vuelta.

Me levanté bamboleándome, como si siguiera ebrio, y me asomé sobre la borda; en la superficie del mar pude observar mi reflejo. Había cambiado, sí, pero más que un cambio físico era un cambio interno que parecía brotar de mí mismo. Seguía teniendo la nariz recta, las pupilas oscuras, la boca redonda; seguía teniendo el pelo bruno, la piel regular y las mejillas salientes. Y acaso lo único diferente fuera el incipiente bigote bajo mi nariz, o las arrugas precoces en las comisuras de la boca, o los hilos plateados de mi pelo o las ojeras negras que rodeaban mis ojos.

–Has crecido mucho, Hernando –me dijo Diego.

–Tú también –le contesté sin pensar.

¡Qué tontería había dicho! Él, no obstante, se reía.

Recuerdo con claridad el martes trece de diciembre, cuando el vigía distinguió entre la tromba de agua y el viento –que se agitaba como mil demonios– un torbellino del tamaño de un tonel que giraba sobre sí mismo y que parecía que iba desde el nivel de agua furiosa hasta el cielo. En seguida todos nos quedamos petrificados, porque aquella mole líquida ¡venía directa hacia nosotros! Rememoro los instantes que siguieron después de aquel descubrimiento. Las lombardas ya habían sido disparadas anunciando el peligro y tan sólo debíamos aguantar esperando nuestro fin. El clérigo había sacado su Biblia y recitaba párrafos del evangelio de san Juan en latín. Y nosotros lo escuchábamos –«Padre, ha llegado la hora, glorifica a tu hijo para que tu hijo te glorifique»– preparándonos para el momento del Juicio Final. Sin embargo, quiso Dios escuchar nuestro ruego y la tromba pasó entre los barcos sin más desperfecto que el hacer desaparecer *La Vizcaína* de nuestra vista durante tres días de una intensa y profunda oscuridad (tanta que llegamos a pensar que el cielo se había desplomado sobre nosotros). Al tercero, como en la Pasión de Nuestro Señor, al rayar el alba, apareció de nuevo ante nuestra vista. Llevaba las velas rotas y había perdido una lancha, pero, afortunadamente, traía toda la tripulación viva y victoriosa. Una vez más, quizás la última.

Con un mar tan enemigo, y después de que el viento hubiera perseguido con tanta saña y toda la furia de que era capaz a una armada que ya tenía casi aniquilada, hasta el punto de que nadie podía más de las fatigas sufridas, vinieron un par de días de calma. Y con ella, tantos tiburones que casi costaba distinguir el mar entre sus aletas. La voz agorera de los marineros, siempre pronta a creer en supersticiones, corrió entre nosotros como la pólvora. Decían que igual que los buitres son capaces de barruntar la existencia de un cadáver, aunque se encuentre a millas de distancia, así pueden hacerlo estos peces también. Y es en verdad sorprendente este animal, de grandes dimensiones y capaz de agarrar con los dientes el brazo o la pierna de un hombre y cortarlo como lo haría una navaja barbera, ya que poseen dos filas de dientes afilados como una sierra. Fue tal la matanza que hicimos de ellos con el anzuelo que habíamos colocado en la cadena que, por no poder matar más, los dejábamos desangrándose en el agua. Y era tal su avidez que no devoraban sólo la carnada de sus congéneres, sino cualquier tela roja que atáramos al anzuelo.

Pude ver con mis propios ojos cómo extrajeron a una tortuga del vientre de un escualo que luego siguió viviendo en el barco (hasta que un día desapareció, sin duda comida por alguien, aunque yo prefiero pensar que se arrojó al mar en una de las frecuentas embestidas que barrían la cubierta). También, de otro pez similar, se sacó la cabeza entera de uno de sus congéneres, que nosotros habíamos tirado a las aguas por no ser buena para comer. Nos pareció verdaderamente increíble que un animal se pudiera tragar la cabeza de otro de su mismo tamaño. Pero no hay de qué extrañarse si se observa que su cabeza tiene forma de aceituna y que su boca les llega hasta el vientre. A pesar de que algunos lo considerasen animal de mal agüero y otros un mal pescado, todos les hicimos los honores correspondientes por la escasez de provisiones por la que pasábamos, ya que tras más de ocho meses de navegación hacía tiempo que habíamos terminado ya con toda la carne y pescado que traíamos desde España. Con los calores que se sucedían después de las tormentas y la humedad continua, el bizcocho se había agusanado, llenándose de gorgojos y de larvas que campaban por sus anchas, hasta el extremo de que, así Dios me valga, vi a muchos que esperaban a la noche para comer la mazamorra, que es este bizcocho cuando ya se encuentra totalmente podrido, sin tener posibilidad de ver los gusanos que había en ella. Otros, por el contrario, estaban tan acostumbrados a comerla que ni se preocupaban de quitarlos, porque ocupándose de esto habrían perdido la cena.

Mi estómago, tan acostumbrado al vino, afortunadamente necesitaba de poco alimento para seguir funcionando. A pesar de que me costaba no recaer en el vicio cuando veía a mis compañeros beberlo con fruición, no tuve que comer, como hacían muchos otros, aquellos gusanos que crujían bajo los dientes al masticarlos.

Mas, en los pocos momentos en los que hube de hacerlo, ya por pura necesidad, aprendí que existían dos tipos de gorgojos en aquellas galletas: uno que tenía sabor amargo y que producía sequedad de garganta y otro que se dejaba comer con suma facilidad si se cerraba los ojos y cuidabas de no estropear tu apetito con la contemplación de la cabeza negra.

–¿Quieres un gusanito? –me dijo Diego sosteniendo una de aquellas bestias entre sus dedos.

–¡Hummm! ¡Qué delicia! –le contesté mientras la masticaba.

Después de tantas y tamañas adversidades podrías pensar, tal vez, que nuestro ánimo ya se encontraba acostumbrado, incluso robustecido, y no te podrías engañar más. Bastaba con que soplase un poco de viento, aunque nos fuera favorable, para que nuestro espíritu decayese y nos hundiese en el abismo de la desesperanza del que apenas conseguíamos salir. Ya no conocíamos santo al que no nos hubiésemos encomendado y los pequeños altares aparecían improvisados en cualquier parte del navío. Habían surgido apuestas sobre los días que aún aguantaría el barco.

–Doy mi cuchillo a que por lo menos nos queda una semana más –dije yo.

Era extraño conocer a alguien que no se hubiera confesado a sus amigos, y lo hacían precisamente con ellos porque todos conocíamos de sobra los vicios del Santo Padre y se nos hacía difícil tener que contarle a Él nuestros pecados y recibir por su mano pecadora el perdón, por mucho que viniese de Dios. Yo, sin embargo, no fui capaz, pero no porque no lo deseara, pues de hecho estuve tentado de hacerlo mil veces, pero cuando iba a comentarle a Diego algo sobre el tema, acudía de nuevo a mí la vergüenza, aquel extraño sentimiento vago que confundía frecuentemente con la culpabilidad. Y no lo hice no porque no tuviera suficiente confianza con él, que la tenía, sino porque sentía que algo fallaba, que algo no estaba bien en aquel acto y que había algo detrás que se me escapaba: la misma sensación que Diego me había descrito.

Llegó la Nochebuena y se marchó tal como había venido en una noche en la que fue todo menos buena. Los tornados nos atacaron como nunca después de meses en los que, en realidad, nunca nos habían dejado. Llegaban a veces acompañados de tantos truenos y relámpagos que la marinería, acostumbrada a estos lances, no se atrevía ni a abrir los ojos, creyendo ver que los barcos se hundían y el cielo se desplomaba sobre nosotros. Algunas veces los truenos restallaban tan largo tiempo que daba la sensación de que era alguna nave del grupo la que disparaba sus piezas de artillería para hacerse oír entre el estruendo. En otras ocasiones, era tanta la lluvia que parecía sobreviniera un nuevo diluvio.

Así pues, no es de extrañar que durante aquella Navidad no encontráramos más fe que aquella que a duras penas nos permitía sobrevivir día a día. Y, no obstante, un hecho nos levantaría un poco el ánimo. Padre, que durante tres meses había estado postrado en cama, levantándose tan sólo a satisfacer sus necesidades más básicas, volvió a pisar la cubierta para celebrar tan señalada ocasión. Estaba pálido y profundamente demacrado, pero ante mis ojos se apareció como el Ave Fénix. Durante la cena su charla fue distendida y casi emocionada. ¡Se le veía tan lleno de ilusiones! ¡Tan repleto de fe! ¡Tan poco vacilante en su religión! Lo envidiaba, lo adoraba y lo veneraba por encima de todas las cosas. Y él hablaba y hablaba con su enorme sabiduría y yo –aunque evitó durante la cena mirarme– lo noté más cercano de lo que lo había sentido durante todos los meses precedentes. Escuchaba de nuevo su voz profunda y sentía su tacto, aun sin tocarlo y olía otra vez aquel perfume de sal que emanaba su venerable figura. La emoción me atenazaba y me impidió probar bocado. Prefería observarlo como si fuera la primera vez que lo viera comer, reír o charlar. Diego, junto a mí, comía silencioso, como si respetara el momento casi místico que estaba viviendo al ver de nuevo a mi padre restablecido en sus fuerzas.

–Cipango está cerca, muchachos, ¡el estrecho no puede resistírsenos durante mucho más tiempo!

Mas quiso el torvo azar, la fortuna que ya considero parte de mí como un miembro más de mi cuerpo, que nada más acabar de comer, como si su salud se hubiese cansado del respiro que le había concedido, tuviera tal ataque de gota que tuvo que controlarse para no estallar en alaridos en medio de toda la tripulación. Las articulaciones de las muñecas, las únicas que yo vi, las tenía hinchadas hasta límites extraordinarios, y eran como unas bolas enormes de color rojo que tendían a amoratarse a la altura de la mano. La piel que impedía que aquella masa de líquido se saliese estaba tirante y con un extraño brillo. «Condenada gota que lo arrebatas de mi lado.» «¿Cuánto dolor tiene que padecer una misma persona para que Dios se dé por satisfecho?» «Si me levanto, como a un león me das caza y vuelves a invadirme con tu espanto. Renuevas tus ataques, redoblas tu ira contra *mí*», pensé.

Aún tuve tiempo de musitar un triste adiós antes de que los carceleros, que ya lo habían alzado sujetándolo en vilo para evitar que apoyara los pies en el suelo, lo encerraran de nuevo en aquella celda, aquella prisión en la que yo tenía vetada la entrada. Me levanté deseando vomitar sin que nadie me viera.

Después de dar vueltas y más vueltas por aquella reducida cubierta me fui a dormir deseando, como hice una y mil veces, ser un pájaro que pudiera escapar lejos, muy lejos.

A pesar de que aquella época fue un período infausto en el que las desgracias no dejaron de sucederse, lo recuerdo como un tiempo dichoso. La única mancha que quizás puede oscurecerla, aparte de las que ya he referido antes, fue el alejamiento definitivo de Alonso. Temo decir, aun a riesgo de resultar demasiado presuntuoso, que su presencia comenzó a resultarme aburrida. Mi ánimo siempre inquieto y caprichoso buscaba nuevas sensaciones, nuevos descubrimientos que Alonso estaba muy lejos de poder proporcionarme. Seguía viéndolo como lo que era, como lo que siempre había sido: el niño que todavía no había comenzado a crecer. Y así debía ser. Así debía seguir siendo. Al menos yo quise verlo así; y creí que Alonso también... ¡Cuán equivocado estaba!

Sin embargo, el acercamiento paulatino hacia Diego había sido asombroso, hasta resultarme imposible el poder pensar mi vida sin él. Diego, Diego, Diego, El Negro. Desde el amanecer hasta el ocaso necesitaba de su presencia como poco antes había necesitado del vino. Y bebía de sus palabras, del mismo halo que emanaba su figura, de sus gestos, desde los más leves hasta los más grandilocuentes; como si me encontrara siempre sediento, hambriento de él. Hablábamos y hablábamos durante horas de todos los temas que se nos podían ocurrir, desde los más triviales hasta los más complejos. Y, sin embargo, a pesar de no haber secretos en nuestras conversaciones, ni tapujos de ningún tipo, existía un asunto prohibido que no llegábamos nunca a tocar, lo que yo en mi lenguaje particular llamaba el tema de sus «escapadas nocturnas». Tampoco –pienso ahora, mientras escribo– hablamos nunca de su maestro, de aquel que le había enseñado la filosofía tan herética que, muchos años después, pude conocer en mayor profundidad y donde reconocí, en la imagen de renombrados humanistas, el mismo hablar del amigo que me empeñé en caracterizar como plebeyo.

Hasta aquel día.

—La vida es muy breve —decía con el habla tranquila que siempre lo caracterizó—, por lo que debemos aprovecharla al máximo.

—Si es así, ¿podemos hacer entonces todo lo que nos plazca? —saltaba yo.

—No —replicaba él—. Si lo hiciésemos así, eso sólo nos produciría un placer momentáneo. Y la vida es demasiado corta para malgastarla en placeres transitorios.

—¿Aunque esos placeres sean plenamente satisfactorios?

—En ese caso no, puesto que si te producen un placer que a la larga no te hace mal, no veo por qué debemos reprimirnos. De hecho, si intentamos contener esos impulsos que tan nuestros son, como el comer, el beber o el dormir, ya estamos envileciendo lo que hemos quedado en que era lo más importante, lo más precioso: la vida. Así, por ejemplo, el impulso sexual. —Hizo una pausa para que escuchase bien lo que tenía que decirme. Me quedé paralizado, las manos rígidas sobre mi regazo—. La Iglesia siempre nos ha enseñado a contenernos, a refrenar todo lo que hacíamos, todo lo que deseábamos, ¡sobre todo aquello que pensábamos que era pecado!, sin darse cuenta de que así, al contenernos, nos comportábamos como si fuéramos animales, ¡incluso peor que éstos!, ya que ellos todavía pueden dar rienda suelta a sus instintos sin el freno de las normas. Y cuando estallamos, que al final todos lo hacemos, incluidos los más santos... ¡Dios nos pille confesados! Y es que, Hernando, la mejor manera de controlar a las personas es jugar con sus miedos más secretos, y el mejor modo, hacerlo suponiendo que todo es pecado y que la Santa Iglesia católica es la única capaz de concedernos el perdón a través del sagrado sacramento de la confesión.

—Entonces, ¿debemos o no controlarnos? —pregunté después de una larga pausa en la que yo, obcecado como estaba y aguardando las palabras de Diego, no quise oír sino aquello que más me interesaba, y no quise darme cuenta de la terrible herejía en la que estaba cayendo mi amigo. Escuché su respuesta con ansia, como pocas veces había esperado nada antes. Como si él tuviese la llave del enigma después de tantas y tantas noches de desvelos.

–Sí, debemos controlarnos siempre y cuando lo que hagamos pueda molestar a aquel al que se lo hacemos. O cuando lo que hagamos nos haga sentir mal a nosotros. Mientras tanto, ¿por qué habríamos de hacerlo?, ¿por qué?, ¿porque nos lo dice alguien?

–No, supongo que no... O sí, si crees que esa persona tiene la suficiente autoridad.

–Está bien si tú quieres tomar a esa persona como maestro *tuyo*, pero no porque alguien te diga que ha sido elegido por Dios. Porque yo, por ejemplo, si me hubiese metido a sacerdote o a predicador, o a lo que sea, ¿puedo basar mi autoridad amparándome en un simple cargo? ¡Y eso pensando que sea yo el que decidió ser cura y no mis padres que lo decidieron por mí!

Crecía y en mi interior notaba que algo se revelaba. Era un sentimiento vago, incierto que no sabría precisar pero que me hacía cuestionarme, aunque yo no lo quisiese, todo lo que había considerado como verdades absolutas. Sólo mi padre se salvó. Él era el único Dios que continuó en su escaño: perfecto, inamovible.

Y, no obstante, a pesar de esa rebeldía tan mía que motivaba todos mis actos, la necesidad de encontrarme a mí mismo en la negación de todo y por todo, de llevar la contraria por sistema, sentía cierto sosiego e incluso bienestar. Me parecía que había recuperado el espíritu que había guiado toda mi niñez, espíritu que regresaba de nuevo a mi lado, pero de un modo tal vez más maduro, y, sin duda, mucho más meditado. Como si en el fondo nunca se hubiese marchado y sólo esperase, aletargado como lo hacen los animales, a que el invierno se acabe. Podría decir que los libros, relegados en el viejo arcón de mi padre, volvieron a mí, pero en realidad fui yo el que volví a ellos; redimido, por fin, me sumí de nuevo en sus lecturas encontrándome a mí mismo.

Se reencontraban por fin el Hernando del pasado, el de los patios cordobeses, el de la presuntuosa Corte, con el del presente, el Hernando de la *Santa María*. Y volví también a tomar la pluma entre mis manos y a narrar, vacilante al principio, las vicisitudes de aquel viaje. Me sentía como aquel que debe coger por primera vez el mandoble entre sus manos: tembloroso y con miedo. Pero la sensación no duró mucho. Firme, como si nunca la hubiese abandonado, acaricié su tacto suave de cáñamo y aspiré el olor de su tinta. Aquella pluma me trajo de nuevo las clases de cosmografía, al verdadero descubrimiento de aquella expedición y a lo que, sin saberlo, había decidido consagrar el resto de mi vida, como una especie de vocación religiosa. Y quizás fue a causa de lo mucho que me recordaba, años después, el tiempo feliz que había pasado en la *Santa María* el que pudiera afirmar que, por fin, con pleno convencimiento, había encontrado mi sitio. O quizás lo hiciera porque simplemente me recordaba a padre, no lo sé. El caso es que aquellos utensilios vinieron a ocupar el tiempo en el que no me encontraba con Diego. Y necesité también de los astros con sus movimientos caprichosos, de los portulanos con costas que se introducían en ondulaciones misteriosas, de los instrumentos náuticos que eran ya como prolongaciones de mis brazos.

Por aquella época aprendí a utilizar el escandallo, instrumento curioso, y otros muchos, de los que desconocía su existencia. «Necesitado está el marino de sus instrumentos para avanzar en procelosas aguas.» En realidad, cada movimiento de la nave viene dictada por una orden del almirante, que se ayuda de sus más fieles consejeros, los instrumentos de navegación. En un viaje donde una pequeña equivocación en las distancias podía significar la desorientación, y por tanto la pérdida preciosa de días o incluso semanas, la operación de cálculo era la parte esencial del trabajo del capitán y la esencia misma de la navegación. Medir la longitud resultaba relativamente fácil –teniendo siempre en cuenta las pésimas condiciones a bordo, con tormentas continuadas en las que resulta muy difícil ser preciso– a través del cuadrante, del astrolabio o del nocturlabio, mas no así calcular la latitud. El único método para medir ésta consistía en calcular la distancia ya recorrida. Y en unos viajes en los que apenas variaba la longitud, al mantenernos casi siempre a la misma distancia del paralelo, esta última se hacía especialmente indispensable. Los métodos para medirla eran muy variados e iban desde la misma observación de la estela que deja tras de sí un barco hasta el corredor de barqueta, consistente en lanzar un trozo de madera desde proa para ver cuánto tarda en aparecer por popa, controlando el tiempo con una ampolleta. O ver el color de las aguas para comprobar su profundidad.

Y quiero pensar que padre, desde la soledad de las sombras, auspició mi aprendizaje y siguió siempre mis progresos, aunque no lo pudiese hacer en persona. Mas quizás sólo fueran eso, sólo meros sueños.

El lunes nueve de enero de 1503, entramos en el río Belén, al que habíamos puesto ese nombre por haber llegado a aquel lugar el día de la Epifanía. Y ya que la búsqueda del estrecho, el verdadero fin de aquel cuarto viaje colombino, había resultado un completo desastre, intentábamos encontrar las minas de oro que se decía poblaban aquella zona de Veragua y así justificar esa misión; si no ante los Reyes, que se habían avenido a ella no por lo que pudiese reportarles, sino por verse libres de Cristóbal Colón, sí por aquella marinería defraudada, triste y cansada como sólo un hombre puede estarlo. Había sido aquélla una de las decisiones de mi padre tomadas la noche en que volvió a levantarse y todavía poseía autoridad entre la marinería para que se desoyeran sus órdenes.

Apoyado sobre la barandilla de estribor veía caer la noche. Las gaviotas, los gallaretes, los gavilanes y los estopegados volaban bajo, en bandadas. La cigarra cantaba su melodía disminuyendo su chirriar gradualmente. Pequeñas luces de luciérnagas, como pequeñas velas por el césped que se extendía a ambos costados del barco, en la orilla donde terminaba el río, recordaban a una misa o a un funeral. Y sombras oscuras de murciélagos cruzaban por encima de las velas; velas como muertas, velas que también eran rosas, y blancas, y moradas, como las nubes, como el cielo en esa hora mágica del ocaso en la que no es de día pero tampoco de noche.

Y Alonso, junto a mí, miraba mi mismo infinito, y en sus ojos verdes la misma luz del agua, reflejando sus mismos secretos. Y callaba obstinadamente, aunque sus labios temblaran al hacerlo. Yo me encontraba incómodo porque no entendía el porqué de su presencia allí.

Por fin habló, y su voz sonó como las aguas de una presa que se rompe.

–Donís prepara una emboscada esta noche. Ten cuidado, Hernando, que es peligroso... Debes saber que yo te apoyo, que estoy contigo. Si piensas algo y necesitas cualquier cosa, lo que sea, recuerda que me tienes a mí. Sigues siendo mi hermano, ¿sabes?

Y se fue, no esperó a que le contestase; se fue sin escuchar lo que tenía que decirle, porque él bien sabía que eran palabras de compromiso, un gracias sorprendido y acaso forzado. Él me quería.

Cayó la noche al fin, plena de sorpresas que ni Alonso, ni Donís, ni yo jamás habríamos podido imaginar.

Una lluvia suave rebotaba contra los tablones y la tranquilidad dominaba el navío sumido en una oscuridad cerrada, noche de densas tinieblas donde sólo se escuchaba el ulular de algún búho ocasional. En la cubierta no se veía un alma, ni siquiera el grumete de guardia, ya que todo el mundo se encontraba dormido tranquilamente, creyéndose a salvo en aquel río de aguas calmas. Me sentía bien apoyado en la barandilla de estribor, reconfortado escuchando la suave brisa, los sonidos de tierra, la lluvia leve y dulce que besaba mis labios; olvidando fácilmente las palabras de Alonso. Y andaba seguro dirigiéndome al lugar donde dormiría sin preocuparme por nada del pasado ni del futuro durante horas y horas eternas.

De pronto oí un ruido continuado, como de cuchicheos, y mi corazón se puso en alerta. «Serán ratones», sé que pensé, y quise ignorarlo, volver a la seguridad del lecho, mas no pude; mi curiosidad, mezclada con la desazón, me golpeaba en las sienes rítmicamente: tam, tam, tam. El sonido venía de popa, del castillo, de allí donde ondeaba la señal de fuego del fanal. Y la curiosidad se hizo mayor porque, al fin y al cabo, ¿qué me costaba cerciorarme? ¿Qué me costaba acercarme allí y ver qué pasaba?

Crecía la incertidumbre como el nudo en mi garganta a medida que avanzaba. Porque no eran ni ratones, ni cucarachas, ni ningún otro animal viviente, sino las sombras de personas que difícilmente podía percibir en la oscuridad. De repente, un fogonazo, como el de una hoguera al prenderse, iluminó una escena que reflejó todo el horror de mi alma y yo, desde mi atalaya de la lejanía, pude ver lo que allí, amparados entre las sombras, hacían aquellos maleantes. Porque allí se encontraba Donís junto a todos sus secuaces, y en su cara, había pintada una sonrisa horrible que elevaba la fealdad de sus rasgos de sapo al rango de la de demonio. Y me miraba. En su mano diestra, elevada como pendón al viento, se encontraba la única posesión que me importaba de todas aquellas pertenencias que viajaban conmigo en la *Santa María*: el cuaderno que me había regalado Pedro Mártir de Anghiería para que apuntara todas las vicisitudes de aquella travesía, y que, al hacerlo, nunca olvidara las nobles letras, nunca lo olvidara a él, maestro, amigo y casi padre. Y ardía, se quemaba, se sumía en el fuego y se transformaba en cenizas, en humo, en pasado, en aquello que fui, en aquello que moría en mi memoria como moría mi vida en las brasas de aquella mano; en el fuego dador de muerte que abrasaba, que demolía y acababa con todo. Y ante mí la impotencia de ver mi historia transformada en cenizas.

Un golpe, una risa y un grito. El golpe de mis rodillas hincadas cuando caí postrado en el suelo. La risa de Donís al verme así, el sonido inaguantable que ascendía entre las tinieblas como de dientes de calavera que crujen, que rechinan, como debió de reírse Satán torturando al santo Job. Y un grito, el de Diego, que, penetrante como el de un cuerno sonando en la loma de una montaña, pareció brotar desde el mismo cielo, como si éste se hubiese abierto, abiertas también las tripas, del espanto ante lo que estaba ocurriendo.

–¡Donís! ¿Qué haces? ¿Estás loco? ¿Acaso quieres prender el barco?

Y su cuerpo atravesó la cubierta y pasó junto a mí sin mirarme, con un movimiento firme y seguro; con el andar de reyes, de los caballos que se lanzan victoriosos a la batalla, de héroes laureados capaces de subirse por encima de los lodos a los hombros de las peores bestias, y luchar hasta la muerte y vencer incluso al hades, a las tinieblas, a la misma muerte.

Con su mano firme cogió la muñeca de mi enemigo, obligando a soltar, como una estrella que cae del cielo, mi libro en la profundidad negra del agua. Y cayó, y de él sólo se oyó un ligero chapuzón antes de desaparecer para siempre en los abismos de aquel río de Belén donde, tan alejado de su patria, nunca llegó a nacer la esperanza.

Me levanté como un loco, como un poseso, deseoso de empujar a Donís para que hiciera compañía a aquellos pliegos cuidadosamente escritos durante noches de desvelos a la tenue luz de las constelaciones; aquellas hojas que me harían eterno, que recordarían quién fue Hernando Colón, qué hizo Hernando Colón y quién fue, sobre todo, el almirante Cristóbal Colón. Arrojar a aquel bárbaro capaz de quemar los sueños de los demás y matar por fin a alguien que lo mereciera de verdad y no a desgraciados indígenas. Y, sin embargo, hube de frenarme en seco. El aire no llegaba hasta mi garganta, era como si tuviera una mano aferrándome el cuello que me ahogaba lentamente. No conseguía respirar. El soplo emponzoñado incapaz de salir de mi boca, aquella especie de agua putrefacta que iba encharcando sin prisa, sin descanso, mis pulmones. Me puse en cuclillas. Un ruido sordo que brotaba de mí restallaba en mis oídos, como las notas de una vihuela mal afinada. Me raspaba el gaznate. Lágrimas punzantes brotaban de mis ojos por el esfuerzo. Y el mundo se nublaba y mi mente se desli-

zaba hacia otra parte, hacia un pasadizo luminoso en cuyo final
una puerta se abría a un espacio de alegres colores, de naturaleza
exuberante, de olor a frambuesa y a limón donde nadie sufría. Al
lugar donde me esperaba la madre de Diego, con su belleza rubia
de muerta que daba miedo sólo pensarlo.

Había dejado de oír incluso los ruidos que escuchamos cuando estamos solos: la sangre golpeando, el pitido de los oídos... se
habían callado. Y me resistía a dejarme llevar por aquella sombra
que me odiaba tanto como yo a ella, aferrándome a cualquier idea,
aunque fuese la más pequeña que pudiera mantenerme uncido al
navío, y a la vida. Y vi mi vida pasar por delante de mí como si la
estuviese viviendo otra vez. Escenas vertiginosas que se sucedían
a una velocidad también vertiginosa. Vi, como puedo ver ahora
estos papeles, esta pluma, esta letra irregular de viejo, los ojos de
Beatriz mirándome llorosa cuando nos despedimos en Córdoba
entremezclándose con los de la tía Violante en Sevilla, con los de
mi tío Bartolomé en Valladolid, con los de la Reina en Segovia,
con los de Pedro Mártir en Burgos. Y, de pronto, mi mente se
quedó fija, negándose a proseguir, en un recuerdo que, hasta entonces, apenas recordara.

La demencia de Juana de Trastámara, a la que luego habrían
de conocer como Juana la Loca, no fue un hecho aislado y casual.
Su madre, la mismísima reina Isabel, ya había dado pruebas de
idéntico mal, aunque nunca, y a diferencia de su hija, fue en público o ante aquellos que pretendían arrebatarle el poder. Sólo los
que nos encontrábamos en su círculo privado habíamos sido testigos de sus escenas de locura y desvarío, motivadas, como le sucedería a su hija, por los intensos celos que las asaltaban cuando
comprobaban que sus esposos se juntaban con otras mujeres; y
mucho nos cuidábamos de ir contándolo por ahí. Debíamos su-
frirlas en silencio y con el respeto que una Reina merece. Aunque
¡que Dios cogiera confesado a aquel que se encontrara cerca de
ella en uno de esos momentos! Mas le valía entonces apartarse
de su camino e intentar mimetizarse con las paredes, con las cor-

tinas, con el suelo o con lo que fuera y luego hacer como si no se hubiera enterado de nada. No obstante, puedo decir que yo sólo fui testigo de uno de sus famosos arrebatos: pero fue suficiente para saber que lo que decían los otros pajes no eran chismorreos infundados, cotorreos de comadres aburridas, sino verdades como puños.

El rey Fernando, que, a pesar de todo amaba a su mujer y la amó durante toda su vida, no se privó de algunos devaneos amorosos. Aventuras de hombres fácilmente perdonables para otra cabeza que no fuera la de la Reina. Encuentros que fueron llevados con tanta discreción que la mayoría de las veces ni siquiera nos enterábamos. No obstante, algunos de sus escarceos se veían culminados con la preñez de alguna dama, y algunos meses después, con algún que otro hijo ilegítimo que el Rey muy pronto tendía a hacer desaparecer en el seno de alguna orden religiosa.

El primero de estos amores del que tuve noticia sucedió mucho antes de que yo naciera, antes incluso de que el Rey contrajese matrimonio con la Reina, aunque ya estuvieran en los trámites que los unirían como marido y mujer. Y es que hay que comprender que el Rey apenas contaba diecisiete años en ese momento, y debía de ser extremadamente bello, según lo describen las crónicas, puesto que cuando yo lo conocí podía considerársele cualquier cosa menos bello. Corría el año 1469 cuando el futuro rey de Aragón conocería a su primera amante, doña Aldonza de Ivorra, con la que tuvo un hijo: don Alfonso de Aragón, que llegaría a ser arzobispo en Sicilia, diputado de la Generalidad aragonesa y lugarteniente del reino. Prontamente se encargó su familia de casarla —como Dios manda hacer, debido a lo avanzado de su estado de gestación— con un hombre vulgar llamado Bernardo de Olzinelles, del que me consta que le dio muy mala vida. Al final conseguiría divorciarse de él, y no sin la mediación del Rey ante el papa, al ser considerado su matrimonio nulo por consentimiento viciado. De este modo, doña Aldonza volvería a casarse, mas esta vez por amor, con el vizconde de Evol, con quien podría ser por fin feliz. No obstante, enviudaría ocho años más tarde y veintiocho después de encontrarse con el Rey por vez primera.

La Reina soportó que su futuro marido la engañase con doña Aldonza, tomando incluso al hijo de ambos bajo su cuidado, al que llegó a querer incluso como a un hijo; pero no pudo soportar el reencuentro efusivo que vivieron los dos amantes cuando después de pasado un tiempo volvieron a coincidir en Burgos. Tuvo el Rey la desgracia de que los encontrara yaciendo, y si al principio se limitó a cerrar la puerta e irse de la estancia sin decir palabra y sin montar ningún escándalo, su venganza no se hizo esperar. Doña Aldonza desaparecería misteriosamente de la ciudad al día siguiente. Se decía que había sido mandada a Portugal a solucionar unos problemas de estado, pero las malas lenguas comentaban que por la noche habían visto a un clérigo enterrando un pesado bulto más allá de la tapia de la iglesia, lejos de la tierra consagrada, donde ningún muerto podría entrar jamás en el reino de los cielos. Y don Fernando andaba apesadumbrado por los pasillos de palacio sabiendo de las consecuencias de sus actos, y siendo consciente de que la tormenta no tardaría en estallar.

Yo me encontraba ocupado leyendo en nuestros aposentos. Todos los demás pajes habían salido a montar a caballo, pero aquel día me sentía indispuesto y había preferido quedarme hasta recuperarme y terminar así uno de aquellos libros de caballerías que tanto me gustaban. Ese día la Reina decía que se sentía indispuesta y había previsto que le lleváramos la comida a sus aposentos.

–Hernando –me dijo doña Juana de Torres–. Ayuda a doña Constanza y a doña Pilar con la comida, que no pueden con el peso ellas solas.

Me levanté a regañadientes para coger aquella pesada bandeja, donde un pollo recién salido de los hornos reales aún humeaba, entre mis brazos. Detrás de mí, aquellas niñas se reían de no sé muy bien qué en vez de ayudarme a abrir las puertas que se dirigían hacia sus aposentos. Era el cambio de guardia y los pasillos se encontraban vacíos.

—Pase —dijo su voz firme cuando golpeé la puerta. Abrí tembloroso, temiendo que todas aquellas viandas se me cayeran al suelo, y la vi. Fuera se quedaron esas dos niñas riéndose. Permanecía sentada frente a un ventanal dándome la espalda. Al notar que ya estaba dentro de la estancia, se giró rápidamente, pero al darse cuenta de quién era, se pintó en su cara un rictus de decepción y se giró de nuevo dándome otra vez la espalda.

—Deje la comida en el parador y salga.

Cuando iba a hacerlo, cuando ya sentía el pomo bajo mi mano, la puerta se abrió bruscamente chocando contra mi cabeza, lo que me hizo retroceder al tiempo que me cubría la frente con las manos.

—¿Dónde está doña Aldonza? —bramó una fuerte voz que reconocí al momento como la del Rey.

Abrí los ojos. Necesitaba huir de ahí, yo no debía estar presente en sus discusiones, pero el cuerpo de Fernando me bloqueaba la salida. La Reina todavía continuaba de espaldas y yo no sabía qué hacer.

—Vos sabréis —contestó ella con aquel tono dulce que indicaba un peligro cercano—. Es vuestra amante, no la mía.

Había optado finalmente por sentarme detrás de un sillón y esperar que todo acabase. El Rey había cerrado la puerta y se estaba acercando a ella. De pronto, un sonido me sorprendió. A mi lado una jarra de cristal acababa de hacerse añicos.

—¡Dominad vuestros impulsos, señora!

—No te acerques a mí. —Y el tono de la Reina se parecía al susurrar de las serpientes.

Fernando, no obstante, no le hizo caso y siguió avanzando.

—Tengo derecho, soy vuestro marido, puedo acercarme a vos si lo deseo y no lo vais a impedir.

Por el aire seguía volando todo lo que la Reina tenía al alcance de la mano. Su cara tan serena brillaba ahora de furia y si yo hubiera sido don Fernando, nunca me hubiera atrevido a acercarme a semejante basilisco. Pero él era el Rey y su esposo y sabía cómo tratarla. Ya había llegado casi a su altura.

–Puedo yacer con quien quiera y vos no sois quién para prohibírmelo. Sólo Dios, y para eso todavía quedan muchos años.

En ese momento la palma de la Reina había cruzado la cara de su marido. Él se quedó petrificado y por unos instantes creí que le devolvería el golpe, pero no lo hizo.

–¡Dejadme sola! ¡Más me valía estar muerta!

Con amplias zancadas él se dio la vuelta y abandonó la habitación. Yo deseaba ardientemente poder hacerlo también. Me sentía fatal. Aquella reina incapaz de perder los nervios y cuya sangre fría sorprendía incluso a sus mayores enemigos era capaz de comportarse así. En el fondo, y por más que me doliera, no se diferenciaba mucho de las otras mujeres. Y ella seguía enajenada, arrancando cortinas, tirando muebles al suelo, rompiendo, incluso, sus propias enaguas.

Volví de pronto en mí, transportado como por arte de magia a aquella carabela. Un pensamiento surgió del edén que había creado en mi mente y me hizo regresar, de golpe, al mundo real. El aire volvió a circular por mi boca, por mi garganta, por mis pulmones y fue como si, por segunda vez, hubiese vuelto a nacer; como si Dios me hubiese vuelto a dar una segunda oportunidad para enmendar unos errores que no volvería a tardar en cometer.

¡Un duelo! La idea de un duelo a muerte azotó mi cerebro. Un duelo justo en el que defender mi honor amparado, sin duda, en la justicia divina, que estaría de mi lado. Ni vencedores ni vencidos. Sólo un sobreviviente. Y sostener de nuevo entre mis manos aquella espada de mi infancia y batirme con aquel que emponzoñaba mi existencia, el lobo que devoraba los únicos instantes en los que me sentía dichoso y que luego era capaz de clamar a la luna, con su aullido infrahumano, su hazaña miserable. Eliminé de mí, como si nunca hubiesen existido, los principios humanistas que me había enseñado mi maestro, y que me instaban a repeler las batallas o cualquier tipo de disputa que pudiese denigrarnos; aquellos pensamientos que veían la guerra como lo que en realidad era, lo que en realidad es: la masacre de los nuestros, de nosotros mismos. Olvidé también las leyes de los reyes que prohibían batirse en duelo y suplanté aquel dolor, aquella impotencia que se ahogaba junto al libro por un pecado capital, otro más, por el que habría de condenarme después de haber probado la soberbia, la envidia, la lujuria, la pereza y la gula: la ira.

Y, sin embargo, nunca habría de ver cumplidas mis aspiraciones porque un ruido vino a interrumpir lo que ya era una decisión en firme. Cuando el paso ya se encaminaba hacia aquella figura repugnante, un sonido vino de lo más profundo del mar. Tembló también el barco y hube de agarrarme al andarivel para evitar caerme por la borda. Mis oídos, cegados por el odio, por aquel sonido abisal que surgía de mí mismo, no habían prestado atención al sonido creciente de las gotas de aquel río chocando contra el costado del barco. Y así debió de pasarles a todos aquellos que estaban despiertos a esas horas de la madrugada aguardando el final de aquel lance, porque el gesto de sorpresa pintado en sus labios blancos, en su tez mortecina, era simétrico al mío. Alguien echó a correr y tocó la campana que pendía del mástil de la mayor. Su tañer se alzó como en una llamada de auxilio que no encontró eco de aquel que pudiese ayudarnos; fue como si el sediento gritara en mitad del desierto.

Las aguas seguían creciendo y el navío, que al principio se había deslizado con un movimiento suave, se agitaba ahora furioso, como si estuviera vivo. El timonel que había aferrado la caña intentaba girar el timón, pero en aquellas aguas fluviales no existía corriente capaz de llevarnos a ningún puerto donde resguardarnos; el recurso por el que tantas veces habíamos conseguido sobrevivir en alta mar. Porque aquellas aguas dulces renegaban de nosotros tanto como antes habían hecho las saladas y deseaban vernos igual de hundidos, igual de muertos. ¡Dios mío, otro río del Desastre donde habríamos de perecer todos! Ya sonaban las lombardas avisando a los otros navíos y el velamen caía fláci-do, como los pechos de una partera vieja, sin vientos que los hin-chasen, que nos salvasen de una muerte que cada vez era más cer-tera.

Y lo peor era el sentimiento de impotencia. El tener que sen-tarse en aquella cubierta sin poder hacer nada, los unos junto a los otros, rezando oraciones que ya conocíamos de sobra, mise-reres desgastados de tanto usarlos; esperando a que Dios decidie-se qué hacer con nosotros: si dictaminaba seguir jugando con nues-tras desgracias o creía más oportuno acabar con ellas de una vez por todas. Y ya que no existía ningún elemento al que hacer fren-te: ni viento, ni olas, ni lluvia; y tampoco habíamos tenido tiem-po de refugiarnos en tierra o de haber amarrado firmemente el bar-co, porque ninguno podríamos habernos imaginado que aquellas aguas habrían de crecer así, tan impetuosamente, sólo podíamos aguardar, esperar como cada uno bien sabía.

7

DE LO QUE NOS OCURRIÓ ESTANDO EN BELÉN

El ancla, la única que nos quedaba, se había roto y tan sólo quedaba la cadena atestiguando que algún día estuvo allí, que algún día lejano, igual que nosotros, había formado parte de aquella terrible expedición. Y ya no había solución, debíamos dejarnos llevar por la corriente y resignarnos a vivir o morir de esa suerte. Se balanceaban los eslabones, aquellas argollas de hierro, como un salvavidas que intentó salvar lo insalvable.

Intento describir mis sentimientos y no puedo, no encuentro en mi mente las palabras necesarias para explicar tanto horror. Tenía miedo, mucho miedo, un miedo aterrador y cercano que me asfixiaba; un abatimiento profundo nacido del interrogante angustioso de no saber qué iba a suceder. El miedo de un niño de apenas quince años a lo desconocido, a eso que se intuye todavía peor, si cabe, y que aún está por llegar, miedo a sentir más sufrimiento, más dolor… Aquel miedo fluía libremente por mi piel, y oleadas de resignación, alternándose con otras de rebeldía, azotaban mi ánimo por rachas desiguales. Es espantoso porque acepté que no sobreviviría a aquella noche, que no habría de volver a ver otro amanecer. Sentía la muerte tirándome de la mano y no me importaba y casi anhelaba su contacto, un roce que ya me era muy familiar… A tanto se llega cuando el cansancio es mayor que ningún anhelo.

No me confesé, no tendría con quién. El sacerdote proclamaba oraciones por la salvación de su alma a voz en grito sin importarle la de los demás. Alonso había desaparecido y Diego, subido a la vela mayor, no se preocupaba por lo que sucedía debajo de él, lo observaba todo como una veleta que no teme caerse. Y su figura proyectaba una sombra sinuosa sobre mí. Él era la luz y yo la oscuridad. Lo miré atentamente. Y quise llamarlo, pedirle que se reuniera conmigo, que me protegiera, mas él ya estaba muy por encima de todos nosotros. Colgado de aquel mástil, parecía el ave que, llegado el invierno, debe emigrar al lugar al que pertenece.

Era una noche fría, gélida casi. El navío bogaba libremente y golpeaba la quilla contra las arenas del fondo, como un perro perdido que busca a su amo y a cambio sólo recibe palos. El agua entraba a borbotones en la bodega, igual que de una herida sin cicatrizar mana la sangre, y la sentíamos bajo nuestros pies vaticinando en su lenguaje líquido nuestro fin. No obstante, lo más curioso de todo, lo que se hacía realmente extraño y más aterrador si cabe, era no ver por delante de nosotros la furia del mar coleando angustiosa contra la madera, los abrazos de agua, de olas espumosas, de sal; sino una extensa pradera verde donde los grillos seguían cantando, las flores continuaban agitándose y el búho proseguía sobrevolando en busca de ratones con los que alimentarse ignorante de que nosotros, un poco más allá, nos agitábamos entre la vida y la muerte. Mi interior se rebelaba. Si había sobrevivido en alta mar, no podía morir atrapado en un mísero río.

Las pirañas, en el agua, mostraban sus dientes de alfileres agitándose ansiosas por probar nuestra carne fresca.

Recuerdo, además, que, con los primeros momentos de confusión, incluso tuve ocasión de rozar la camisa de Donís. Sentí su piel junto a la mía paralizada también por el miedo y vi su cuello brillando blanco, como la boca de la luna, dispuesto a que yo lo cogiese con toda la fuerza de mis dedos y lo arrojase por la borda. De hecho, ya mi mano, empapada en la sangre que nunca había conseguido borrar del todo, avanzaba hacia aquella nuez cargada de chancras, pústulas y cicatrices rojas, recuerdos vivos de otros tantos granos. Pero en ese momento los vi, vi aquellos ojos, los de Alonso, que se habían levantado con el revuelo y me miraban entre el brillo de las estrellas y aparecían verdes centelleando con mayor intensidad que ninguna de ellas. Toda su figura emanaba una luz propia y aunque en su mirada no había reproche alguno, simplemente el ver sus pupilas bastó para que desistiese en mi terrible idea de matar a aquel ser inmundo, por muy odiado que fuese y a pesar de lo mucho que lo deseara.

Y Donís también debió de sentir algo, la especie de presencia sobrenatural que brotaba de aquel niño de once años, o quizás únicamente las malignas intenciones que habían dirigido mi mano hacia su gaznate, porque se giró y se quedó paralizado mirándome, meditando en silencio lo que yo hacía ahí y cómo debía responder. En unos instantes, el leve atisbo de preocupación que había elevado sus cejas dejó paso a un gesto burlón. El impulso ya había muerto en mí y mi mano caía, como muerta, sobre mis calzas. Él se sentía a salvo, de nuevo a salvo, y me miraba también con esa prepotencia tan suya que lo hacía ignorante de cuán cerca había estado de ser lanzado a aquel río del que no habría conseguido salir vivo.

Me dejé caer apoyando mi espalda en el costado del navío y viendo como su figura se alejaba de mí, observaba su paso tambaleante entre el movimiento rítmico y desigual de la cubierta. Alonso vino a sentarse a mi lado, y sin mediar palabra me abrazó, no sé si para recompensar el sacrificio de dejar con vida a aquel truhán o en busca del refugio que siempre creyó encontrar en mí. Ocultó la cara entre los pliegues de mi camisa, y sentí como ésta se iba humedeciendo lentamente. Sabía que Alonso estaba llorando y secaba sus lágrimas con pudor. Comencé entonces a acariciarle el pelo.

–No te preocupes –le repetía incansablemente, como una nana, como un arrullo monótono que consiguiese hacerle sentir a salvo–. Yo te protejo, nada ha de pasarte.

Empero, el barco se agitaba para que mis palabras se ahoga-
sen en una promesa sin fondo. De pronto sentimos una fuerte
embestida, un golpe seco y un sonido atronador que rugió en la
noche. Habíamos chocado contra algo. Abrí los ojos temeroso. De
nuevo el cielo se había oscurecido y llovía con ira renovada. Me
levanté asustado. Alonso, a mi lado, seguía hecho un ovillo, apenas inmóvil y tiritando como un gato tembloroso. Tuve que des-
embarazarme de sus brazos, que me apresaban con la fuerza de
una soga y que casi no me permitían respirar. Me asomé por la
borda.

El paisaje que vi era desolador. La *Santa María* había hundido su proa en la popa de *La Gallega*, que permanecía abarloada
junto a *La Vizcaína* y la *Santiago de Palos*. Y el golpe fue tan brutal que todo el barco crujió como si fuera un inmenso quejido en
el eco de la noche. Después de tanto ruido, vino la nada, un silencio infinito sólo perturbado por el cadencioso sonido de aquellas
perpetuas gotas de lluvia rebotando contra el revestimiento; ese
silencio daba más miedo que ver aquel navío quebrarse como una
vulgar madera. Había caído la contramesana, aquel mástil que se
encargaba de recoger todos los vientos de popa con todo su peso,
sus velas empapadas y sus estáis, causando tres muertos que habían fenecido en el acto y algunos otros heridos que, desparra-
mados por la cubierta, se agitaban por debajo de la madera y de
la tela suplicando que alguien los sacase de allí. Festín de huesos
astillados y músculos desgarrados. La sangre roja de la derrota
no dejaba de empapar la desarbolada vela blanca.

–No te levantes, Alonso –le dije. En aquel momento sólo me
importaba él–. Sólo hemos embestido a *La Gallega*, sólo eso. Todo
está bien, todo va bien, todo marcha bien, duerme.

Y me senté de nuevo a su lado sintiendo como él se creía todo
cuanto yo le había contado, a pesar de los inquietantes sonidos
que hasta nosotros llegaban: las carreras por cubierta, los gritos,
la lluvia, los sollozos... Observé como iba, poco a poco, respirando más lentamente y como, por último y a causa del cansan-

cio, se rendía y se dormía finalmente en mi regazo. Yo aguanté despierto todavía un poco más aguardando, escuchando las idas y venidas de la tripulación que luchaba por sacar a los heridos de allí; escuchando como, pasados unos instantes, arrojaban a los muertos al mar –aquel sonido seco al zambullirse para siempre que hacía que un escalofrío me recorriese el espinazo– y, finalmente, escuché como, a través de la única lancha que nos quedaba, fijábamos los buques a las orillas con maromas y clavos. Me dormí, y aun en sueños escuché como el agua volvía a caer del cielo.

No obstante, mi sueño no habría de durar mucho. Me desperté sobresaltado. Alonso, en mis rodillas, seguía durmiendo. Tenía la piel fría y salpicada por pequeñas gotas de agua, pero estaba tranquilo. Me desembaracé de él y, gateando a tientas por la escasa luz, conseguí llegar a aquel rincón de la toldilla donde guardábamos las mantas, húmedas, por supuesto. Cogí una y, de nuevo reptando, esquivando a toda esa gente que corría como loca por la cubierta, regresé hasta donde se encontraba Alonso y lo tapé. Entonces me volví dispuesto a averiguar qué pasaba, a ayudar en lo que estuviera al alcance de mi mano.

A mi alrededor todo era desolación, el barco había sufrido tantos desperfectos en la arboladura que apenas se conseguían entrever en medio de la oscuridad que nos circundaba y envolvía. El carpintero debía clavar y desclavar rápidamente para evitar que se continuara filtrando agua por el casco; se oían sus martillazos desde la bodega, aquel lugar al que, en semejantes circunstancias, jamás habría entrado. No sé cuánto tiempo había dormido, mas no debía de ser mucho porque continuaban sacando a los heridos de debajo de las velas caídas. No obstante, los muertos ya habían sido tirados al mar, supongo que sin todo el ritual requerido en esos casos, que, en ese momento, sólo habrían podido suponer una pérdida de tiempo en el que se necesitaba la ayuda de todos para extraer los cuerpos de aquellos que todavía vivían debajo del pesado mástil de la contramesana. Y veía correr a mi lado frenéticamente a todos aquellos hombres, hombro con hombro, trabajando lo indecible, todos a una por salvar el mayor número posible de aquellos compañeros aún atrapados que se desgañitaban pidiendo ayuda, una ayuda que a veces llegaba demasiado tarde.

El caso que más me impactó fue el del Mellado, que se encontraba muy cerca del lugar donde sucedió la embestida, el lugar donde se rompió el parapeto y la madera saltó en miles de astillas que se incrustaron en su cuerpo y en su cara, destrozándosela por completo. Gruesos goterones de sangre le rodaban por lo que habían sido sus mejillas, y, pese a todo, aún continuaba ayudando sin quejarse de su propio fin. Pero lo peor de todo era aquel trozo de madera que se había alojado en su ojo izquierdo, coloreando su pupila negra en otra totalmente gris. A partir de ese día tendría que ir con un parche y, durante sus años de vida de marinero, que fueron muchos y bastante bien aprovechados para lo que este tipo de vida suele ser, el nombre del Mellado se fue diluyendo poco a poco en el pasado. En todos los puertos de España llegó a ser conocido como El Tuerto Osado. Habría de morir, muchos años después de aquel nefasto 1503, embarcado, como no cabía otra posibilidad, aguardando la lucha definitiva que llevaría a aniquilar las huestes de la media luna, capitaneadas por el mismísimo Barbarroja contra las tropas imperiales del no menos grandioso Carlos I. El Mellado, o El Tuerto Osado, habría de enfrentarse de nuevo a otro fatal huracán, que deshizo toda la flota que chocaba entre sí sin poder detenerla y que lo llevó por fin a saborear el gusto de la muerte.

Pero el futuro era algo todavía muy lejano y ahora, en ese momento, era tan sólo un niño que me chillaba pidiendo socorro junto a Diego, exhortándome a que lo ayudara a sacar a un hombre que retorcía su brazo, insertado en una madera puntiaguda. Con el choque, había salido precipitadamente y se había hundido en aquel trozo afilado como un cuchillo que se había levantado de golpe al quebrarse la proa del navío atravesando su carne. Me acerqué a ellos conteniendo las náuseas y comprobé que aquel marinero se había desmayado por la pérdida de sangre, sangre que podía notar bajo mis pies, húmeda y viscosa. Al grito de tres tiramos a la vez del brazo, hasta que salió aquella extremidad astillada con un ruido viscoso que recordaba al que se hace al sorber un líquido. Cuando finalmente estuvo fuera no supe reaccionar, me quedé petrificado sosteniendo esa masa que, hasta hacía unos momentos, todavía palpitaba sangre y vida. Aún en medio de la oscuridad pude comprobar como su brazo se iba amoratando poco a poco entre mis dedos, que lo apretaban con fuerza a pesar del profundo asco que sentía y que me impedía incluso reaccionar. El Mellado daba leves cachetadas a la cara del enfermo y sólo Diego, que tapaba con su mano la hemorragia, se atrevió a exclamar algo entre tanta confusión:

–No se puede hacer nada por él, hay que amputar inmediatamente o la gangrena se extenderá al resto del cuerpo. ¡Cuanto antes! ¡Rápido! ¡Decid al cirujano que venga en seguida, que lo corte ya!

Y yo, en lugar de actuar con presteza, obedeciendo no sé bien qué instinto, me moví entonces con una lentitud sorprendente en aquellas circunstancias. Pareciera que mi cerebro fuera más rápido que mi cuerpo. Cuando creía estar dando el segundo paso, todavía estaba con el primero, dirigiéndonos hacia la mesa que servía a los oficiales para comer, no muy lejos de donde había sucedido el accidente y que, increíblemente, estaba casi intacta.

En el horizonte había comenzado a alborear y pasaban los pájaros sobrevolando semejante horror como si tal cosa. El frío era tremendo y sentía los dedos casi inmovilizados.

El cirujano, con unas ojeras profundas, apenas podía contener el pulso. Después de semejante noche de músculos desgarrados, miembros destrozados, grumos de sangre y trozos de piel y de carne sobre su ropa, era más el alcohol que se había bebido que el que le había dado a sus pacientes para mitigar su dolor. Empero, para este pobre diablo que se encontraba medio tendido junto a nosotros, no fue necesario utilizar este líquido capaz de quitar la cordura a las mentes más sanas, puesto que su propio sufrimiento le había hecho perder la conciencia. Mas, cuando ya se hundía el cuchillo en su carne, cuando ya se levantaba su piel al paso del metal, cuando ya rechinaba el sonido del hueso al terminar de partirse bajo la fuerza del cirujano, abrió los ojos –enormes cuencas hinchadas y cubiertas de una película extraña–, que me miraron fijamente. Sin embargo, no pronunció palabra, ni un quejido ni un leve sonido, nada. En mi pecho, el corazón creí que acababa de detenerse del susto.

A poca distancia de nosotros, uno de aquellos heridos que hasta hacía un momento chillaba entre estertores de dolor se había callado. Su silencio era la prueba definitiva de su estado. El marinero que todavía me seguía mirando se giró de pronto y clavó la vista en el cadáver. Abrió entonces la boca, aquella misma que no chilló mientras le cortaban el brazo con una brutalidad que no había visto ni en el encargado de asesinar a los pollos de palacio, y pronunció con una voz que me hizo sobresaltarme aún más:

–¡Que se lo lleven! ¡Que lo alejen de mi vista!

Aquellos que nos rodeaban, sin siquiera un gesto parecido a la conmiseración o la piedad por su parte, cogieron aquel cuerpo ensangrentado y con el rigor que persigue a la muerte lo arrojaron a las aguas del río. Nunca pude saber quién había sido aquel que, por causa y capricho del destino, había tenido que morir desangrado sin que pudiéramos hacer nada por evitarlo, mientras que nuestro protegido –que así gustábamos en llamarlo Diego y yo después de aquel día–, ese marinero que fácilmente nos doblaba en edad, se paseaba tranquilamente por la cubierta con un pequeño muñón colgando de su hombro izquierdo. Cuando le preguntábamos cómo se encontraba contestaba jocoso, mirándonos fijamente sin ese extraño velo que había poblado sus ojos y que a mí tanto me asustó:

–No sé, es extraño, pero a veces me parece que todavía conservo el brazo. Es como si lo sintiera pero no pudiera utilizarlo.

Lo más raro es que, en ocasiones, ¡incluso me pica! Y como comprenderéis, todavía no conozco ningún fantasma que pueda rascármelo.

Recuerdo también, como muestra de su buen humor, que pocos días después de haber realizado la «operación», le había oído decir:

–Aún me quedan dos piernas, un brazo y dos ojos. ¿No te parece que aún soy aprovechable?

El temporal se prolongó durante tantos días que pudimos reparar los desperfectos, pero sobre todo hicimos lo más urgente: asegurar y amarrar bien los barcos.

Las olas rompían con fuerza en la salida del río, de aquel río de Belén en el que estábamos atrapados. No podíamos salir a recorrer la costa para reconocer el territorio, ni tan siquiera acercarnos al poblado más cercano en busca de comida con la que sostenernos mientras durase la tormenta. Andábamos por la cubierta como sonámbulos.

Sin embargo, las noches se convirtieron en mis mejores momentos. Alonso y yo nos dedicábamos a recorrer el barco, cambiando las cosas de lugar, pintando dibujos con ceniza en las velas, robando comida de la despensa.

–¡Vámonos de cruzada! –decía. Y ambos salíamos deslizándonos para ocultarnos de la mirada del vigilante de guardia.

Recuerdo en especial una de aquellas noches en la que creí que Alonso pudo por fin resarcir todo su odio hacia Donís.

–Ven, vamos –me dijo. Yo todavía le miraba somnoliento–. No hagas ruido, se me ha ocurrido una idea.

Gateando lo seguí. Pasamos por encima de los cuerpos de nuestros compañeros hasta llegar al lugar donde Donís roncaba. Al hacerlo, su campanilla se balanceaba y de la comisura le colgaba una gota de saliva.

Alonso se acercó a él y sacó un cuchillo.

–¡Qué vas a hacer! –le dije abalanzándome hacia su brazo–. ¡Estás loco!

–No, Hernando, no es lo que te piensas –me dijo soltándose.

Y con el cuchillo comenzó a rapar el pelo de nuestro enemigo común. Su pelo grasiento caía por su cara hasta llegar a su boca, donde se quedaba balanceándose con sus ronquidos.

Sin duda, aquélla era la mejor venganza que se le podía haber ocurrido, puesto que, como todo el mundo sabe, cortarse el pelo a bordo trae una suerte terrible. Tenía en verdad una apariencia tan ridícula que, al día siguiente, fue el hazmerreír de todos, incluso de sus amigos. Todavía creo escuchar sus gritos, sus insultos, sus promesas de venganza.

–¡Me las pagaréis, gusanos!

Precisamente estaba un día hablando con Diego sobre si existía razón para todo cuanto nos venía ocurriendo –aquellos sucesos que, de ser tantos y tan fatídicos, ya parecían extraños– cuando tanta monotonía cambió. La discusión era muy animada. Él sostenía que no, puesto que si así fuera habría una especie de destino que limitaría todos nuestros actos; mientras que yo pensaba que todo debía de tener un motivo último, que las cosas no pasaban porque sí. Años más tarde, hablando con Erasmo de Rotterdam, éste me dijo que nunca ninguna persona que se preciara de ser escritor creería en el azar... ¿no lo iba a hacer yo entonces?

Vimos que Alonso se dirigía hacia donde nos encontrábamos.

–El Almirante ha dicho que pretende organizar un poblado en esta zona –dijo radiante cuando llegó a nuestra altura. El agua de la lluvia se escurría por su pelo y por las manos, que gesticulaban alegremente mientras hablaba.

–¿Ah, sí? Y eso, ¿por qué? –pregunté yo intrigado de todo cuanto se refería a las decisiones de aquella figura, tan lejana y añorada.

–Porque así podríamos dejar un retén que controle esta región mientras él regresa a Castilla a dar cuenta a los Reyes.

–¿Así que decide regresar por fin? –interrogó Diego, y más que una pregunta era una afirmación. Como si este hecho fuese totalmente previsible.

—Sí, y aquí dejará al Adelantado con lo que queda de *La Gallega* y a todos cuantos deseen permanecer con él.

—¡Ah!, ¿sí? Pero ¿es que hay alguien que quiera quedarse? —le interrogué yo irónico. En mi interior me encontraba profundamente dolido. Así que por fin, y después de tantos desvelos, se rendía, dejaba que aquellas circunstancias, sobrehumanas sí, pero no más que circunstancias, le ganasen.

—¡Sí! —exclamó él indignado—. Yo, por ejemplo. —Y ante mi gesto de asombro continuó un poco más calmado—. En España no tengo nada, nada me queda y, sin embargo, éste es un mundo repleto de posibilidades, ¿no lo ves, Hernando? En España no hay futuro para mí, aquí sí.

Me quedé callado admirando la firme determinación de aquel niño. Aunque me azotaba la inquietud de imaginarlo en aquel territorio completamente solo y desamparado, teniendo que crecer por su cuenta, sin ayuda de nadie, sin nadie a quien abrazarse por las noches, a quien contarle sus tribulaciones... Y mi padre, ¿tan mal se encontraba que era capaz de desistir de sus sueños? ¿Tan enfermo estaba que, finalmente, había podido vencer aquel mal su voluntad?

—Mañana una expedición recorrerá el poblado de Quibio para pactar con él nuestra futura manutención. Si queréis, podéis venir.

Y aceptamos porque él lo deseaba, porque estaba ansioso de descubrir las maravillas de aquella tierra que iba a ser su hogar y quería compartirlo con alguien, con sus únicos amigos, con Diego y conmigo.

Y amaneció un nuevo día, un día claro, tibio y despejado, con el sol brillando como una bola de fuego en el horizonte, sin una nube que pudiera ocultar su meridiana claridad. Un día cargado de promesas, de fortuna y esperanzas de una vida mejor. Obedeciendo órdenes partimos tierra adentro en busca del poblado de Quibio, el cacique de la zona en busca de consejo. Resultó fácil dar con él. Era una aldea de pequeñas casas pobremente construidas con barro y con hojas de palmera esparramadas de aquí para allá a lo largo del paisaje, como construyen también en España, en la zona de Vizcaya. Atentamente, como hace la madre con aquellos con los que va a dejar a su hijo, vigilaba cuanto sucedía a mi alrededor. Ya que no tenía otra cosa mejor que hacer, me dediqué a observar sus costumbres y a apuntarlas en los pliegos que llevaba siempre encima desde que mi cuaderno se hundiera por causa de Donís.

En lo primero que me fijé fue en que aquellos indígenas de rasgos semejantes a los de La Española tenían la curiosa costumbre de darse la espalda mutuamente cuando hablaban. Siempre estaban masticando una hierba que –en mi opinión y en la de otros muchos después de mí– es la que les hace tener ese mal aliento y los dientes tan estropeados y negros, por lo que al sonreír se dibujan pútridos y tremendamente inquietantes bajo sus gruesos labios. Esa costumbre fue la que a nosotros, los cristianos, nos pareció precisamente de peor gusto y educación, ya que no sólo era desagradable ver aquella masa revolviéndose con su saliva, sino que al hablar te escupían desperdigando a su alrededor pequeñas fibras marrones que temíamos quitarnos por si llegaban a considerar aquello una grosería. Si algún día –pensábamos– llegábamos a formar un poblado en aquella zona, ésa sería la primera costumbre que erradicaríamos

El pescado que capturaban mediante redes y anzuelos que obtenían de los caparazones de las tortugas que pueblan aquellas latitudes era el alimento principal de aquella gente, y del que nosotros estábamos tan necesitados. Para atrapar ciertos peces, horrorosos como nunca vi cosa igual, y que en La Española llaman tities, se valían de otro procedimiento totalmente novedoso para mí, que consistía en extender esterillas sobre el agua a modo de alfombras. Al ser estos animales tan pequeños y estar sometidos a tamaña persecución por los de mayor tamaño, se veían precisados para escapar a subir a la superficie, donde finalmente eran pescados mediante un mecanismo tan sencillo. También acostumbraban pescar sardinas de un modo aún más simple, y no por ello menos maravilloso. Porque éstas, huyendo también de sus enemigos como hacían los titíes, se dejaban arrastrar tanto por su miedo que saltaban del agua creyendo que así conseguirían salvarse y caían entonces en la playa, donde se ahogaban en medio de coletazos inútiles, boqueando lentamente mientras sus ojos se les iban resecando. Su destino ya estaba fijado, uno no tenía más que agacharse a recogerlas para luego tostarlas en las brasas.

Aparte de aquella multitud de peces, disponían asimismo de mucho maíz, que es un cereal que, como el mijo, nace de una espiga o panocha, aunque el grano es de un tamaño considerablemente mayor. Con él hacían vino que mezclaban con las especias que a ellos les gustaban, al igual que hacen en Inglaterra con la cerveza. Resultaba de sabor agradable, un tanto áspero en la lengua, pero suave y de fácil digestión en el estómago. También extraían otro vino de un árbol parecido a la palmera, que sólo se diferenciaba de ésta en que tenía el tronco liso como los árboles y unas espinas tan largas como las del puerco espín. De la médula de estas palmas, que eran como palmitos, rallándola, exprimiéndola e hirviéndola con agua, obtenían un líquido que ellos consideraban excelente y que para mi gusto resultaba un tanto agrio. De todos modos, nada más probar el nuestro fue tanta su maravilla que prefirieron dedicar todos sus esfuerzos a fabricar éste que continuar con sus extrañas mezclas.

Era todo aquel territorio rico en frutas de toda clase. Me gustaban especialmente los mameyes, que sabían a durazno o a pera dulce. De los animales recuerdo las tortugas y los cormoranes, que se paseaban por la playa como perros, sin temer a los hombres. ¡Cuántas veces tuvimos que comer su carne fibrosa después de horas y horas de cocción en enormes calderos!

Aquellas gentes eran, por lo demás, muy hospitalarias y agradables en su trato; nada podía hacernos sospechar que sus intenciones no fueran totalmente amistosas. Se desvivían en atendernos, facilitando cuanto viniera al caso para que nos encontráramos a gusto y nada nos faltase. Cada vez que pasábamos a su lado, nos sonreían con sus dientes marrones y nos ofrecían comida en cuencos de barro que nosotros tomábamos por temor a que se sintiesen ofendidos. Y en verdad, aquellos alimentos exóticos, hechos Dios sabe con qué, parecían el mejor manjar para nuestros estómagos torturados.

Aquel día fuimos invitados a comer con Quibio en su casa. Como ya intuíamos, era el jefe de la zona, pero lo que no pudimos prever fue que todos sus habitantes aceptaran sus órdenes sin lugar a la réplica o la duda. Aquellas órdenes se cumplían en el momento, por muy peligrosas que fueran, por muy contrarias a cualquier ética o moral. ¡Ya hubieran querido Sus Majestades, los reyes de Castilla y Aragón, que sus órdenes se obedecieran de igual modo! Quibio poseía una complexión pequeña aunque extremadamente fuerte. Al moverse se dibujaban sus músculos bajo la piel morena y se agitaba su pelo recogido en pequeñas trenzas detrás de la nuca. Tenía grabados en sus brazos extraños símbolos hechos con fuego y sus ojos simulaban dos hogueras de tan brillantes que parecían. Su negrura sólo era comparable a los dientes que mostraba al reír, lo que hacía a menudo para desagrado nuestro, ya que su risa resultaba muy inquietante.

Y allí, entre los muros de aquel pobre chamizo, tuvimos que meternos todos apretados para no rehusar la invitación de alguien tan influyente, mientras cuatro de las mujeres que tenía nos servían la comida, para espanto de algunos y maravilla de otros cristianos que, en su estricta beatitud, creían que la poligamia era la depravación más absoluta (aunque eso no les impidiera tener sus amantes y sus queridas). Estas mujeres poseían un recato que yo sólo había visto en las damas de la más alta alcurnia en la Corte. Entre risas y charlas intentábamos hacernos entender con Quibio, mientras él jugueteaba con las agujas y los cascabeles que le habíamos regalado. A cambio, nos había ofrecido aquella hierba que llamaban tabacco y que nosotros decidimos hacer desaparecer sin que se diera cuenta.

Fue una comida, recuerdo ahora, de lo más curiosa y diverti-
da, en la que nuestros cantos de marinos y de cristianos viejos se
mezclaron con aquellos otros de los indígenas, repletos de ritmo
y colorido. Más allá de los lindes del poblado, por encima de la
foresta y de la selva, atravesando incluso el mar, se escucharon los
sones más variados y los ritmos más mágicos, producto de la fascinante unión de dos culturas tan diferentes.

Y fue precisamente Quibio el que pareció que más se divertía
con nuestra presencia. Incluso hacía toda clase de esfuerzos por
enseñarnos algunas palabras de su lengua. Algunos de nosotros
hacíamos lo mismo. Al finalizar la comida, puso a nuestro servicio a un hombre que nos hiciera de intérprete además de guía, y
nos ayudase a encontrar el mejor lugar donde emplazar nuestro
asentamiento. Se lamentó por no acompañarnos él mismo y nosotros aceptamos sus excusas puesto que creímos que verdaderamente tenía cosas más acuciantes que hacer. No obstante, la despedida fue muy efusiva y con muchas promesas de devolver
prontamente la visita.

Proseguía la jornada, con un sol abrasador que fustigaba sin
piedad nuestras nucas enrojecidas, tan poco acostumbradas al
calor húmedo de aquellas latitudes. Buscábamos, entre colinas de
suaves pendientes y pequeños arroyos pardos, el lugar donde mi
tío, junto a mi amigo, habrían de instalarse y quedarse hasta que
alguien volviese a buscarlos, hasta que estos reyes, u otros, deci-
diesen aparejar otro navío para recogerlos. Durante el camino de
ida, así como el de vuelta, la conversación resultó distendida. Mas
yo debía hacer esfuerzos por morderme la lengua y no dar rienda suelta a mis pensamientos verbalizando lo que tanto me torturaba. Aunque lo deseaba, no intenté persuadirlo, no le hablé
del error que estaba cometiendo; no le dije lo que en realidad pensaba: que lo echaría de menos, que no podía imaginarme la travesía sin él, que lo quería, que simplemente gracias. Y él ¡marchaba tan alegre!, ¡era tanta su felicidad! No, yo no podía aguar
sus esperanzas.

Al final del día, El Adelantado llegó a la conclusión de que no había mejor lugar para construir el poblado que en la orilla del río Belén, donde precisamente estábamos anclados, ya que allí disponían de agua fresca, un poblado cercano por si precisaban, y Dios no lo quisiera, cualquier cosa, y una salida al mar por si necesitaban huir de allí. Regresamos al navío cansados de una jornada que, pese a todo, había sido productiva.

Al cabo de dos días, Quibio decidió que era hora de devolvernos la visita. Y nosotros, como buenos anfitriones que siempre fuimos, lo recibimos con los brazos abiertos. Venía con un grupo no muy numeroso de indígenas, todos hombres de por lo menos veinte años; aunque calcular su edad resultaba ciertamente difícil, ya que su constitución era muy diferente a la nuestra. Llevaban en las manos unas hachas muy rudimentarias que no nos produjeron mayor preocupación, ya que, al fin y al cabo, era lógico que tomasen alguna precaución al encontrarse en territorio desconocido. Apenas encaramados en la cubierta, se replegaron todos en un rincón, temerosos de cuanto veían, escuchaban y sentían, como si encontrarse en aquel navío les impusiese aún más que nuestra presencia. Era tanto su temor que si tenían que desplazarse, lo hacían caminando con mucho miedo y cautela, pegados los unos a los otros. La visión de las velas ondeando sobre ellos les produjo un especial pavor. Únicamente Quibio se movía de forma natural de un lado a otro, sin apenas mostrar temor o sorpresa. Se detenía curioso ante cualquier cosa y todo lo toqueteaba haciendo caso omiso de nuestra presencia. Solamente mostró cierta deferencia hacia el Almirante cuando éste le entregó un espejito especialmente decorado.

–Aghhh-rei-pui-san –decía mostrando sus grandes dientes negros a la pequeña superficie que le devolvía su horroroso reflejo.

–Feliz –traducía el intérprete–. Gracias.

El Almirante asentía complacido. Tantos años de tratar con indígenas, creía, lo habían hecho un experto en la materia.

Después de las muestras de amistad y agradecimiento, el caci-que, que, al parecer, ya se había cansado de su nuevo juguete, seña-ló a uno de aquellos indígenas súbditos suyos para que llevara en su lugar el presente mientras él continuaba la exploración. El indio, en un descuido, lo dejó caer. El espejo golpeó contra el suelo y se rompió en mil pedazos. Todos los trozos se esparcieron por la cubierta brillando plateados como pequeños fragmentos de cielo. Aunque a los cristianos no nos hizo mucha gracia ver todos aque-llos trocitos diseminados por la cubierta, que de sobra es conoci-da la mala suerte que puede traer, nunca, ni en la alucinación más fantástica, pudimos esperar la escena de la que pronto íbamos a ser testigos. La respuesta no tardó en llegar, fue tan rápida y tajan-te que nos dejó sin habla y sin tiempo para la reacción. Quibio rea-lizó un gesto rápido, como de mando, sin mediar media palabra. Uno de sus secuaces tomó al desgraciado por el cuello y lo reba-nó con el hacha a modo de cuchillo y de un solo golpe. Después arrojó el cuerpo al agua.

Nos habíamos quedado pasmados por lo que acabábamos de presenciar. No obstante, lo achacamos a las costumbres de este pueblo y decidimos pasar por alto aquel suceso y no darle dema-siada importancia. Pensábamos, equivocadamente, que esos actos sólo podrían cometerlos entre ellos y que con nosotros jamás se comportarían así porque nos respetaban y todavía nos temían.

Quibio, aburrido y cansado de su exploración, se marchó al poco tiempo de este suceso con su ruidosa comitiva detrás.

Durante los días siguientes el ajetreo en la nave fue continuo. Todos, incluidos los viejos, los enfermos y los niños, colaboramos en des-armar *La Gallega* y construir con sus tablones diez o doce casas que servirían de refugio para los ochenta voluntarios que se que-darían en aquel territorio. Construimos también un edificio que habría de hacer las funciones de alhóndiga y de despensa en la que se guardó mucha artillería, pólvora, provisiones y útiles de pesca como cañas, redes o anzuelos. De forma consensuada se decidió no levantar empalizada alguna o muro defensivo ya que, por el momento, era muy improbable que hubiese ningún tipo de ataque, y bien podrían, llegado el momento, ir haciéndolo en fechas próximas los que allí se quedaban... ¡Tanta era nuestra prisa por alejarnos de aquellas latitudes que descuidamos esa necesidad primaria poniendo en peligro a sus confiados moradores!

Ya estaba todo preparado para partir de regreso a Castilla cuando surgió un nuevo problema, otra de esas dificultades que habrían de hacer este viaje, del que demasiado pronto veíamos su fin, más infausto y odiado si cabe. Y es que aquel río que ya una vez nos había puesto en peligro por exceso de agua nos puso entonces en un brete aún mayor por falta de ella. Realmente, no sabíamos si echarnos a reír o a llorar.

Debido a las bonanzas y habiendo cesado finalmente las lluvias de enero, se fue cegando la desembocadura del río con la arena que había ido depositando la riada, que había sido mucha por aquella corriente que a nosotros casi nos hizo naufragar. De esta manera, si en el momento en el que entramos sólo había cuatro brazas de profundidad, que es muy poco teniendo en cuenta lo que necesita habitualmente una quilla para poder pasar sin peligro, ahora apenas había media. Nos encontrábamos atrapados, desesperando y sin solución posible. Arrastrar los barcos por la arena, como alguien propuso, era impensable, puesto que, aun teniendo la maquinaria necesaria, nunca habríamos encontrado un mar suficientemente tranquilo como para que la menor de las olas que llegan hasta la orilla no nos los hubiera reducido a pedazos. Encontrándose, además, los barcos tan deteriorados y agujereados, como si fueran panales, después de tantas y tantas penurias y de que la broma se cebase bien con el casco, intentar cualquier tipo de maniobra, por muy sencilla y rutinaria que fuera, habría reducido muy pronto a cenizas lo que quedaba de la *Santa María*. Igual que se deshace un libro con el tiempo, así el mar se había encargado de acelerar este proceso ineludible de destrucción eterna.

Ahora, desde mi vejez, no puedo dejar de pensar en lo ridículo de algunas cosas, y avergonzarme de aquellas sensaciones de angustia vividas en esos días por algo tan nimio como es el esperar a que llueva. Sin embargo, con el cuerpo humano en el límite más extremo de su resistencia y dominados por un deseo terrible de volver a casa, nos sentíamos totalmente infelices, embargados por la desdicha más absoluta, al borde mismo de la desesperación y cifrábamos en aquella agua caída del cielo todas nuestras esperanzas. Sabíamos que tarde o temprano el milagro se produciría, que acabaría por llover, que algún día el cielo volvería a cerrarse y descargaría de nuevo toda su furia, pero no veíamos ese momento y ¡era tanta la impotencia!, ¡y tanto lo que deseábamos volver al hogar! Después de meses y meses de torturas, de aquellos tormentos inimaginables para una mente humana: el hambre, la sed, las enfermedades, los huracanes, los indios que nos atacaban sin descanso, las tripulaciones que se sublevaban... cuando creíamos que ya íbamos a regresar a nuestra casa, ¡todo se rebelaba contra nosotros! Pareciera, en verdad, que Dios, desde su trono, no se cansase de vernos padecer. Y nos sentíamos tan impotentes que sólo cabía la desesperanza. Sumidos en una profunda melancolía, sólo estaban alegres aquellos que se quedaban. Les veíamos trastear, organizando lo que iba a ser su futura vida igual que una recién casada ordena su hogar. El resto penábamos por la cubierta, huyendo de aquel sol de justicia que tan inmisericorde se mostraba. Y yo como el que más.

Entonces cambiaron las tornas y era Alonso el que debía abrazarme y reconfortarme. Y, cuando lo hacía, yo sólo podía pensar en su despedida como algo muy lejano y a la vez terriblemente inminente. No podía concebir la vida sin él, pero también me sentía incapaz de pedirle que se quedara.

Fueron ciertamente unas semanas angustiosas que pasado el tiempo, sin embargo, no puedo dejar de agradecer. Y es que, gracias a que nos vimos obligados a quedarnos aguardando a que volviesen las aguas, no sólo pude estar algo más de tiempo —aquel que

entonces tanto me sobraba y que ahora tanto preciso– y disfrutar
de su compañía, sino que, además, y gracias a nuestro intérprete,
quien, en verdad, nos había tomado cariño y se mostraba apega-
do a nosotros lo mismo que el burro de carga se acostumbra al
amo aunque éste le apalee, nos enteramos de que Quibio, el cacique, sólo aguardaba a que nos fuésemos para atacar el bastión,
quemar las casas y matar a sus moradores.

–Cristianos muertos –dijo nuestro intérprete haciendo chas-
car su lengua de trapo–. Quibio muerte. –Su mano rozándose el
gaznate no dejaba ninguna duda del significado de sus palabras.

La indignación nos hacía hervir de furia... ¡ese buitre carroñe-
ro!, ¡ese taimado, cobarde y asesino!, ¡esa rata inmunda esperaba
nuestra partida para atacar el poblado, para destruir lo que habíamos construido con tanto esfuerzo, para matarnos! ¡Tan amable y
hospitalario! Valiente hipócrita. Todas las atenciones y desvelos
eran pura fachada para ocultar sus siniestros planes. ¡Y habríamos sido capaces de dejar a nuestros hombres, a nuestros amigos
y compañeros, a expensas de lo que pudiesen hacerles aquellas gentes! Nos culpábamos por haber sido tan confiados al haber creído
que actuaban de buena fe. Cada sonrisa, cada pequeña atención...
¡Todo! ¡Todo había sido una farsa, una pantomima! ¡Cuánto habrían debido de reírse a nuestra costa!

El Almirante hubo de tomar decisiones apresuradas, aunque drás-
ticas, que pudiesen servir de aviso y escarmiento para todos aquellos que tendrían que convivir con los nuestros durante los próximos meses y, muy posiblemente, durante los próximos años. En
su mente, como en la mía, resonaba con una fuerza inusitada la
misma idea, la misma palabra: «Natividad». No podía repetirse
aquello, aquel desastre debía permanecer olvidado para siempre
de cualquier memoria. Mandó una expedición para capturar a
aquel cabecilla. Yo, que me encontraba en ella, aguardando con
mis compañeros, llegado el momento preciso en el que debíamos
arrojarnos sobre él, vi mis fuerzas flaquear y como mis músculos

no respondían a mis deseos. Me quedé donde estaba viendo pelear a mis compañeros.

Una vez más no supe estar a la altura de las circunstancias.

Como el momento en que se rompieron definitivamente mis lazos con Diego, con ese hermano al que nunca, por más que lo intentase y me engañara a mí mismo, llegué a querer.

Era una época triste. Aún ardían las cenizas de Savonarola en aquel principio de 1498 junto con las de otros muchos perseguidos por la Iglesia. Aquella Corte que yo recordara cubierta de flores, engalanada de terciopelo y de tapices y de perfumadores que desparramaban olores de búcaros y almizcle, incienso y rosas, se había convertido en un lugar oscuro, cubierto con un luto riguroso donde sólo se podía hablar en susurros; y las lágrimas, como las risas, estaban terminantemente prohibidas. El príncipe Juan, segundogénito de los Reyes Católicos y heredero de todo sus reinos, aquel al que habíamos dedicado cinco años de nuestra vida a su servicio, no sólo como pajes, sino como amigos, había muerto. ¡Días aciagos! Cuánta tristeza en cada hora, en cada pequeño instante. Decían que había sido por culpa de una mala caída del caballo, mas nosotros, que no en balde tan bien lo conocíamos, sabíamos que se debía a los excesos de fogosidad de un matrimonio prematuro para alguien que nunca gozó en demasía de buena salud. Así, dejaba viuda, con apenas diecisiete años y apenas seis meses después de su boda, a la gran Margarita de Austria, hija de Maximiliano I y María de Borgoña, aquella misma que años más tarde se encargaría de guiar todas las decisiones del futuro emperador Carlos I, al que crió como hijo propio. Mas por entonces, en la época del llorado príncipe, no era más que una niña con una sorprendente entereza que pronto supo reponerse de la muerte del esposo, al que quiso con locura, y de la de aquella niña que llevaba en su seno y nació prematura, sin duda por los sobresaltos de la muerte del padre.

Diego y yo fuimos testigos mudos de aquella muerte trágica y de sus funerales tristes como nunca los hubo. El fasto que debía acompañar a cualquier príncipe futuro rey de España, por muy muerto que estuviera, brilló por su ausencia. Su mujer contuvo las lágrimas como también hizo la reina Isabel con las suyas, y todos los que alguna vez le quisimos con las nuestras. El dolor de la madre y de la amada debían guardarse sólo para la noche, para aquellos momentos en los que, ya a solas, pudiesen descargar su rabia y su frustración contra la almohada. No obstante, todavía brillaban los ojos de aquella mujer casi niña como si desearan contar todo aquel dolor que callaban. Recuerdo ese cuerpo frágil a punto de desmoronarse y que debía pasarse sales por la nariz continuamente para evitar perder el sentido ante el cadáver de aquel muchacho de diecinueve años que, horas antes, corría por los bosques con su eterno halcón colgado del brazo llenando los montes con una voz que debería haber guiado a una nación y que ahora descansaba para siempre en ese ataúd rodeado de velas que, con el paso de las horas, tenderían a apagarse lentamente. Como el de su hija, nacida muerta, en un aborto que duró horas y horas y del que pensamos que la madre no sobreviviría. Aquel proyecto de reina que era sólo un revuelto de sangres y de trapos que la comadrona muy pronto hizo desaparecer de la vista de todos aquellos que nos agolpábamos tras la puerta donde Margarita se retorcía en silencio, llorando su impotencia y la desgana de continuar en un mundo que, en apenas pocas horas, le había arrebatado cuanto tenía.

Y fue así como, dejando la casa del príncipe donde nos habíamos criado, entramos al servicio de la Reina y de una Corte nunca fija en ningún sitio.

Aun así, no todo fue luto y desolación en aquellos últimos días de mi infancia. No vayas a pensar que en aquel tiempo nunca disfruté de la alegría. No obstante, y a pesar de la desventurada y trágica muerte del príncipe Juan que tantas consecuencias tendría para la vida en la Corte y el devenir y la historia del país, todavía había ocasiones para la chanza y el regocijo. En medio de aquella tristeza que había anidado en todos los corazones que quisieron en vida al príncipe, todavía quedaban pequeños resquicios por donde la alegría podía colarse para proporcionarnos algún consuelo pasajero, y nos hacía recordar que el tiempo seguía transcurriendo, que la vida seguía adelante aunque los Reyes no lo quisieran.

Siempre había bodas, bautizos o festividades varias que no podían cancelar, aunque fuera su deseo más íntimo, por el mismo deber que les impedía llorar por la muerte del hijo amado. Además, en el amor cortés, muchos encontrarían el refugio temporal a tantas horas de recogimiento oficial, un motivo de solaz y esparcimiento en medio de tanto penar y la compensación a tantas y tan largas horas de hastío en misas y rezos de los eternos rosarios; tantos como la salvación del alma de don Juan requería.

Instituido en Francia algunos siglos atrás, no fue sino con la boda de la princesa Isabel, la misma que, con la muerte de su hermano, único varón, se había convertido en la heredera a la corona, que este tipo de cortejo, por llamarlo de algún modo, entró en Castilla. No tardó en extenderse, y lo hizo de tal modo que era difícil encontrar el caballero que no lo practicase. Era un juego en el que nada se pretendía en realidad, tan sólo el ideal de amar en secreto sin ser correspondido por una dama que, para más inri, solía estar casada. Era tal la idealización que se hacía de la mujer amada, de la perfección y la pureza que emanaba de ella, que no se pretendía ni ser correspondido, ni mucho menos yacer con ella. Porque eso hubiera supuesto mancillar su honor y posiblemente también el de aquel que la cortejaba. Se contentaban simplemente con cruzar miradas y suspiros, gestos elocuentes y alusivos, como colocarse la mano en el pecho o, en el caso de las mujeres, ponerse coloradas y batir las pestañas. El juego de la seducción era muy complicado, ya que cualquier paso en falso hubiera supuesto ser el hazmerreír de toda la Corte. Así, el caballero debía tener elegancia en el vestir y ser diestro al tañer o componer sutiles versos para su dama, entre otras muchas cualidades.

Toda la Corte al completo sucumbió al influjo de aquel nuevo reto de incierta recompensa. Y los pajes no habíamos de ser
menos. Yo, que por entonces me encontraba en la temprana edad
de diez años, conseguí evadirme, a Dios gracias, de los efluvios
amorosos que se adueñaron de mis amigos como animales en celo
cuando llega la primavera, mas no así mi hermano Diego, quien,
preparándose para entrar en la guardia personal del Rey, tenía en
el momento bien cumplidos ya los dieciséis; edad difícil e incierta
en la que no eres ni hombre ni niño. Nuestra vida no había sufrido grandes mudanzas ni variaciones, ya que el servicio en la Corte
de la Reina no se diferenciaba mucho del de su hijo. Seguíamos
con el mismo número de lecciones impartidas por los mismos maestros; la misma recia disciplina y hasta el mismo catre que siempre
nos acompañó a todas partes; sin embargo, un nuevo detalle vino
a introducirse en nuestra vida de plenitud, aprendizaje, esparcimiento y camaradería en la que la compañía femenina brillaba por
su ausencia. Fue aquello lo que tanto habría de cambiar nuestras
vidas precisamente: el contacto cercano de éstas con unos pajes
deseosos de practicar con semejante compañía aquello que veían
a sus mayores.

Estaba precisamente al servicio de la Reina, en su cortejo de
damas, una joven de la que omitiré el apellido por no mancillar la
honra que podría causar el saberse lo que ahora escribo de tan
reputado apellido y de tan grande mujer. Baste decir que era alta,
esbelta de talle, muy bella de facciones y extremadamente dulce,
recatada, mas con una mezcla de soberbia que la hacía destacar
por encima de sus compañeras, tanto que no hubo hombre, y
digo hombre que no niño, que apenas se preocupara por estas
cosas, tal y como yo era a la sazón, que no entrara en esta carrera absurda por conseguir unos favores que, hablando frívolamente,
de bien poco podrían servirles por no manchar su honra, su apellido y su corta edad. Y Diego, como no podía ser de otro modo,
en el revanchismo que llevó siempre a los Colón a pelear con los
grandes de España, como los Alba o los Medinaceli u otras fami-

lias de semejante alcurnia, comenzó el complejo proceso de cortejo, el ritual donde era impensable el dar un paso en falso que, para estos casos, era necesario seguir.

Fue por su aderezo y vestuario que todos supimos como iba consiguiendo sus propósitos, adelantándose a sus compañeros, que vieron como un Colón les arrebataba aquello que creían que les pertenecía y lo que ellos deseaban. Comenzó por el morado, signo claro del enamoramiento; siguiéndole el verde de la esperanza. Luego vendrían la constancia con el naranja y finalmente la alegría exultante con aquella cinta grana que lució en su brazo durante más de una semana. Y mientras su escala de colores avanzaba, la de sus adversarios retrocedía con el gris de la pena, el azul de los celos o la desesperación transformada en amarillo.

A pesar de ser vox pópuli, y de que no hubiera ninguno de nosotros que no hablara de ello, yo apenas me molestaba en escucharlos; bien sabía que estaban movidos por la envidia y a mí, francamente, poco me importaba lo que hiciera mi hermano con aquella mujer. Creí, iluso de mí, que los demás pronto se olvidarían y dejarían correr la cosa. Nunca pude pensar que sería yo el instrumento de su venganza.

Esquivando las miradas de los maestros, del ama, de la guardia, de todos aquellos que querían impedir su felicidad, se dedicaban a retozar por las habitaciones deshabitadas de los enormes castillos en los que nos alojábamos. Y siempre había pasadizos secretos que recorrer, jardines inmensos, caballerizas intrincadas, desvanes, aposentos llenos de maletas, de animales, de polvo, de telarañas en los que nadie más, excepto ellos dos, entraban. Sus compañeros, los míos también, aquellos pajes que se decían llamar amigos nuestros, nunca hicieron nada por impedir sus devaneos y parecía que no les importase, que se hubieran resignado y que participaran de buen agrado en el juego del desamor.

Nunca he podido entender cómo mujer alguna podía desatar los peores instintos de los hombres. ¿Qué tienen? ¿De qué misterio insoslayable son dueñas, que mandan más que cualquier rey, más que cualquier ley? ¿Por qué, si son peores sus instintos, sus deseos, su falsedad, las escuchamos tanto? ¿Qué extrañas armas poseen que consiguen subyugarnos tan fácilmente a la voluntad de sus deseos? ¿Es acaso el amor carnal un impulso tan fuerte? ¿Es acaso la pasión, la concupiscencia el verdadero impulso de nuestros actos? Aún hoy, y a pesar de haber vivido una vida más larga de lo que jamás esperé, la respuesta sigue siendo igual de desconocida.

Era una tarde de junio, cálida como sólo son las tardes estivales en las ciudades de la estepa castellana. Los ríos de barro se agrietaban por el calor y los pastizales donde balaban las ovejas antes de recogerse aparecían desde la ventana donde me hallaba leyendo con un color trigueño que parecía un mar de luz. Allá en el fondo, la Veracruz tañía repetidamente sus campanas. El ocaso pronto habría de comenzar y las antorchas de palacio habían comenzado a prenderse, rezumando el olor a aceite, a madera y a quemado que era, en realidad, el olor de la noche. Las carretas de los vendedores ya habían comenzado a abandonar el patio del palacio con el paso chirriante y monótono que tan familiar me resultaba. Bajo el alféizar veía el foso tamizado de musgo, donde las golondrinas anidaban y que colgaba de las piedras grises como luengas barbas verdes. Cavilaba sobre un problema matemático que se me resistía y me hacía ignorar toda la belleza que se extendía ante mí, condenándome a su juego intrincado de números danzarines y suposiciones infinitas, cuando alguien me llamó y la solución al dilema que por un momento viera tan cercana se evaporó de mi mente por completo. No sin enfado, hube de responder presto, pues la orden venía de la misma Reina. «Su Majestad os espera», y bien es sabido para todos que, a una mujer como ésa, que más que reina podría habérsele llamado rey, nunca es conveniente hacerla esperar en demasía.

Crucé entonces los aposentos para dirigirme a aquel en el que se encontraba. Las puertas se iban abriendo ante mí y los soldados, aquel cuerpo del que pronto Diego formaría parte, me iban flanqueando el paso controlando que yo fuera quien decía ser, mientras intentaba arreglar las pintas destartaladas que llevaba. La encontré frente a mí, vestida en toda su magnificencia pero con esa extraña sobriedad que siempre la caracterizó, sentada en el sillón de respaldo alto, como le correspondía. A su lado, el cortejo de damas que estaba tejiendo se calló nada más verme. Sólo Juan de Flandes siguió hundiendo los pinceles en el azul cobalto y pintando el cuadro de la Reina que acababa de comenzar, como si nada pasara. Busqué con la vista a aquella dama a quien mi hermano había otorgado sus favores y no la encontré. Afronté entonces la mirada interrogativa de la Reina, que todavía tardó un tiempo en hacerme su demanda.

–Hernando –dijo–, me han contado que tu hermano ama a doña Blanca, ¿es eso cierto?

–Sí, majestad –contesté. No creía que pudiese haber ningún peligro en esa respuesta, todo el mundo lo sabía; no obstante, comenzaba a sentirme incómodo. Todas se habían callado y sólo se escuchaba el lejano piar de las golondrinas más allá de las ventanas. Hacía un calor sofocante. Al menos ésa era mi impresión.

–¿Faltó alguna vez a sus responsabilidades por ella? ¿Los viste en alguna ocasión juntos cuando no debían estarlo? –Y sus ojos inquisidores parecían pretender desnudarme.

¿Qué pasaba? ¿A qué semejante interrogatorio? ¿Qué podía contestar yo si no la verdad? Mentir no era posible, habría sido no sólo dar la espalda a mis Reyes, sino morder la mano que me alimentaba. Además, ¿cómo podía yo saber lo que había hecho Diego? ¿Por qué tenía que velar por él, si él no lo hacía por mí?

–Sí, majestad –dije al fin.

–¿Repetidamente?

–Sí, majestad.

–Bien, Hernando, gracias, sabremos recompensarte. Ahora retírate.

Cuando les di la espalda comencé a notar como en un momento mis ojos se veían inundados de lágrimas que luchaban bajo los

párpados por salir a borbotones. No obstante, crucé el portón sin
que ninguna rodara por mis mejillas. Sentía, en lo más profundo
de mí y sin que nadie me lo dijera, que, finalmente, había traicionado a mi hermano.

En efecto, de resultas de mi acusación se supo que doña Blanca
estaba embarazada, y que había sido Diego. Éste era demasiado
joven y tenía todavía una carrera por delante que cumplir, por lo
que ella hubo de contraer matrimonio con uno de aquellos a los
que meses antes había rechazado, tal y como lo dispuso la Reina.
Yo fui el que los condenó a la deshonra y el que separó a los amantes que aún creían que su amor duraría eternamente. Diego no volvió a mirarme nunca igual. Cada vez que sus pupilas se cruzaban
con las mías, incluso algún tiempo después y cuando ya estaba
casado, no cesaban de acusarme de la traición que aquel de su propia sangre había cometido. Por eso no volvió a hablarme sino
hasta después de muchos años, por eso era objeto de todo su des-
dén y su asco y por eso no vino a despedirme a Sanlúcar cuando
Cristóbal, Bartolomé y yo partimos hacia las Indias.

Ese día capturamos –más bien capturaron– además de a Quibio a
los notables, a sus hijos y a sus esposas para llevarlas con nosotros a Castilla y someter el poblado a nuestro dominio. Fueron
enviados con el piloto Juan Sánchez, todos amordazados, rumbo
a la *Santa María*.

–¡Que me pelen las barbas si permito que se escapen! –dijo al
hacerse cargo de ellos.

Mas, cuando apenas estaban a media legua de la desembocadura, Quibio comenzó a hacer ruidos extraños, como si se aho-
gase, y Juan, que nunca se distinguió por sus muchas luces, com-
padecido, lo desató de la cuerda con la que iba atado al banco,
dejando tan sólo la cuerda que le amordazaba las manos. Siguió
hundiendo los remos en el agua. Quibio, al verse libre de su ata-
dura y en un momento en que su guardián estaba despistado, se
tiró al agua y comenzó a nadar, impulsado por los pies, hacia la

orilla. Había empezado a oscurecer y se hacía muy difícil distinguir su cuerpo de los peñascos que se agitaban entre las aguas. Juan no pudo capturar al huido y hubo de continuar la travesía muerto de vergüenza por su negligencia y su descuido.

Le fue verdaderamente difícil a Ambrosio Sánchez, el maestre a quien Juan Sánchez debía rendir pleitesía y obedecer todas sus órdenes, refrenar su ira cuando se enteró.

–¿Cómo has podido, Juan? ¿Cómo pudiste ser tan idiota? ¿No te das cuenta de que lo has dejado libre para que tomen represalias contra nosotros? ¿No viste acaso lo peligroso que puede llegar a ser? ¡Estamos jugando con la vida de todos aquellos que se han quedado en Belén!

–Yo, señor... –repetía, murmurando, el acusado. Tenía la cara enrojecida y apenas conseguía evitar que se le saltasen las lágrimas, para no provocar las burlas y la deshonra ante todos sus subordinados.

–¿No te enseñaron tus padres a pensar? ¿A no ser tan confiado? ¿Qué debemos hacer el resto ahora? ¿Marcharnos sin más con ese hombre suelto por ahí? –gritaba indignado Ambrosio.

A lo que mi padre, escuchando el revuelo que se había organizado en cubierta, salió de su camarote renqueando, arrastrando sus piernas como bien podía.

–Bien, maese, ¿qué ocurre? ¿A qué estos gritos?

Mientras se lo explicaban, su semblante iba adquiriendo diferentes colores conforme a sus gestos, desde la curiosidad, pasando por la indignación, por la duda y, finalmente, por la decisión, aquella que tan propia le era.

–De acuerdo, ese hombre se ha escapado, y es peligroso. Pero nuestros hombres están bien protegidos. Tienen armas y pólvora de sobra y además contamos con un factor añadido: los indios desconocen la existencia de éstas. Cuentan también con la pericia del Adelantado, que bien ha sabido salir de lances mucho más difíciles, y con la ayuda de su mastín, que tanto miedo provoca a los indios. Ya lo vencimos una vez... Por lo que opino que debemos partir cuanto antes –dijo dándose media vuelta. Mas, cuando ya iba a entrar en el camarote, cambió súbitamente de opinión y, bruscamente, se giró y señalando hacia Juan indicó:

–¡Ah! ¡Y que le pelen las barbas!

Y fueron las palabras de mi padre como un hálito que volvió a hacer renacer las esperanzas en todos aquellos que ahora reíamos a mandíbula batiente por la orden que dejaría el rostro del torpe Juan tan pelado como el de un recién nacido. Todos aquellos que, apenas unos momentos antes, pensábamos que estábamos condenados a terminar nuestros días en aquellas latitudes y jamás partiríamos de aquella tierra.

Al cabo de otros dos días de estos sucesos, quiso Dios que volviese a llover, por lo que el Almirante decidió hacerse a la mar de inmediato sin preocuparse ya por la bestia que había dejado suelta. Puedo decir que tal era la alegría por aquella orden de partida que nadie se molestó en pensar en ella mucho más que el Almirante. ¡Marchábamos de vuelta a casa, de vuelta al hogar!

Embarcamos con una sensación de alegría que me cuesta mucho transcribir en estas líneas. No importaba que no hubiésemos encontrado aquello que buscábamos, aquel estrecho que había de abrir las puertas de un mundo repleto de oro. ¡Nos íbamos! Ya daba igual lo que nos pasase, ¡dejábamos atrás aquellas tierras que sólo nos habían proporcionado dolor, enfermedades y muertes! Y, sin embargo, aunque entonces no le dábamos importancia, también dejábamos nuestra huella en aquella tierra: un poblado que vería como sus habitantes transformaban sus casas de madera y paja en cómodos hogares de piedra donde los niños nacerían y correrían por las calles mezclándose con aquellos de piel mestiza. Y todos unidos aprenderían a leer, a escribir, a llevar la palabra de Dios por todos los rincones. Una nueva civilización que siempre era la misma, la de los Reyes Católicos.

El tablón que ascendía hacia la cubierta me pareció más seguro que nunca, más querido y deseado que nunca, como si de verdad fuera el fruto de aquellas supersticiones que hasta entonces había considerado absurdas: el pensar que la madera podía proporcionar suerte.

Y ¡cómo volví a ver aquella cubierta! ¡Con qué ojos dichosos! Y la amé, la amé con todo el peso de sus tres letras, porque me devolvía a aquello a lo que consideraba mi vida, hacia aquel Hernando temeroso y antiguo que había dejado en Sanlúcar y que ahora sólo deseaba encontrarse con el actual.

–¡Leven anclas! –bramó el piloto.

–¡Corten cabos! –replicó el contramaestre.

–¡Arríen velas! –exclamó el maestre–. ¡Ciñan trinquete! ¡Cacen mesana!

–Timonel, rumbo este-nordeste –exclamó de nuevo el piloto–. ¡Rumbo a Castilla!

–Todo se ha acabado, vuelvo a casa –murmuré para mí mismo. Sentía ganas de llorar y de reír y de dar gracias a Dios.

8

DE CÓMO FRACASÓ EL SEGUNDO ENCLAVE CONSTRUIDO POR EL ALMIRANTE EN LAS INDIAS

El viento del nordeste entraba por la amura de babor de manera tal que las velas medio rotas ondeaban hinchadas y gozosas encima de sus mástiles. Llovía, sí, pero era una lluvia que nos refrescaba, que nos devolvía la fe que meses atrás nos había arrebatado. La marola era enorme y el agua barría la cubierta una y otra vez, llevándose con ella todo lo que encontraba a su paso y arrojándolo a un océano furibundo. El temporal creciente ya no nos atemorizaba; no sólo estábamos acostumbrados a él, sino que incluso nos provocaba cierta hilaridad. Por más que lloviera, tronase o el cielo pareciera que se iba a desplomar encima de nuestras cabezas, reíamos con una risa frenética. ¡Volvíamos a casa! Todo lo demás carecía de sentido. Estábamos henchidos de esperanza y cualquier signo adverso nos parecía una minucia, un pequeño escollo fácilmente superable, fácilmente vencible con tan sólo pronunciar esas tres palabras.

Me sentía alegre, con una alegría que se palpaba en la piel, que brotaba de cada poro y creaba en mí, como en mis compañeros, un halo que de sólo mirarlo hacía latir gozoso el corazón en el pecho. Sentado en la popa, observaba la estela blanquecina que dejaba detrás de nosotros el timón y miraba las olas elevarse como pequeñas montañas de espuma. En el regazo sostenía el extraño amuleto que le había comprado a un buhonero meses atrás en Sanlúcar de Barrameda, el mismo día que había embarcado en esta carabela, la misma que ahora me llevaba de vuelta a Castilla. Su superficie de barro, antaño lisa, se había vuelto pequeñas ondulaciones ásperas donde el agua había dejado su marca, la misma impronta que había dejado en mí transformándome por completo y que devolvían a España a un Hernando totalmente diferente del que partió de allí. Los colores estaban desvaídos, pero aún se veía el dibujo que de una manera difusa todavía conservaba ese aspecto misterioso que me había impulsado a comprarlo la primera vez que lo vi. La mano extendida color azabache que entonces creí que significaba un anhelo difícil de lograr me parecía ahora una mano que se despide, que dice adiós a una tierra a la que no pretende volver.

–Me has servido bien –le murmuré al amuleto mientras lo hacía girar entre mis dedos, le daba vueltas y lo ocultaba entre los pliegues de mi mano. Aquel trozo de masa cocida me transmitía un calor que se extendía por el brazo hasta el resto del cuerpo. Una seguridad difícilmente explicable, sobre todo para alguien que nunca creyó en las brujas, ni en la magia, ni en ninguna de sus variantes absurdas por más que la vida se empeñase en demostrarme que en realidad sí que tenía motivos suficientes para pensar que existían.

Mas, en un exceso de confianza, un frenesí que me embargó momentáneamente y que no pude refrenar, sentí que debía deshacerme de él, pues ya había cumplido su propósito y a partir de entonces sólo sería un bulto en mis calzas que me molestaría al dormir. Lo arrojé por la borda como se despoja el amante despechado de los recuerdos de su amor; como el asesino se desprende del cadáver de aquel que mató. Y lo hice sintiéndome más libre, al igual que si hubiese recuperado una facultad que desconocía poseer, pero también más inseguro. Como si me hubiese librado de una parte de mi destino que había sido ineludible y que ya no lo era.

Y el viento sopló y agitó de nuevo mi ánimo, modificando mis pensamientos, tan volubles, tan cambiantes como aquél.

Comenzó a invadirme entonces una sensación remota de ausencia, el presentimiento de que quizás no era tan venturoso como había creído y que algo me faltaba, que algo definitivamente había muerto en mí. Y ese sentimiento comenzó a adoptar una forma en mi mente que cada vez era más concreta. Lo supe. Sentí que dejando a Alonso en aquel poblado había madurado de golpe aun sin pretenderlo; y había ganado mucho, sí, pero también había perdido mucho. Sufría y no como antes había sufrido por la pérdida de todos aquellos que lo precedieron. Deseaba volver a encontrarme con aquel niño que tanto me había dado y abrazarlo y besarlo en sus cabellos pelirrojos con olor a sal, aunque yo intentara negármelo y pretendiera seguir participando en el jolgorio general de la carabela creyendo que era uno más; que era parte de ellos.

Reviví la sensación que tuve con aquella hacha entre mis manos aquel día que, haciendo pedazos *La Gallega*, había transformado sus tablones en las vigas que sostendrían las casas de la nueva población. Pensé entonces que les había concedido una nueva vida. Ahora sabía que no. ¡Pobre carabela condenada a morir en tierra, alejada para siempre del mar que durante años la meció y la acunó en sus noches de desvelos, del océano que la impulsó contra viento y marea hacia esa nueva tierra que sería su perdición!

En la lejanía desaparecía de mi vista aquel pequeño símbolo que había representado la tierra castellana en su ausencia. Desaparecía como aquel continente desconocido que se había adueñado de Alonso, de *mi* Alonso para siempre. El contorno afilado de las montañas salpicadas de verde y el de las playas cristalinas se iba haciendo más y más difuso a medida que nos alejábamos.

Cantaba la tripulación al unísono y yo los escuchaba como se percibe el canto de los monjes tras los enormes muros de sus conventos. Sus voces rudas modulaban sones populares de amores que vuelven a encontrarse, de soldados que vuelven de la batalla, de marineros que regresan a su hogar. Y batían las palmas acompasadamente con un sonido monótono y frenético que sentí que me hacía enloquecer:

¿Donde estás que non te veo?
¿Qué's de ti, esperança mía?
Que a mi que verte deseo
Mil años se me faze un día.

Yo me sentía triste, profundamente triste al pensar que nadie anhelaba mi vuelta a la Península. No importaba cómo había sido educado, cómo me llamara o cómo me apellidara, porque nada valía si a nadie importaba. El marinero más miserable era aguardado con más ansias de las que yo poseería jamás.

Empezaron entonces las preguntas banales que sólo conseguían hundirme más y más: ¿alguien me habrá querido alguna vez? ¿Alguien habrá podido imaginarse la vida sin mí en algún momento? ¿Alguien me necesita tanto que piensa en mí aunque no quiera, que sufre por mí aunque eso sólo le provoque dolor?

En aquel recodo del camino me pregunté dónde había quedado aquella inmensa alegría sentida al conocer el regreso a casa. La certeza de lo obvio la había aniquilado.

Y fuera, y dentro, seguía lloviendo ininterrumpidamente.

Ya no me importaba nada porque nada tenía y nada me poseía a mí: ese acto extraño de posesión recíproca que se da entre dos personas, animales u objetos. Era como Alonso, un exiliado de mi tierra... ¡Alonso!

No era de ningún sitio, era un Hernando *sin tierra*.

Llovía y el cielo negro como un desierto de caoba, como mi espíritu, arrojaba sus bocanadas de fuego sobre un barco que hacía agua por todas partes. Me inculpaba entonces por haber sido capaz de dejar a Alonso en aquel lugar abandonado a su suerte para que tuviera que defenderse por sí solo, y afrontar así una vida nueva;

una vida en la que yo ya no me encontraba, en la que mi presencia sería sólo un fantasma del pasado, alguien a quien recordar en las noches de tormenta frente a la chimenea.

También, egoístamente, pensaba en mí: ¿qué podía ser yo sin él? ¿Cómo podría sobrevivir yo sin él? Lo añoraba como si ya estuviera muerto, porque quizás sólo quedaba eso de él en mí: la memoria que dejan tras de sí aquellos que mueren. Al fin y al cabo, yo no habría de volver a verlo. Las tardes contemplando la puesta del sol, las mañanas observándolo levantarse, las noches abrazados para proporcionarnos un poco de calor... no serían más que míseros recuerdos.

Daba vueltas como un animal enjaulado que ve la comida a poca distancia de él pero por más que estira su garra es incapaz de cogerla. Así veía yo aquel pedazo de tierra que se iba alejando más y más.

En mi cabeza, una palabra se repetía una y otra vez insistentemente: «Natividad», «Natividad». La primera derrota de mi padre, el comienzo de su declive, la muerte de mi tío, la de todos aquellos que creyeron lo que les dijo el Almirante. Porque yo no lo vi, pero hube de vivirlo como si hubiera estado allí. En mis carnes sentí la vergüenza de pensar que mi padre se había equivocado; que, dejando allí aquel poblado, fiándose de la buena voluntad de los indios, condenaba a toda la población a una muerte segura... ¡Aquellos indígenas tan taimados, tramposos y sanguinarios! No vacilaron siquiera en pasar a cuchillo –ese mismo que le habíamos regalado nosotros a su cacique entre abrazos y cuentas de colores y brazaletes de oro y cascabeles y tijeras de latón y agujas– a aquellos pobres desgraciados que creyeron encontrar en esas tierras yermas un nuevo paraíso. El primer viaje, el que daría un nuevo mundo a Castilla, caído en desgracia por la perfidia de los indios. Guacanegerí y Quibio, dos especímenes de la misma traición. Y yo había sido capaz de dejar a Alonso allí, expuesto a los peligros de aquella especie asesina. Esos indígenas que, no contentos con matar a nuestros compañeros de penurias, a nuestros amigos, a nuestros familiares, habían provocado la desconfianza y las burlas de aquellos que aún creían en el apellido Colón.

–Raza de desgraciados –murmuré. Y, en verdad, si uno de ellos se me hubiese puesto a tiro en ese momento, no habría respondido de mis actos y aún siquiera me habría arrepentido años después.

La frustración me llevó a otra frustración añeja que yo ni siquiera había experimentado en mis carnes: la frustración que debió de sentir mi madre años atrás, muchos años atrás. Y reviví aquello que, años después, Beatriz se empeñó en denominar «principio del fin», y que, sin duda, fue comienzo de todo.

–Cristóbal –preguntó ella, como si tal cosa, la noche que padre volvió de su primer viaje. Diego y yo bajamos la cabeza y la hundimos en el plato de sopa–, ¿cuándo vamos a casarnos?

La cara de mi padre se cubrió con una palidez mortecina. Las cejas cayeron sobre sus ojos como si fueran una catarata, hasta transformarlos en dos puntas oscuras de alfiler.

–¿A qué te refieres, Beatriz?

–Dijiste que cuando regresaras nos casaríamos.

El puño de mi padre se había quedado también blanquecino. La voz le salía entrecortada, como cuando se ponía nervioso.

–No, dije que cuando te pudiese dar estabilidad nos casaríamos. Y no es el caso. Sus Majestades ya me han encargado otro viaje...

Las mejillas de mi madre se habían comenzado a teñir de rojo y sus manos se crispaban sobre los trozos de vajilla que ocultaba en sus palmas.

–¿Otro más? ¿¿Otro más??... ¡Cristóbal! ¡Eres un embustero! ¿Y después de este viaje vendrá otro y otro y otro? ¿Te da igual, no?

–No, Beatriz, pero ¡tú ya sabías lo que arriesgabas si te unías a mí! –El tono de mi padre había ido subiendo también y ya gritaba a plena voz.

–¡Ah! ¡Claro! ¡El «señor Almirante» está tan ocupado que no puede hacerse cargo de nadie que no sea él! Pues permíteme recordarte que tienes una familia y que yo soy una desgraciada que está aquí cuidando de un hijo rebelde y de otro idiota que tuviste con otra.

Esto fue demasiado para Cristóbal. De súbito se levantó con toda su estatura irguiéndose amenazante sobre mi madre, se dio media vuelta dándole la espalda, cogió su sombrero y sólo se paró para gritar antes de cerrar la puerta de la calle de un portazo:

–Si es tanta molestia para ti, no te preocupes, yo me ocuparé de los niños.

Ni siquiera había mirado hacia atrás al decir esto.

Y Beatriz comenzó a llorar desconsoladamente con la cabeza entre las manos. Yo me fui a la cama sintiendo tan sólo un profundo asco por ella. Esa noche no pude dormir.

En la cubierta cualquier signo de alegría era un sentimiento remoto, un acto superficial y sin sentido. Tenía deseos de gritar a aquella tripulación que seguía cantando y batiendo palmas: «¡Necios!» «¡Deteneos!» «¿No veis acaso que vamos en sentido contrario?».

Y volví a odiar la lluvia, las tormentas y los huracanes y aquel viento que nos entraba por la amura de babor evitando que pudiese volver hacia aquel que ni siquiera me había dicho adiós, al que ni siquiera pude yo decirle adiós.

De pronto, un disparo de lombarda tronó. El barco ya había comenzado a virar para colocarse al pairo en espera de que llegase la lancha que procedía de la nave que había disparado, la *Santiago de Palos*. En ella, sentados sobre la bancada, tres hombres serios miraban al frente mientras cuatro marineros se esforzaban contra el oleaje hundiendo sus remos en el agua con el gesto maquinal de aquel que lleva toda la vida haciéndolo. Eran los hermanos Porras, oficiales de la *Santiago de Palos*, junto con el maestre del mismo. Y, a su lado, el espacio vacío me recordaba que mi tío, precisamente aquel que debería haber estado sentado en él, se había quedado mandando en aquel territorio tan peligroso y tan lejano junto con mi Alonso.

Si tuviese que describir el alivio que me embargó entonces, tardaría años en encontrar las palabras precisas, y quizás nunca lo hiciera, porque aquellos tres enviados venían a comunicar al Almirante que era preciso regresar de nuevo a tierra firme, puesto que faltaban todavía algunos bastimentos para poder afrontar sin peligro la travesía transoceánica.

–Está bien –contestó el maestre mirando ceñudo a los Porras.

Creí entonces que ese gesto en la cara de alguien al que tan bien conocía se debía a la molestia que le suponía retornar después de haber reemprendido la marcha, pero, poco tiempo después, demasiado poco en verdad, pude saber que no, que éste tenía un significado muy diferente y sin duda mucho más sombrío. Conocí, y ojalá nunca lo hubiera hecho, que los Porras, aquellos de los que entonces apenas sabía nada, se transformarían al poco en objeto de mis mayores cavilaciones y de los peores desconsuelos.

–¡Virad entonces! Fondearemos en la playa –dijo, y se fue sin mirar apenas a aquellas dos personas que sonreían en silencio.

Comenzaron las operaciones de viraje. Y el barco cambió su rumbo, emproando hacia aquella costa prohibida de pulpa carnosa. Como el fruto del paraíso del que ya habíamos probado y por el que ya, aunque sin saberlo, habíamos sido condenados.

Caía la noche de nuevo y mi corazón se debatía entre la desolación de sentir otra vez a Castilla lejos y la dicha de notar a Alonso cerca. Y caía también la perenne y constante lluvia empapando unas ropas que ya era difícil que se pudieran mojar más y que, de hecho, eran casi como una segunda piel de tan pegadas que las tenía al cuerpo. No veía el momento de reemplazarlas por otras, aunque estuvieran usadas, aunque fueran aquellas de terciopelo y posiblemente hechas jirones que meses atrás padre había guardado en su arcón y que yo, por propia decisión, no me había vuelto a poner.

–Hernando –dijo una voz desconocida a mis espaldas que pareció que hubiese leído mis pensamientos. Y yo, que para ocupar aquellas horas de angustia y hacinamiento intentaba jugar con Diego a los naipes, cosa ciertamente difícil, ya que la escasa luz de poniente apenas nos dejaba ver las apuestas del otro, escuché con atención lo que tenía que decirme–. El Almirante te llama, quiere que vayas a su camarote.

–Gracias, Pedro. Ahora voy –le contesté pasados unos instantes con una voz meliflua que apenas salía de mi boca al tiempo que dejaba caer las cartas que mis manos habían estado sosteniendo y se esparcían sobre mis rodillas separadas después de sobrevolar mi cuerpo petrificado.

En mi garganta un fuerte nudo me impedía tragar. Miré a Diego y él asintió bajando la cabeza. Me levanté y las piernas me temblaron al hacerlo. Tuve que agarrarme a un barril para evitar caerme. El sol era ya apenas una sombra en el horizonte. Las gaviotas chillaban a través del sonido de la lluvia repicando contra la madera: plaf, plaf, plaf. Mis extremidades no respondían a mis deseos. Me acercaba a aquella popa, a aquel camarote. Y la puerta me miraba riéndose desde sus goznes. Todo estaba oscuro, muy oscuro. Las sombras correteaban ocultándose entre los tablones. Y ya mi mano avanzaba hacia aquel postigo. Ya golpearon mis nudillos su superficie. Todavía retumba su sonido en mis oídos. Se oyó la voz de mi padre desde dentro. Entorné la puerta y observé.

La estancia estaba en penumbras y apenas conseguía vislumbrar los tenues contornos de las cosas. Hacía meses que no había entrado en aquel camarote, y, sin embargo, en todo ese tiempo, nada había cambiado. La mesa seguía en su lugar, sepultada bajo una colección enorme de portulanos, de compases de puntas secas, de hilos de invar y de cartas escritas a Sus Majestades y que no teníamos modo alguno de hacerles llegar. Colgado de la pared continuaba aquel crucifijo y, bajo él, el lecho de telas revueltas y sucias.

En las estanterías permanecían los botes rellenos de los extraños mejunjes con los que se daba fricciones –tragué de golpe intentando deshacer el nudo que atenazó mi garganta–, pero la cantidad de contenido de cada uno de ellos había disminuido notablemente. Y en la esquina más alejada seguía aquel arcón donde reposaban mis antiguos ropajes junto a mi también antiguo coi en el que tantas noches había pasado sin necesidad de enfrentarme a las inclemencias del tiempo. El ambiente olía a encerrado, a humedad, a madera y a enfermo.

–Hernando, ven, acércate. –Me sorprendió oír su voz con aquel tono, mucho más cascado, mucho más viejo ahora que me encontraba a tan poca distancia de él. Para mí ya no era el Almirante, era simplemente Cristóbal, un Cristóbal envejecido y enfermo.

Entre sus almohadones, desgastados por tanto uso, sobresalía una cabeza desgreñada. Sus ojos garzos se escondían entre las profundas bolsas de sus ojeras. La carne de su rostro le caía fláccida sobre los huesos sobresalientes del mentón, y la tez, que yo siempre recordé morena, tenía el color cetrino propio de los convalecientes. Desde su frente se deslizaban, mejillas abajo, gotas de sudor. Bajo las sábanas se adivinaban sus miembros hinchados, masas hediondas de pus y sangre; y sus pies se asomaban en el otro extremo de la cama con diez dedos inflamados que se revolvían como si quisieran pedir auxilio y no pudieran. Aquel cuerpo antaño musculoso se retorcía entre escalofríos, y al hablar sus labios tirantes apenas se movían.

Adopté entonces un aire de soberbia impropio de mí, de indiferencia absoluta para que no pudiese averiguar qué pensaba, cómo lo veía, cómo lo quería. Para que no pudiese intuir siquiera lo deseoso que estaba de correr hacia él, de hundir mi cabeza en su cuello y sentir su olor, y su pulso golpeando contra mis labios. Y avancé, quedándome de pie junto a aquella cama que era la frontera que separaba su cuerpo del mío.

–Hernando, he de encargarte una misión que es importante que cumplas bien –dijo–. Sobre todo ahora que tu tío se ha quedado en tierra y apenas tengo apoyos en este barco. Escucha con atención. Como sabrás, viajan con nosotros en la bodega los principales de esta tierra que dejamos atrás y la familia de Quibio. Es importante que te encargues de bajarles comida y bebida. Que nada les falte, ya que, como sabrás, una travesía como la que vamos a hacer siempre es dura, pero mucho más para esta raza que no está tan acostumbrada a navegar como la nuestra. Hernando, deben llegar a tierra firme, deben decir a los Reyes que existe oro en estas tierras, que es necesario hacer otro viaje, que este que ya terminamos no ha sido en vano, deben decirle que ese estrecho, el de Cipan...

Interrumpió entonces su monólogo para toser. Un escalofrío lo recorrió de la cabeza a los pies y parecía que todo su cuerpo se iba a desmembrar. Poco más quedaba por decir.

–Bien, vete ahora y recuerda cuanto te he dicho. –Apenas había terminado de pronunciar esas palabras cuando le acometió un nuevo ataque.

Me di media vuelta y eché a andar hacia la salida sin mirar hacia atrás. Una parte de mí rogaba para que ese instante durara eternamente, la otra deseaba que finalizase de una vez, que terminase mi condena.

–¡Un momento! Antes de marchar, acércate a darme un...

Había cerrado la puerta y nunca pudo ver sus deseos cumplidos, deseo que, en el fondo, también era el mío. Yo me quedé al otro lado, sentado, mi espalda apoyada contra los tablones, sintiendo como, en el otro lado, mi padre seguía revolviéndose en sus convulsiones; y viendo como mi tortura seguía envenenando cada pedazo de mi cuerpo. La noche seguía cayendo inmisericorde sobre nosotros.

Me fui a dormir abrazado al recuerdo de Alonso. Evitando además la mirada inquisidora de Diego, que, sólo con echarme una ojeada, podría saber, sin un resquicio de duda, lo que había pasado en aquella chupeta. Y yo no podía permitirlo, no, ése era un recuerdo que me pertenecía sólo a mí.

Nada más amanecer, cumpliendo las órdenes paternas, bajé a esa bodega que tanto detestaba. Y volvió de nuevo a mí su olor, y sus ruidos, y su oscuridad y sus miedos. En un rincón, sentado sobre el lastre del barco, apenas una docena de indígenas se abrazaban temerosos, y su imagen, en vez de darme pena o de causarme furor como habría sucedido en otras épocas de mi vida, simplemente me provocó un asco profundo. Me parecieron, más que nunca, animales enjaulados rezumando miedo por doquier. Bestias que se abalanzaron sin piedad sobre la comida que les dejé, con los ojos inyectados en sangre y con la palabra venganza escrita en los rostros. Y me senté junto a ellos, observando cómo devoraban aquellas viandas que habíamos obtenido en su propia tierra, territorio que ahora era nuestro. Me senté junto a ellos para despreciarlos y sentir cómo crecía en su interior la furia que prosigue a la impotencia; porque yo era el enemigo vencedor, el ganador del duelo que somete al vencido y ellos no podían hacer otra cosa que odiarme en su lenguaje de croares y graznidos. Deseaban hundir sus manos en mi gaznate aunque eso les supusiese una muerte certera.

De los tablones mal calafateados se filtraba el agua salada a mansalva y los barriles, y las cajas y las cuerdas de repuesto flotaban chocando las unas contra las otras. El desgraciado carpintero de a bordo se afanaba sobre ellos, poniendo remiendos como bien podía, antes de que otra brecha se abriera y volviera a manar aquella fuente inagotable. Y las bombas seguían trabajando sin pausa, impulsadas por las manos sanguinolentas de aquellos sufridos marineros cuya única aspiración era volver a su hogar.

Pero estábamos allí. De nuevo en Belén, de nuevo en las Indias.

Subí al cabo de un rato a la cubierta. Deseaba ver partir aquella lancha que no sólo haría la aguada y se llenaría con los víveres que nos faltaban, sino que me traería también noticias de Alonso: cómo se encontraba, si era feliz, si estaba a gusto y, sobre todo, si me había olvidado. Y la vi marcharse con aquellos hombres ignorantes que nunca más habrían de volver.

Comenzaron a pasar los días entre tornados y los conocidos y ya casi familiares huracanes, entre el desconsuelo de no tener noticias de tierra y el no poder marcharnos sin las vituallas que necesitábamos para emprender la travesía transoceánica. Caía la lluvia como si de un nuevo diluvio se tratase y el cura de a bordo se paseaba frenético de un lado a otro, Biblia en mano, repitiéndonos las palabras que, siglos atrás, Dios le había dicho a Noé: «Voy a arrojar sobre la tierra un diluvio de aguas para destruir bajo el cielo toda la carne en la que haya hálito vital. Todo cuanto hay en la tierra morirá».

Más de uno pensaba que se había vuelto loco con el llamado «mal de a bordo» y sus actos y dichos así lo indicaban. ¡Cuántas veces hubimos de evitar que se tirase por la borda, aunque su religión, que es la mía, se lo prohibiera expresamente!

Estábamos sumidos en la rutina absurda de intentar adecentar unos navíos que hacían agua por todas partes; coser unas velas cuyos agujeros eran más grandes que los propios trozos de tela; limpiar unas cubiertas que, de tanta lluvia, estaban más limpias que el mismo mar; perseguir unas ratas que, de tanta agua, hacía mucho tiempo que escaparon del navío. Y todo ello para distraernos y que no cundiera entre nosotros la desesperación.

A veces me miraba a mí mismo, buceaba en mis pensamientos y me preguntaba dónde quedaba aquel Hernando de trece años que hacía unos pocos meses había salido de la Corte para ir a vivir una aventura que él nunca deseó.

El ancla, aquella sujeción que habíamos debido tomar de otro navío, se quejaba herrumbrosamente y era necesario revisarla a menudo para asegurarse de que no se soltara y no nos precipitara a todos hacia un final seguro.

Y la barca no regresaba, la única lancha que nos quedaba se había ido y no volvía. Nada sabíamos de ella ni de los que viajaban en su interior, como tampoco de aquellos que se habían quedado en Belén.

Decidí preguntar entonces al único que quizás podría despejar mis dudas, al único que parecía tener siempre la clave de todos los enigmas.

–Diego, ¿crees que les ha pasado algo? ¿Por qué tardan tanto en regresar?

Diego evitaba mirarme y rehuía mis ojos anhelantes. Repetí la pregunta.

–Diego, ¿crees que Alonso está bien?

–Si lo está, y ¡Dios lo quiera! –contestó por fin–, puede ser el único.

–¿A qué te refieres? –La inquietud ante sus palabras hurgaba en mi estómago, devorando mi ánimo.

–No sé. Me da esa sensación.

Esta respuesta tuvo la inmediata consecuencia de dejarme más aturdido de lo que estaba. Si nada me hubiese contestado, si me hubiera mirado con esos ojos tan suyos y simplemente hubiera esquivado aquella demanda que yo le hacía, puede que me hubiera librado de las pocas horas sin sufrimientos que me quedaban... ¡Por lo más sagrado! ¡Ojalá se hubiera callado! ¡Ojalá su discurso agorero se hubiera quedado tan sólo en sus pensamientos! ¡Ojalá hubiese intentado tranquilizarme, aunque sus palabras fueran mentira, igual que hacía yo con Alonso! Y puede que entonces no hubiera tenido que sufrir por adelantado una desgracia que era ya inminente.

Empero, nada más decir esto, calló y lo hizo, supongo, para impresionarme aún más. Yo, no pudiendo soportar la tensión que antecede a la demencia y que haciéndose dueña del silencio comienza a extenderse entre la tripulación como una marea, comencé mis paseos por la pequeña superficie de la cubierta, saltando los cuerpos de aquellos que yacían en el suelo porque no tenían nada mejor que hacer; de popa a proa, de proa a popa y vuelta a empezar. A cada paso que daba, sentía que mi ánimo flaqueaba más y más. Y la inquietud y el miedo se adueñaban de mi espíritu. El tiempo, sin embargo, parecía haberse estancado y se apelmazaba a nuestro alrededor arrebatándonos los escasos ánimos que nos quedaban. El momento que tanto anhelábamos parecía no llegar nunca y rondaban de nuevo los tiburones en torno al navío, sabedores de la cantidad de carne enferma que se desparramaba en aquellos cuatro tablones mal calafateados que eran nuestras naos, aguardando aquello que había de acaecer, el fatal desenlace que ya se perfilaba en el cuaderno de bitácora.

Sería sexta cuando el vigía, después de que el grumete anunciara el cambio de turno, dio la voz de alarma: una especie de alarido que no respondía a ningún registro humano, que parecía venir desde la misma cuna del pavor. Miré hacia arriba como el resto de mis compañeros y seguí con mi vista la dirección que apuntaban los ojos desencajados de aquel que se había adelantado en descubrir aquello que nosotros no tardaríamos en acusar también en nuestro horror más absoluto.

El espanto me paralizó por completo. ¿Olvidaré algún día la imagen que se ofreció a nuestra vista? Ocho hombres, o lo que quedaban de ellos, flotando sobre el agua, bajaban por la desembocadura de aquel río, el mismo por el que escasos días atrás los habíamos visto partir. Con los miembros hinchados hasta límites extraordinarios, apenas conseguíamos distinguir sus facciones, reconocer quiénes habían sido. Apenas eran pedazos de carne sonrojada y verdusca atravesados con las astas de madera de las flechas que dejaban tras de sí, en la agitada boca del torrente, un reguero de sangre que tendía a desaparecer a medida que se diluía. Algunos tenían el cráneo aplastado y otros, las tripas abiertas. No obstante, los peores, los que más generaron en mí esa sensación de pavor que transformaba mi lengua en un simple trapo, fueron sin duda aquellos cuerpos cuyos ojos permanecían abiertos y miraban al cielo, al mar y a nosotros con la mirada de los locos y de los difuntos, con aquella pupila blanquecina anegada de las lágrimas que no tuvieron tiempo de llorar y con el iris grisáceo acusador, como si con aquél quisieran inculparnos por ser ellos, y no nosotros, los muertos. Los grajos, negros como diablos, graznaban alegremente alrededor de lo que, hasta hacía poco, habían sido cuerpos humanos y que ahora no eran más que una masa deforme y mefítica que ya había comenzado su descomposición. Una de esas aves de mal agüero se lanzó sobre la herida abierta en el pecho de uno de nuestros antiguos compañeros impunemente, a pesar de que hiciéramos todos los aspavientos posibles desde la nave para espantarla, para evitar la cruel profanación de aquel cuerpo. Haciendo caso omiso a nuestros gestos, con su pico afilado hurgó en la carne putrefacta hasta conseguir aquello que deseaba. Al poco, se elevaba por los aires con un jirón sanguinolento de riñón, estómago o qué sé yo que hizo revolverse mis tripas. Esto fue demasiado para nosotros, para aquellos que los habíamos visto partir, para aquellos que todavía conservábamos la fe de que regresarían vivos. Sonó un disparo y cayó el ave, con su presa todavía atenazada entre las fauces, como si se negara a abandonar su botín, hundiéndose en el agua. El trozo de víscera todavía flotó durante un rato antes de sumergirse en el negro abismo. Yo, que aún después de tantos meses embarcado en los que había debido de vivir los horrores más inimaginables, creí llegar al paroxismo absoluto de la locura. Las piernas no sostenían mi peso y el cuerpo me temblaba del asco profundo que sentía. Todo lo que hacía unas horas había ingerido estaba ya a la altura de mi garganta. A mi lado, la gente vomitaba sin pudor alguno. Otros empujaban con unos palos largos sacados de Dios sabe dónde los cuerpos de aquellos que ya se alejaban de nosotros, intentando reconocer sus caras en sus rostros deformes, destrozando las únicas esperanzas que aún les quedaban de creer que sus amigos podían haberse salvado. Habíamos perdido la única lancha que nos quedaba. Ya nunca podríamos celebrar las exequias de unos pobres mártires que se ofrecieron a llevar a cabo algo tan aparentemente sencillo y seguro como es hacer aguada. Ya nunca podríamos adentrarnos de nuevo en aquel río ni en ningún otro sin lanchas que nos pudiesen remolcar. Ya nunca podríamos saber qué les había pasado a aquellos que se habían quedado en tierra firme.

Recuerdo al cura, chillando como los grajos, llenando el aire con sus salmos absurdos. Si no me tiré a su cuello en ese mismo instante fue porque Diego me daba la mano. Sin embargo, no fui el único que lo pensó y si consiguió salvarse fue por su posible intercesión ante un Dios que juzgaría una muerte que ya sentíamos muy cercana: la nuestra.

–Si tus hijos pecaron contra él –decía–, ya los hizo cargar con su pecado. Mas están todos descarriados, en masa pervertidos, no hay quien haga bien, ni uno siquiera. Y se acerca el día de su visitación y los castigará a todos por lo que han hecho.

–¡Hernando! ¡Hernando! –Una voz me sacó de mis ensoñaciones devolviéndome al mundo real. Una mano sujetaba mi hombro. Estaba sentado con la cabeza entre los brazos y seguía lloviendo. Como siempre, llovía. Los grajos continuaban silbando a mi alrededor con sus gritos de ultratumba.

–Hernando –me repitió Diego al oído muy bajito para no alterarme–, tu padre te llama, quiere que vayas a su camarote.

¡Esto ya era el súmmum! ¡Mi padre llamándome a su camarote!

–¿Me llamaba? –pregunté con voz trémula desde la puerta. Él seguía recostado en su lecho, con la misma postura que el día que lo vi por última vez.

–Hernando, ¿eres tú? Acércate, te veo muy mal.

En efecto, tenía los ojos hinchados y terriblemente rojos.

–Sí que has crecido en todo este tiempo. Eres ya casi un... hombre. ¿Quién lo iba a decir, con lo delgadito y pequeño que parecías en Cádiz? ¡Si te viera ahora Diego! ¡No reconocería a su propio hermano!

Soltó una risita que vino a exasperarme por completo.

Me sentía nervioso, oprimido en aquella habitación de dimensiones tan reducidas. Y no sabía qué hacer para distraer mi atención, para desviarla de aquel bulto inerte.

–Hernando, escúchame, es importante que lo hagas. ¿Recuerdas que te dije que vigilaras a los indios? Bien –continuó después de que yo asintiera–, es vital que ahora lo hagas más y mejor que nunca. Ya has visto lo que les ha pasado a los que mandamos a por agua. No sabemos cómo están los de tierra. Esos bárbaros que tenemos encerrados en la bodega pueden ser su única oportunidad...

Comprendí de inmediato a qué se refería: presos de guerra, rehenes que pudiesen servir para hacer el intercambio que tal vez nos permitiese recuperar a los nuestros. Mas eso suponía aceptar que algo le había pasado al poblado, que algo le había sucedido a Bartolomé... y a Alonso.

–Está bien, padre, descuide, yo velaré por ellos.

–Confío en ti, Hernando.

Caía de nuevo la noche. Lo único inamovible en nuestra pobre vida de náufragos. Tenía poca hambre, así que me fui a dormir temprano después de llevar a aquellos indígenas la ración de comida que les correspondía. No me entretuve demasiado allí abajo. No sólo detestaba aquel lugar cuando oscurecía, sino que me encontraba lleno de inquietud. Me dominaba el deseo de asomarme por la baranda de proa cuanto antes por si, en un esfuerzo extremo de mis ojos, conseguía vislumbrar a través de las lluvias torrenciales aquel poblado que tan libremente habíamos abandonado a su suerte. Les dejé su comida y ni siquiera me cercioré de que se encontraran bien. En mi interior me negaba a aceptar que algún día pudiésemos necesitarlos.

Me recosté junto a mis compañeros. Nadie hablaba. El silencio nos hermanaba más que cualquier palabra. Creo que habría pasado el segundo turno de la noche cuando conseguí dormirme. No obstante, fue un sueño ligero que habría de ser interrumpido muy pronto.

Un grito que parecía venir desde las mismas maderas de la *Santa María* reverberó en la quietud nocturna en la que nos hallábamos sumidos. Me desperté sobresaltado, con el gesto de aquel que está acostumbrado a hacerlo. Sabía dónde me encontraba y sabía que algo no iba bien, que algo que se escapaba a mis sentidos estaba sucediendo cuando no debía ocurrir. El navío se balanceaba furioso y olas enormes se levantaban por doquier. La oscuridad nos rodeaba con su manto tenebroso y una brisa gélida erizaba los pelos de mi nuca. Las velas se balanceaban furiosas. Aunque me sabía rodeado de gente, apenas percibía la compañía de los otros marinos si no fuera por sus respiraciones entrecortadas. El estupor se había adueñado de ellos. No así de mí. Yo sabía adónde me dirigía e intuía qué es lo que debía hacer y por qué. No lo dudé. Fui hacia allí derecho. Avanzaba con los brazos extendidos para evitar chocar. Una sombra pasó rozándome y noté en mis nudillos el tacto de una piel sudorosa. No lo pensé dos veces. Agarré de donde bien pude y tiré hacia mí. Aquella persona (que no podía ser otra cosa) se sacudía violentamente intentando zafarse de la fuerza de mis dedos. Pero al cabo de un breve instante noté que la presión cedía y que de mi mano sólo colgaba un trozo de tela o de piel o de lo que diablos fuera aquello. A poca distancia de mí escuché el sonido que hace un cuerpo al zambullirse en el agua.

–Maldita sea. ¡Huyen! –grité desesperado–. ¡Los indígenas! ¡Huyen! ¡Cerrad la escotilla!

Y corrí, corrí como nunca lo había hecho. Sólo oía una frase, la frase pronunciada por mi padre que no dejaba de torturarme: «Confío en ti, Hernando». No paré hasta que pude sentir aquella escotilla bien cerrada bajo mis pies, y dentro, los gritos de angustia de aquellos que no habían tenido tiempo suficiente para escapar.

En aquel momento me sentí más maduro que la mayoría de los marineros que me rodeaban. Una especie de calma se abría paso en mi interior y enviaba órdenes tranquilizantes a mi cerebro. Había fallado, sí, le había fallado a mi padre y había fallado a todos aquellos que esperaban, si aún lo hacían, que los sacáramos de Belén. Pensando, como a su vez hicieron todos mis compañeros, que la escotilla estaba demasiado alta para que pudieran salir por ahí, nos olvidamos de ponerles cadenas. Pero aquello que encerramos no eran animales, eran personas, de la peor calaña, sí, mas personas que razonan y que, al verse presos, no tardaron en almacenar todas las piedras del lastre del barco colocándolas debajo de la salida. Luego, subidos a ellas, hicieron fuerza a la vez, empujando hasta hacer rodar a aquellos que dormían encima mientras chillaban un grito de libertad en su lengua salvaje que tuvo el fin de helar la sangre de mi cuerpo cuando me recuperé del sopor inicial. Había fallado pero me sentía contento de haber sabido reaccionar. Y me sentía superior al resto, a aquellos que alguna vez osaron poner en duda mi valía cuando me vieron la primera vez. A aquellos que consideraron y que todavía consideraban que era un paje, el hijo del Almirante, por ende; que sólo deseaba llamar la atención.

–Bien, ya no se puede hacer nada –dijo el contramaestre–. Mañana veremos cuántos se han escapado. Dos se quedarán haciendo la guardia, un marinero y un grumete. El resto, váyanse a dormir, les necesito descansados.

Muchos no pudieron hacerlo. La inquietud les dominaba. Empero yo sí que dormí y dejé que el sueño me llevara al país donde no tendría que luchar por nada y no sería juzgado por lo que hiciera o por lo que pensara. No habría ni huracanes ni tormentas. Nadie gritaría ni intentaría sobreponerse al resto. Estaría rodeado de la gente que quería: de Alonso, de Diego, de Bartolomé, de Pedro Mártir, de la Reina y de mi padre. Una utopía surgida de la desesperación.

El horror que experimentamos a la mañana siguiente fue aún peor que el que habíamos sentido la noche anterior y sólo podría comprenderse si estas palabras estuvieran escritas con mi propia sangre. Todo estaba perdido. Cualquier posibilidad de salvación de los confiados moradores de Belén se había evaporado y nosotros no fuimos capaces de evitarlo. Una vez más, la noche nos había vencido. Y fui yo, tuve que ser yo, precisamente aquel que fuera al camarote de mi padre a decírselo.

El pulso me tembló al golpear en la puerta. En el horizonte, un sol camuflado entre las nubes se reía de nuestra desgracia.

Todavía escuchaba los sollozos incontenibles de la tripulación, y, por qué no, los míos también. Angustiado, con una voz que no parecía brotar de mí mismo y en la que se condensaba toda la desilusión, la angustia y el temor del mundo, le contesté cuando preguntó quién era.

–Soy Hernando, padre.

–Pasa.

Abrí entonces la puerta, que chirrió sobre sus goznes. Cualquier atisbo de confianza se había evaporado definitivamente de mí y me sentía como un pelele que se deja arrastrar por la corriente. Miré hacia atrás. Diego, para variar, había desaparecido de mi vista... ¡Dios mío! ¡Cuánto añoré entonces la presencia de Alonso! Las fuerzas me flaqueaban y me sentía terriblemente solo. La imagen que acababa de ver todavía permanecía en mi retina recordándome lo estúpido que había sido.

–Señor –le dije sin atreverme a acercarme a su cama–, he de comunicarle, como relegado a su cargo que estoy, que todos los indígenas que me ordenó custodiar se han escapado o están muertos. ¡Y han muerto por su propia mano!

Bajé a la bodega y los vi. Retumbaba todavía en mis oídos el sonido de las maromas colgadas de aquel techo, balanceándose al compás del barco. Y los cuerpos, aquellos cuerpos de mujeres y de niños, los únicos que no habían tenido tiempo de huir, ahorcados por sus propias manos. Tenían los ojos desencajados y la lengua tumefacta. Estaban en cuclillas, ya que la bodega no tenía altura suficiente para que pudieran quedar colgados. Las madres habían atado a las rodillas de sus hijos parte del lastre con el que los hombres habían conseguido escapar, y luego habían anudado las sogas a sus cuellos. A continuación, habían hecho lo mismo con su propio cuerpo. Las ratas mordían pedazos de su carne y las cucarachas, contentas de encontrar un lugar seco en aquella estancia, correteaban a sus anchas por las cabezas de los cadáveres.

El cuerpo de mi padre temblaba de ira. Se había levantado de la cama y llevaba el brazo en alto. Parecía que me fuera a pegar.

¡Lo hubiera deseado tanto! ¡Cuánto me hubiera gustado que descargara su rabia contra mí para evitar sentirme tan culpable! Le había fallado. La única persona de fiar que le quedaba a bordo le había fallado y había provocado la muerte segura de mi tío y de Alonso. Pero al verme temblar, no de miedo, sino de rabia contra mí mismo, cambió de opinión y su rabia se transformó en un gesto de desprecio profundo, una mueca de asco que me golpeó como el peor golpe, el más certero.

Se dirigió a la salida y cerró la puerta dando un portazo. Me eché a llorar. Tantos meses de frustraciones habían dejado en mí una mella profunda. Estaba cansado de ser fuerte. Estaba cansado de comportarme como un adulto en un mundo alejado de la claridad que había guiado siempre mi vida, donde la rectitud era la norma. Era éste un lugar donde reinaba el deshonor, la envidia, la traición, el miedo, la incomprensión, la rabia, la venganza, la injusticia, la hipocresía y el pecado. ¡Y yo nunca pedí que me llevaran a él! ¡Nunca deseé encontrarme ahí! ¡Nunca quise emprender grandes hazañas descubridoras! Era un vagabundo en una ciudad desconocida. Era un niño al que le habían arrebatado de golpe toda su infancia, todos sus sueños, todas sus aspiraciones.

El mundo se desplomaba sobre mí. Mi padre se había ido de mi lado definitivamente, y ya no podría acercarme nunca más a él porque ni él lo desearía ni yo, después de lo que había sucedido, me atrevería a hacerlo. La impotencia dominaba mis actos. El paje había muerto, el hijo había muerto; el amigo, si alguna vez soñé con llegar a serlo, había muerto. Sentía su distancia como jamás la sentí antes. Ni aun en todos los años que pasé separado de él lo noté tan lejano. Ese portazo había cerrado definitivamente el muro, aquel que nos separaba, el que yo no conseguía trepar por más que lo intentara y contra el que me estrellaba una y otra vez, como la mosca que desea salir a la luz y no puede. No existían engaños posibles: para el Almirante, lo sabía, me había transformado en lo que nunca deseó de un hijo... ¿se arrepentiría enton-

ces de haberme aceptado como tal? ¿De haberme dado su apellido? La respuesta en mi cabeza era certera: le había fallado y, por
más que intentara justificarlo, hablarlo con él, razonarlo, nunca
podría perdonármelo. El único vínculo que aún me ligaba a él era
un apellido que era mi losa y mi cadena.

Las lágrimas corrían por mi cara y parecía que me descarna-
ran la piel de las mejillas. Después de tantos años de educación
esmerada en los que se nos había enseñado que un caballero nunca puede llorar, lo hacía con verdaderas ganas, demostrando así
la inutilidad de aquel sistema demasiado rígido, lo mismo que el
corsé que te impide respirar y que te va matando lentamente, enve-
nenándote por dentro. Andaba sin rumbo fijo por un camarote
demasiado pequeño. No me atrevía a abrir aquello que me devolvería, como si vomitara, a un mundo para el que yo no había nacido. El arcón, la cama de mantas revueltas y sucias, el crucifijo,
todo me miraba en mi paseo sin freno.

De pronto, me paré en seco. Frente a mí se encontraba la mesa
donde mi padre, apurando el escaso tiempo en el que se encontraba bien, se sentaba a mantener correspondencia con aquellos que
todavía le eran fieles. Los pliegos se apilaban desordenados, y en
algunos aún se notaba la tinta reciente. Me dirigí hacia ellos sin
pensar y cogí su pluma entre mis dedos. Notaba, rozando contra
mi piel, su sangre todavía húmeda, la rugosidad del cáñamo, el tacto suave del final, las marcas que habían dejado sus dedos al sos-
tenerla. También, sin pensar, en un éxtasis completo, me senté en
aquella silla que aún conservaba su calor y comencé a escribir:

«Querido padre: lo siento. Lo siento tanto que no existen palabras humanas ni divinas para poder expresar mi congoja. Falté a
vuestra confianza y soy consciente de ello. Es precisamente esa culpa la que está acabando conmigo. No conozco manera de continuar con una existencia que está destruyendo todo lo que pensaba
que había de bueno en mí. Sé que es inútil que lo diga ahora, mas,
si pudiera, cambiaría gustosamente mi vida por cualquiera de los
que se quedaron en Belén, aunque fuera la de un perro. Ahora vivo

un destino que a nadie pertenece. A ti te lo había dado por completo, mas tú lo rechazaste. No pienses que te lo estoy echando en cara, yo también lo habría hecho. Pero es que sin tu presencia, aun en todos los años que pasamos separados, pues siempre llevaba aquel recuerdo viajando conmigo dondequiera que fuera, no encuentro motivos para permanecer aquí, anclado a una vida que se limita a buscarte y no encontrarte. Me mataría gustoso si supiera que eso te reconforta... ¡En tan poca estima tengo mi vida! De todos modos no creo que pueda vivir mucho más tiempo así.

»Es mucho lo que nunca te dije y quizás sea éste el momento en que esta carta que considero póstuma cuente lo que mis labios callaron; lo que durante tantos meses se negaron a aceptar: el pecado que ha terminado por consumirme, aquello que un padre nunca deseó escuchar de un hijo. Pero yo ya he renunciado a ese derecho para que tú no tengas que hacerlo por mí y anular el privilegio de un apellido que en mala hora me concediste.

»Mas quizás sea mejor que nunca sepas la oscura depravación de aquel que un día quisiste considerar como tal, al que no sólo diste tu sangre, tu cariño, tu confianza, sino alas para volar alto, más alto de lo que nadie llegó jamás. Empero fue demasiado alto y éstas terminaron por fundirse al llegar al sol... Desvarío... Es esta locura la que me hace decir lo que no pienso y contar lo que prometí que callaría para siempre...

»Espero que, a pesar de todo, algún día en el que yo ya no me encontraré, podrás perdonarme.

»No te preocupes por mí, en el lugar adonde voy nada podré sentir. Es mejor así. Si me ves pasar por la cubierta, coger un peso entre mis manos y arrojarme al mar, no mandes detenerme. Y cuando finalmente me zambulla, cuando veas mi cuerpo desaparecer en el mar agitado, no mandes hacer ninguna exequia, pues pequé contra el cielo y contra ti y escapé de este valle de lágrimas del peor modo posible.

»No me alargo recordándote lo que de seguro sabrás: que soy una mente enferma y que por tanto tú no tuviste culpa alguna.

No te pido siquiera que reces por mi alma, hay cosas que son irremediables, como es que nunca me hayas querido como a Diego o como que yo me vaya de cabeza al infierno a consumirme por el resto de los siglos. Mas recuerda ante todo que te quiero, que te quise, que en el postrer momento mi último pensamiento fue para ti y que si por ti me quito la vida, por ti me la hubiera quitado siempre.

»Tu hijo:

»Hernando Colón».

Dejé la pluma sobre la mesa y el pliego sin doblar. Acababa de firmar mi sentencia de muerte y, a pesar de ello, aquel pliego nada me decía. Lo veía como se mira a un desconocido para el que no queda ni atisbo de curiosidad.

Supongo –pensé– que eso es matarse: no sentir nada nunca más.

Abrí por fin la puerta y, sin mirar a nada ni a nadie, encaminé mis pasos hacia la bodega. Seguía lloviendo y yo apenas notaba el agua. El viento sacudía furioso al navío y yo apenas lo sentía. La gente gritaba conmocionada y yo apenas los escuchaba.

Tomé entre mis manos el lastre con el que otros se habían quitado la vida y volví a salir a la luz del día. Aunque bien podría ser de noche porque yo nada veía. Los cuerpos de los muertos ya habían sido arrojados a las aguas y habían sido pasto de los tiburones, aunque estaba ciego. Sólo tenía ojos para aquella barandilla que me llamaba obstinadamente; para aquella oscuridad de las olas tentándome con sus promesas. A mi alrededor, el nerviosismo de la tripulación, para la que yo no tenía ojos ni oídos, era creciente.

Una mano silbó en el aire y cruzó mi cara. Un dolor profundo me hizo abrir la boca, furioso. Frente a mí, Diego me miraba serio. La suave neblina que cubría mis ojos y que cegaba mi espíritu desapareció por completo y, por primera vez, me di cuenta de lo que había estado a punto de hacer. Dejé caer el lastre al suelo. No había gritado.

–Hernando –dijo–, me parece perfecto que acabes con tu vida. Es una idea que incluso yo barajé varias veces –en su tono no había rastro alguno de burla y nunca lo había visto tan serio a pesar de las conversaciones que habíamos mantenido–, pero antes mira por la borda y ten por seguro que aquello que vas a hacer no es en vano.

Una gran debilidad se apoderó de mí. No podía con mi cuerpo. El nerviosismo tanto tiempo contenido explotó por completo y me arrojé a los brazos de mi amigo. Babeaba como un niño de pecho que busca el abrazo de su madre.

–Diego, tenía que hacerlo. Estoy tan solo. Era mejor así. Nada tiene sentido. El mar es lo único que nunca cambia. No sentía nada, nada en absoluto... No quiero seguir teniendo miedo.

Diego se sorprendió con mi actitud, tan anormal por otra parte en alguien que siempre había sabido controlarse a la perfección. Pero pronto comenzó a acariciarme el pelo, dejando que me desahogara, que empapara su camisa con mi llanto y llenara sus oídos de quejas hechas con frases inconexas y absurdas.

Al cabo de un rato, en el que parecía que había acabado con todas mis reservas de lágrimas, me tomó firmemente de la mano y me llevó, sin pronunciar palabra, hacia la borda. Por primera vez en tantos días, se distinguía entre la bruma una porción de esa tierra maldita poblada de asesinos. No podía ver nada más, y tampoco lo deseaba; sólo quería abrazar a Diego y que me consolara. Mas él mantenía su propósito de que mirara al frente, y así lo hice, aun sintiendo verdadera repulsión. A mi alrededor parecía que todo el mundo hubiera desaparecido y que nos encontráramos solos en aquella cubierta. Forcé mis ojos hasta que sentí que se me salían de las cuencas y distinguí, en el trozo de playa que podíamos ver desde nuestra distancia, los cuerpos de varios hombres blancos que hacían señales mientras una columna de humo se elevaba en el cielo.

–¡Dios mío! ¡Dios mío! –El corazón me golpeaba frenético en el pecho–. ¡Están vivos! ¡Vivos! –exclamé a Diego. Las lágrimas de amargura que hasta hace poco rodaban por mi cara se transformaron en otras de alivio profundo. Aunque sólo hubiera sobrevivido uno de ellos, la culpa que había cargado sobre mis hombros acababa de ser aligerada. Él me sonrió y me apretó levemente la mano, aquella que nunca había soltado.

–¡Dios mío! ¡La carta! –dije dándome cuenta de pronto–. Nadie debe leerla jamás. –Y eché a correr hacia el camarote con toda la fuerza que me daban mis dos piernas, con todo el ímpetu que me daba la alegría de vivir recién recobrada, pero, cuando llegué, comprobé con espanto que la puerta, aquel endeble conjunto de maderas, ya estaba cerrada. Dentro, mi padre debía de estar leyendo las confesiones que nunca debería haber conocido.

9

DE CÓMO NOS ENFRENTAMOS
A LA ÚLTIMA TORMENTA

Aún tardaron dos días en poder regresar a las embarcaciones. Con semejante temporal, intentar el traslado, teniendo en cuenta además la cantidad de heridos que se debían evacuar, hubiera sido realmente una locura. Me pasaba las horas apoyado en la barandilla del navío, aguardando, contando las horas, los días, observando y preguntándome quiénes podrían ser los que quedaban aún en aquella playa. Después de tantos y tan penosos meses de navegación, la *Santa María* (y no era la única) se encontraba en una situación lamentable, por no decir insostenible. Las amarras de proa apenas nos fijaban a aquel suelo tan arenoso, y si en ese momento de mi vida no hubiera tenido una fe absoluta en la creencia de que Dios vendría en nuestra ayuda y pondría fin a toda aquella pesadilla, hubiera llegado a plantearme, como muchos de mis compañeros, que en aquellas tres embarcaciones nunca podríamos regresar a España.

Al rayar el alba del segundo día engalanamos todo el barco con banderolas y gallardetes como hacíamos en los días de fiesta. Fue la última vez que vería a la *Santa María* vestida de ese modo. Se erguía tullida pero valiente por encima de las olas con sus velas ondeando y sus banderolas haciendo requiebros de colores en una danza frenética, recordando un tiempo no tan lejano en el que aquel navío partía cargado de sueños. Y todos estábamos vivos, a salvo de los designios de un Dios que sólo podía pensar en divertirse a nuestra costa.

Preparamos también comida caliente, utilizando todo el ingenio con el que habíamos sido dotados para evitar que el fuego se apagase con la lluvia constante que caía del cielo. Los pocos garbanzos que habíamos pretendido guardar para una ocasión especial bien se merecían en aquel momento. A nadie se le ocurriría pensar, ante el regocijo inminente de poder recuperar a los nuestros y partir de nuevo al hogar, que habíamos acabado de cometer un gran fallo; imaginar siquiera que el segundo enclave creado por mi padre se había vuelto a transformar en cenizas, en humo y en sangre, como bien pude saber después. Pensar que aquellos indígenas nos habían vuelto a ganar la partida y que toda la misión había sido en vano; que todo aquel cuarto viaje había sido una farsa y todos aquellos padecimientos habían sido inútiles puesto que nada habíamos logrado. Pero si lo pensaron, mucho se cuidaron de no exponer sus pensamientos en público. Yo tampoco lo hice.

Estaba nervioso, con la inquietud del esposo en las vísperas de su matrimonio. Andaba apresurado de un lado a otro, adecentando el lugar donde recostaría a Alonso, pensando dónde y con qué lo curaría y lo alimentaría como si fuera mi hermano pequeño; y escucharía todo lo que tuviera que decirme sin pensar jamás en reprocharle su decisión, de tan aliviado que estaría de tenerlo de nuevo a mi lado.

En unas embarcaciones rudimentarias hechas con trozos de palmeras y restos de barriles comenzaron a llegar los supervivientes de una masacre sin parangón. Y cada cuerpo que izábamos a bordo era recibido entre una salva de aplausos y canciones; de bienvenida, abrazos y besos, como si fueran héroes de guerra y no lo que en realidad eran: simples perdedores. Venían medio desnudos y con las ropas sucias y destrozadas. La mayoría traía, además, heridas profundas que supuraban líquidos viscosos y fétidos; una mezcla sanguinolenta de pus y agua amarilla verdosa. Cicatrices enormes apenas tapadas con vendajes apresurados que para conseguir despegarlos era casi necesario arrancarles la piel. Al hacerlo, algunos trozos de tela se quedaban dentro de las heridas y más tarde serían la causa de gangrena en piernas y brazos que tuvimos que cortar. Miré aquellos rostros cansados y sucios y descubrí en ellos una verdadera mueca de espanto, la de aquel que ha sufrido lo indecible y ha vivido para contarlo. El color de los cabellos de algunos se había tornado del negro –aquel que yo mismo lucía– al gris más puro. Los pocos que podían hablar lo hacían tartamudeando, y, cuando intentaban referirse a las jornadas precedentes, se les extraviaban los ojos y su piel adquiría una palidez mortecina. Muy pocos eran capaces de andar y sus piernas les flaqueaban al hacerlo. Tenían fiebre y deliraban al hablar pronunciando frases inconexas, palabras en un lenguaje inventado y sílabas desbaratadas y sin sentido.

En la toldilla de popa hubimos de montar un hospital apresurado con todas las mantas que pudimos encontrar secas y que fueron bien pocas. Cada uno intentaba ayudar como bien sabía, aunque entre tantos hombres lo más que se podía hacer era estorbar. La verdad es que el que más trabajó fue el cura de la misión repartiendo la santa unción entre los moribundos.

No fue hasta la tarde cuando el último de los hombres pisó la cubierta. Era mi tío, mi tío... y nadie más.

La rabia, la desesperación, la angustia, el temor y la impotencia volvieron a adueñarse de mí y me dominaron por completo. En vez de sentirme dichoso o siquiera agradecido de que volviera a salvo; en lugar de correr a abrazarlo como hubiera hecho cualquier sobrino, reír de alivio o llorar también si fuera necesario, lo odié de una forma primitiva; con un odio irracional que era incapaz de controlar.

–¿Y Alonso? –le espeté cogiéndolo por los hombros–. ¿Dónde está Alonso? –decía una y otra vez mientras lo zarandeaba. Él, igual que si fuera una figura de cera, me miraba como si no entendiera lo que le estaba diciendo.

–¡Tío! ¿Dónde habéis metido a Alonso? ¿Dónde está? Decidme, ¿dónde está?

Sus piernas apenas le mantenían en pie. Sus ojos estaban fijos e inmóviles como si fueran dos bolas de cristal. Sus dientes se dibujaban sonrientes por debajo de unos labios resquebrajados. Su pelo desgreñado le caía sobre las cejas pobladas, blancas como su pelo. Porque éste estaba cano, como si en apenas una semana hubiera envejecido años y años. En un primer momento no me di cuenta, pero más tarde reparé en que aquel Bartolomé que acababa de regresar, enfermo, viejo, demente casi, era el reflejo exacto de Cristóbal Colón.

–Ya está bien, Hernando. –El cuerpo de mi padre se interponía entre el de mi tío y el mío–. Compórtate como un adulto... aunque sea por primera vez en tu vida. Ven, Bartolomé, vamos a mi camarote para que puedas descansar alejado de los que no entienden la palabra respeto y se conforman con la muerte.

Los vi marcharse sin una respuesta, sin una palabra que hiciera menos dolorosa mi desesperación. «¡Alonso, Alonso!», gritaba. Y en verdad pareciera entonces uno de aquellos enfermos delirantes que se hacinaban esperando una muerte que tardaba en llegar. Vagaba sin rumbo por la cubierta, aquel espacio tan limitado, tan rodeado por un mar que, de tan infinito, me asfixiaba. Una especie de cadena, mi instinto de supervivencia, mi tristeza, mi angustia, supongo, me mantenía atado a un infierno que ya conocía de sobra y que era mi propia vida; para que, llorando mi condena, las águilas me devoraran el hígado lentamente, todo el tiempo que durara la eternidad.

No comprendí lo absurdo de mi comportamiento hasta que me vi a mí mismo comprobando, enfermo por enfermo y sin sentir ninguna piedad por ellos, que sus caras no eran la de Alonso, no eran la de mi amigo. Me senté entonces en las escalerillas que descendían a la bodega. Los tablones estaban húmedos y el aire tenía cierto tufo acre, el olor del aire estancado. La cabeza me giraba como si alguien me la estuviera agitando frenéticamente. Y no podía razonar, era incapaz de asimilar algo que era ya tan cierto como que yo estaba allí en ese momento, como que yo estaba vivo: Alonso había muerto.

Diego, que en todo el tiempo que duró mi paseo no se había separado de mí, se sentó a mi lado, como la sombra fiel que en el fondo siempre fue, esperando a que descargara en él todo aquello que no podía decir a nadie porque en realidad a nadie tenía para hacerlo.

—No tenía que ser así —dije al fin.

—Nada tiene que ser de ningún modo pero es, y no podemos evitarlo. —No le escuchaba, estaba ciego, sordo y mudo para todo lo que no fuera mi dolor.

—Alonso ha muerto y ha sido por mi culpa. ¡Yo podía haberlo evitado! ¡Tenía que haberlo evitado! Confiaba en mí y erré, una vez más falté a mi propósito... No puedo soportarlo, ¿sabes? Pensar que ya nunca más lo veré despertándose, ayudándome a sacudir las velas, a cazar ratas para evitar que se coman las provisiones. Es demasiado para mí. Preferiría no haberlo conocido nunca. Si nunca lo hubiese visto, nunca tendría que sufrir lo que estoy padeciendo ahora. No me compensan los buenos ratos pasados comparados con este dolor. Diego, es ridículo, ¿por qué querría Dios llevarse a alguien como él? ¿Por qué? ¿Por qué? ¡Que me hubiera llevado a mí o a cualquier otro! Pero a él no, ¡a él no! Y yo podía haberlo evitado, podía haberlo obligado a quedarse a bordo, a viajar con nosotros de vuelta a Castilla. Con tan sólo pedírselo lo hubiera hecho, sé que lo hubiera hecho.

—Hernando, no es culpa tuya que él decidiera quedarse.

—Sí que lo es, yo era su hermano y permití que se matara. Es como si le hubiera dado el cuchillo con el que rebanarse el cuello, o el puñal, o el veneno o lo que sea, y me hubiera quedado a ver cómo se quitaba la vida ¡sin hacer nada por evitarlo! Dios mío, ¡era tan joven! ¡Tenía tanto por vivir, tanto que sentir, tanto que decir y hacer! ¡Ha sido mi culpa! ¡Diego! No intentes negármelo, sabes que es así. Y no me vengas con zarandajas del destino o esas historias de que tenía que suceder o de que es mejor así... ¡es mentira! Lo sabes, lo sabes, lo sabes.

–No pensaba decírtelo...

–¿Por qué, por qué, por qué? No tiene sentido. ¡Lo quería tanto! Y no se lo pude decir, Diego, no tuve tiempo, no me atreví y ahora está muerto por mi culpa.

Los sollozos apenas me dejaban hablar. Veía ante mis ojos su cara pecosa, y su pelo, y sus ojos y sus manos y no podía comprender que nunca más podría sentir su voz; aquella voz que, como la mía, tanto necesitaba de afecto, de palabras amables, de un «te quiero» pronunciado a tiempo. Y sentir el tacto de sus manos, esas palmas ásperas debido a una vida cargada de sinsabores. Y notarle cerca respirando, abrazándome, contándome todo aquello que le preocupaba. Alonso se había ido y el adiós que no pude decirle me quemaba en los labios.

Pensaba inútilmente, y para consolarme, que a esas horas se encontraría con su madre, con su hermano y con todos los que alguna vez le quisieron, menos conmigo.

El aire parecía que se revolviera furioso alrededor de todo menos de nosotros; un vapor pestilente, opaco, plomizo, apenas perceptible, había venido a sustituirlo.

De pronto, una extraña quietud se adueñó de mí. La rabia me había dejado por dentro un vacío absoluto y ni siquiera lloraba. No podía más. Era demasiado para mí. Una especie de resignación, que dolía más que todas las lágrimas del mundo, se había apoderado de mis actos. El alma, reseca hasta el extremo, resquebrajada como mis ojos enrojecidos, me dolía de tanto sufrir. Y el silencio me rodeaba, y se hacía señor de todo. Y de pronto comprendí lo solo que estaba en el mundo. Pensé, aunque fuera espantoso, en el día de mi muerte, en el día que, como Alonso, yo faltara de esta vida. Y supe que sólo Diego lloraría por ella, estaba seguro, nadie más asistiría a mi funeral, nadie pensaría en mí y haría como yo hacía entonces: recordar, en cada cosa que hacía a mi amigo, en cada bocado que probaba, en cada pinta de agua que bebía, todos aquellos momentos pasados junto a Alonso.

El tiempo se escurría de nuevo entre nosotros, como la lluvia o como el aire. Y tenía frío, mucho frío. Sentados en la toldilla de popa hablábamos los dos mientras esperábamos conciliar el sueño.

–Diego, ¿tú crees que existe el cielo? –le pregunté con la calma que da el pensar que ya todo da igual; que es en vano todo lo que hagamos, por más que luchemos, en una última tentativa antes de perder la cordura o encontrar sentido para aquello que, sentía con la certeza más absoluta, no lo tenía.

–No –contestó–. Ni cielo, ni infierno, ni limbo, ni purgatorio.

¡Ni en ese momento dejó de ser franco conmigo!

No necesité escuchar nada más.

¡Basta ya, por Dios! ¡Basta ya de ensañarte conmigo!, gritaba para mis adentros, ¿No has tenido suficiente? ¿Quieres verme sufrir aún más? ¿Se merece alguien tanto sufrimiento? Sabía que había pecado, pero ¿no era mi castigo desmesurado? ¡No quería compasión! Sólo que todo se terminara, que acabara de una vez.

Diego, a mi lado, roncaba plácidamente porque él ya estaba hecho al dolor. Se había familiarizado tanto con el sufrimiento que, para él, vivir era sobrevivir un día más, y la muerte simplemente era la negación de la existencia; como un barco que deja de navegar y queda desguazado en la playa. Envidiaba su capacidad de sobreponerse y anteponerse al dolor aunque fuera ésta, y yo lo sabía, una cualidad maldita, pues aquello era lo que lo hacía tan poco humano; lo que le hacía perderse todas las desgracias pero también todas las alegrías.

A la luz de la luna, conseguí volver a llorar, y mis lágrimas eran saladas.

Resultó realmente extraño celebrar unos funerales en los que no había cuerpos de muertos que arrojar al mar: los más afortunados se habrían quedado en tierra firme descomponiéndose, transformándose en cenizas, en parte del suelo, del aire, de la vida de otro animal sin que nadie los descubriera ni los mancillara jamás. Y los menos afortunados verían como los indios celebrarían su victoria del modo que su religión, si la tenían, les impulsara a hacerlo. La verdad es que prefería no pensar en ello.

En silencio, junto al clérigo loco que se encontraba lo suficientemente cuerdo aún para poder oficiar los responsorios, escuchaba aquellas letanías repetidas hasta el agotamiento. Las epidemias, la gangrena, las fiebres, el hambre, la sed, las costras y las heridas que no terminaban de cerrarse; los delirios, los accidentes y los asesinatos se habían encargado de ir menguando poco a poco nuestra tripulación hasta transformar a los pocos que quedábamos en unos supervivientes que habían llegado hasta el extremo de no poder soportar semejante dolor, sufrimiento ni desconsuelo. De tanto pedir clemencia habían perdido la fe en la religión, una religión que no era capaz de salvarlos y, aún peor, que ya que ni siquiera podía dejarlos tranquilos.

Las salvas que explotaban en el aire se propagaban por encima del mar, de la tierra e intentaban comunicar al mundo nuestro pesar por aquellos que quedaron: nuestros padres, nuestros hijos, nuestras viudas.

–*Kyrie, eleison, Christe, eleison, Kyrie, eleison* –decía el párroco sin necesidad de mirar aquella Biblia de hojas húmedas y desgastadas por el uso. La sostenía entre los dedos, aquellas falanges largas y huesudas que, como las mías, habían olvidado lo que era pintar miniaturas a la luz del candil para aprender a sujetar las maromas entre sus manos mientras sentía que éstas se iban despellejando poco a poco y que sangraban y que nadie podría curarlas ni él podría soltarlas porque de ellas dependía no ya la salvación de nuestras almas, sino la de su propia vida.

–*Kyrie, eleison, Christe, eleison, Kyrie, eleison* –repetíamos nosotros a una, como un conjunto de alumnos aplicados. Y, sin embargo, no existía castigo en la tierra que consiguiera ya amedrentarnos.

Mientras tanto, el mar nos alejaba de aquella tierra rumbo a Santo Domingo, donde habríamos de recalar para obtener las reparaciones necesarias que nos pudieran permitir afrontar la vuelta a España.

–... *Rex tremendae majestatis, qui salvandos salvas gratis, salve me, fons pietatis...* –proseguía el sacerdote con su eterna letanía de misereres y de *Deo gratias*, mientras mi mente buscaba excusas para evadirme de lo que estaba haciendo y para evitar pensar que, de este modo, con aquel ritual terminaban todas mis esperanzas de volver a ver a Alonso nunca más.

–... *Huic ergo parce, Deus, pie Jesu Domine, dona eis requiem.*

–Amén.

En mis oídos restallaban aún sus palabras: «*Dona els requiem, dona els requiem*» (dales descanso, dales descanso). Rezaba para mis adentros a un Dios, al cristiano, al musulmán, al judío, a cualquiera con tal de que me escuchase, de que atendiese mis súplicas. Por favor –decía–, que sus cuerpos insepultos sepan encontrarte, encontrar tu gloria y esperar en ella el día de la resurrección de la carne. Pero no creía en verdad en lo que estaba diciendo porque, a pesar de mis intentos de no escuchar a mi propio pensamiento, desde el corazón sólo una pregunta conseguía atormentarme: ¿quién rezará por mí cuando yo falte?

Sostenía en mis brazos, como todos aquellos que habían perdido a alguien en el ataque, las mantas en las que Alonso durmió hasta el día que decidió cambiar su destino por un futuro incierto. Sus nombres resonaban en mi memoria: Francisco, Pero, Ginés, Antonio, Gonzalo, Antón, Pedro, Donís... mientras sus serones eran arrojados al mar, mientras sus sueños eran enviados a aquel océano que, habiendo decidido arrebatarles la vida, impedía, además, que descansaran para siempre en sus aguas.

Arrojé el serón de Alonso sin grandes dramatismos. Lo aparté de mí, de mi vida, de mi mente, como se desprende el preso de la libertad que tuvo algún día; como el ahorcado nota ceder el suelo bajo sus pies; como siente el agarrotado hundirse el clavo entre las vértebras de su cuello. Y lo vi difuminarse entre el oleaje, desaparecer para siempre de mi vida, de la de todos nosotros. Lo vi hundirse, hundirse en lo más profundo de mi memoria.

La muerte, a mi lado, me daba la mano y la sentía fría y áspera, con una acritud de siglos, con un ansia de milenios. No rechazaba su roce porque era lo único que me recordaba que yo, entre tanta desolación, todavía estaba vivo.

Cristóbal asistía a las exequias en silencio, aguantando con arrojo un dolor mayor al que hombre alguno conoció jamás; y era ésta otra tormenta contra la que me era imposible lidiar, otra tortura sumada al enorme cúmulo que cargaba ya sobre mis espaldas. Porque él había decidido proseguir su vida sin mí, sin aquel al que, antes de que partiéramos, todavía consideraba su hijo y quería como tal. Y yo, terriblemente solo, en aquella hora maldita en la que acababa de perder a uno de los mejores amigos que nunca tuve, sólo podía preguntarme: ¿cómo puede alguien refugiarse en un mutismo tan absoluto? ¿Cómo puede alguien sentir un amor tan grande (hijo mío, me decía, acércate a que te mire) y al día siguiente un odio aún mayor que el primero? ¿Cómo puede alguien ser tan valiente y a la vez tan cobarde? ¿Cómo puede alguien preferir sufrir en silencio a compartirlo con sus propios familiares? ¿Cómo puede alguien tener la osadía de pretender cambiarme sin ni siquiera haber hecho el esfuerzo por intentar conocerme? ¿Cómo puede alguien ser capaz de inculpar del daño que él siente cuando es a la vez su causante?... pero ¿cómo puede ser alguien a la vez tan querido, venerado y amado?

¡Me hubiera gustado tanto decirle todo lo que pensaba! ¡Estar con él, ayudarlo, comprenderlo y amarlo como sólo un hijo puede hacerlo! Que me comprendiera y me aceptara como era... Me encontraba en el funeral de Alonso, sí, aquel del que yo, Hernando Colón, era el único culpable, y, sin embargo, tan sólo podía pensar en mi padre y el porqué de que no me quisiese como yo lo hacía. ¡Dios mío! La depravación era absoluta. Allí, en ese momento, mi personalidad vejada se encumbró en su más perfecta forma de perversión. Observé a Bartolomé, que se encontraba a su lado, y él seguía sonriendo con la misma sonrisa petrificada que tenía cuando embarcó. Lo detesté porque él era el depositario de las caricias de Cristóbal, de los miedos de Cristóbal, de los secretos de Cristóbal, de las lágrimas de Cristóbal. Aquel pelele que había sido capaz de abandonar el cuerpo de Alonso en aquella tierra diabólica poseía lo único que me quedaba, lo único que yo deseaba.

La tarde caía entre oraciones y alguna que otra gaviota carroñera que se había aventurado a salir de entre la lluvia graznaba alegremente buscando a aquellos peces desgraciados que morirían entre las cuchillas de sus picotazos, o bien esas tumbas abiertas en las que podría robar carne aún fresca, o bien animales exangües a los que las fuerzas no les llegaran ni para defenderse de sus ataques. Era ley de vida que el pájaro se alimentara del moribundo como el moribundo se alimentó de él.

–Hernando, vamos, ya se ha terminado. –Diego tironeaba levemente de mi capuz–. Vámonos a cenar, venga.

Lo miré con una sorpresa profunda. La madera debajo de mis pies descalzos crujía como nunca, como si deseara atraparme para siempre. Mi ánimo se deslizaba cuesta abajo y él no podía verlo. Diego, sorprendentemente, parecía no darse cuenta de lo que estaba ocurriendo en mi interior, no notaba que lo que menos me importaba, lo que menos precisaba en ese momento, era comer.

–No, no tengo hambre. Ve tú –le dije sin desviar la mirada del ocaso que presagiaba una noche oscura; otra más en la que las estrellas, detrás de las nubes, no podrían brillar para guiarnos en una dirección que debería llevarnos de vuelta a casa. Tampoco me importaba.

Durante los días siguientes apenas presté oídos a los comentarios de la marinería. Aquellos hombres no podían entender por qué habríamos de pasar por La Española en vez de arriesgarnos a realizar directamente la ruta transoceánica como había ordenado mi padre. Tal era su ansiedad por avistar cuanto antes las costas de Castilla que hacían oídos sordos a la cautela y eran capaces, en su estupidez y obcecación, de percatarse de lo imposible de sus deseos, habida cuenta de las penosas condiciones en las que se hallaba el barco. Pero no me importaba en absoluto. Realizaba con celeridad mis tareas: fregaba mi trozo de cubierta, ayudaba en la preparación de la comida, medía la distancia y la velocidad del navío, trabajaba durante horas en las bombas de achique, sacudía el velamen, reparaba los agujeros de las redes de pesca, ayudaba a confeccionar cuerdas e incluso leía y escribía sin que nada de ello me motivase realmente; sin que fuera consciente de que era yo el que hacía todas esas actividades. Y para mí, bien podría haber sido entonces la *Santa María* un barco fantasma, como aquel de mi alucinación, sí, en realidad, fue tal, y nosotros únicamente los esqueletos de aquella alucinación en busca de una redención que no existía; meros esclavos condenados a bogar por los siglos de los siglos en una rutina absoluta: siempre con las mismas faenas, el mismo hambre, el mismo sufrimiento, la misma soledad, el mismo mar, la misma ruta de las tormentas.

En mis manos vacías buscaba algo que me impulsase a seguir viviendo y me permitiese recuperar unas ansias, unos anhelos que habían desaparecido por completo. Hacía días que no probaba bocado, apenas un poco de agua para evitar que mi garganta se resecase y que cayese definitivamente rendido. El resto se había ido de nuevo con las ganas de vivir. Por segunda vez durante aquella travesía no encontraba motivos para continuar con mi existencia; mas, si la anterior vez había sido debido a que yo me creía vacío, en esta ocasión había comprendido por fin que el vacío no era yo, no estaba en mí, sino en el mundo.

Pasaba las horas muertas mirando la nada, intentando comprenderla, buscando el motivo de que todo, al final, se transformara en eso: en mera nada. La vida giraba y volvía de nuevo al comienzo. Tenía quince años pero parecía que llevara viviendo cincuenta o quinientos o mil.

Recuerdo que apenas podía escuchar lo que ocurría a mi alrededor. En realidad, tampoco me importaba. Todo aparecía tremendamente difuso ante mí, amortiguado y cubierto por una opaca umbría, por una espera sin esperanzas. No olía tampoco, ni veía, ni sentía, ni gustaba más que el gusto amargo de la tristeza.

Y sería un día de aquellos cuando, otra vez, vino Pedro a interrumpir lo que de forma mecánica estaba haciendo; y era portador de un mensaje que no deseaba escuchar. Pero esta vez no jugaba, no, con las cartas de antaño, con las apuestas ridículas de cuentas de latón y pedacitos de conchas, sino con el estúpido juego al que todos estamos obligados a jugar y que consiste en conseguir sobrevivir un día más.

—Hernando, te llaman.

Aquella horrible imagen de lo ya visto fue lo más cercano que estuve de sentir algo, de encontrar una sorpresa que me sacase de mi ostracismo, de mi reclusión voluntaria.

—Hernando, debes ir al camarote de tu padre —repitió viendo la poca mella que habían hecho en mí sus palabras. Otra vez debía ir al camarote de mi padre. Cargado de oprobio debería nuevamente enfrentarme a él, pelearme con él, cuando yo sólo deseaba su aceptación. No obstante, ésta era imposible habiendo leído mi carta. Y lo había hecho.

Lentamente, me giré y dirigí mis pasos hacia el rincón vedado. Abrí la puerta. El trozo de madera chirrió por el empuje de mis dedos. No había llamado. Me asaltó entonces el olor familiar que quería hacerme recordar algo; despertar del letargo invernal en el que me hallaba sumido, un recuerdo de mi memoria. Todo intento fue en vano. La nada, aquella que yo, voluntariamente, había pretendido investigar se había adueñado de mí.

Todo estaba igual, igual de ordenado, silencioso y pesado. Tan sólo un coi, mi antiguo coi, parecía la nota discordante en un motete perfectamente estructurado y totalmente armonioso. Como una telaraña, se balanceaba del techo y era su movimiento pesado, lento y pendular, con un sonido agonizante como el de las viejas mecedoras; como si en aquella estancia el tiempo transcurriera más despacio de lo que lo hacía en el resto del mundo. Aparté los ojos de su oscilación hipnótica y miré hacia la cama de mi padre, allí donde esperaba encontrarlo. Pero él no estaba donde debía estar. Había huido de mí. Sentía su vacío en aquellas mantas y era idéntico a aquel otro que recorría mi sangre. En su lugar, el usurpador. Desde los almohadones me observaba mi tío y con sus ojos buscaba los míos con apremio, como si necesitara contar algo y hacerlo ya. Lo observé con un asco profundo. Había cambiado mucho en muy poco tiempo; en apenas un breve espacio de tiempo había sido herido con la cicatriz inmisericorde que causa el paso de los años; unos años que bien le habían perdonado durante la mayoría de su vida. Siempre había estado igual de joven –o igual de viejo–, desde que yo lo vi por primera vez. Sí, aquel día en Sevilla, donde su porte erguido y la fuerza de sus ojos me entreabrieron la puerta de otro mundo: el mundo de los adultos. Ahora, sin embargo, una palidez mortecina, vivo reflejo, por otra parte, de la de mi padre, había anidado en sus mejillas. El parecido de los dos hermanos era, en verdad, asombroso: lo que la salud había diferenciado, la enfermedad ahora volvía a unir. Sus párpados caídos resaltaban las oscuras ojeras que enmarcaban sus ojos brillantes por la fiebre. Sus labios, despellejados, temblaban sin descanso. Y también sus dedos tamborileaban continuamente sobre su pecho, que se hinchaba y deshinchaba como si, al hacerlo, fuera la última vez.

–Hernando –dijo por fin con una voz que no parecía la de él–, te he hecho llamar –breve interrupción para que tosiera– porque es importante que conozcas lo que pasó en Belén. Tu padre y yo así lo hemos decidido. Mas has de guardar el secreto, ya sabes lo predispuestos que son todos en estos barcos a murmurar. Es necesario que escuches sin juzgar, que recuerdes todo lo que te digo y que te des cuenta de que si hemos decidido que supieras lo que pasó, no ha sido por nuestra propia voluntad, sino porque ha habido causas mayores que nos han impulsado a ello.

Me senté junto a él dispuesto a escuchar lo que tenía que decirme con una desgana que era totalmente impropia en mí, siempre tan deseoso de saber las causas profundas de todo, y, cómo no, las de la muerte de mi propio amigo. Volvió a toser.

–¿Era un territorio bonito, verdad? –Sus ojos afiebrados habían tomado un cariz soñador–. Me refiero a Belén, por supuesto.

El suelo parecía muy fértil y los indígenas muy amables. La viva imagen que todos tenemos del paraíso; el lugar ideal para crear un poblado. Todos lo creíamos, tú también, ¿no? Sé que lo pensaste porque te vi marchar en aquella expedición que recorrió el territorio. –Su aire de suficiencia comenzaba a cansarme–. Sí, ya sé que Quibio era un mal hombre, pero estábamos seguros de tenerlo controlado, pensando que su familia estaba bajo nuestra guarda. –Hice caso omiso a su alusión y continué escuchando–. Además, y esto es lo que nadie sabe, tenía esta zona unas minas muy ricas en oro que habíamos decidido explotar...

Mi mente comenzó a barruntar a marchas forzadas. ¿Unas minas? ¿Cómo que explotarlas? ¿Sin el permiso de los Reyes? ¿Sin el conocimiento del resto de la tripulación? ¿Era por eso por lo que habían decidido formar aquel fuerte a sabiendas de la peligrosidad de aquellos indígenas? ¿Era por eso que habían abandonado los altos ideales que inspiraran aquella misión y que nos llevarían a descubrir el dichoso pasaje que habría de conducirnos a Catay? ¿Habían sido capaces de arriesgar la vida de medio centenar de personas sólo por un poco de oro? ¿Se había quedado entonces mi tío allí para ver cómo funcionaba? ¿Se había quedado entonces para esclavizar a aquellos indios con la amenaza de tener encerrados a sus gobernadores? ¿Habían podido jugar de este modo con nuestra buena fe? ¿Mi padre y mi tío habían sido capaces de tantas aberraciones por tan sólo un poco de oro?

Horror. Eso fue lo que sentí escuchando las explicaciones de mi tío, y, lo que es peor, sentía que yo también estaba envenenado, que yo también era así, que también estaba dominado por la misma codicia que les impulsaba a ellos, a todos nosotros, a los Colón; a pesar de que para hacerlo tuvieran que aplastar a quien fuera y aunque entre ellos estuvieran aquellos que tan sólo eran niños. ¡Estaban enfermos! Igual que yo, como yo, todos enfermos.

–Así que como bien recordarás, construimos aquel pequeño poblado y os fuimos a despedir a la orilla. A todo esto, ninguno de los que se quedaban tenía idea alguna de por qué lo hacían. –Soltó una risita nerviosa. Si en ese momento no supiera lo muy enfermo que estaba, le hubiera abofeteado con toda la fuerza de una mano acostumbrada a tareas pesadas, a pesar de ser mi tío–. Sí, Hernando, y cuando vuestras velas ya desaparecían por el horizonte convoqué una reunión con todos los nuevos habitantes en la que les expuse, muy claramente, cuáles eran nuestros proyectos. Les di un plazo de veinticuatro horas paras firmar un documento en el que se comprometerían a cerrar la boca, a no decir nada cuando viniesen a recogernos, a cambio de un porcentaje, muy alto puedo decir, de los beneficios. Si no lo hacían, si se sentían incapaces de traicionar a la Corona, de firmar aquella felonía, entonces estarían obligados a abandonar la aldea y buscar refugio en otra parte en un período no superior a un día. Y puedo decir con orgullo que todos firmaron sin pensárselo dos veces. –Soltó otra risita–. ¡Hasta tu amigo Alonso!

¡Alonso! ¡Alonso! Obligado a firmar aquel documento de la deshonra que iría contra todos los principios que él siempre había mantenido. Su rectitud luchando contra su instinto de supervivencia; porque a mí no se me escapaba que «buscar refugio en otra parte» era condenarse a una muerte certera, no sé muy bien si a manos de los indios o de las nuestras. Tampoco importaba demasiado. La rabia me ardía por dentro y estallaba en convulsiones que hacían temblar todo mi cuerpo.

–Reclutamos a unos cuantos indios a los que enseñamos cómo utilizar las herramientas. El oro era abundante. Y funcionó, después de tantos intentos frustrados, de tantos años de navegaciones infructuosas: el oro comenzó a brotar de la tierra y en verdad parecía real aquella profecía que hizo tu padre cuando les dijo a Sus Majestades que éste podría recogerse en las mismas playas.

¡Era un fanático! Mi tío, mi padre, ¡todos! En ese momento exploté definitivamente, tenía la necesidad de hablar, de interrumpirle para que se callara. Y que no continuara explicándome aquello que yo me había negado a ver. Aunque las ansias por conocer la verdad me pedían que lo dejara proseguir con su horrenda narración.

–¿Hasta cuándo? –pregunté colérico–. ¿Hasta cuándo ibais a continuar con aquella farsa? ¿Qué creíais, que todo iba a funcionar, que nadie os delataría? ¿Y qué hubiera pasado, insensatos –¡me había atrevido incluso a insultarlos!–, cuando los Reyes, nuestros reyes, enviaran un barco en vuestra búsqueda y se dieran cuenta de lo que habíais hecho?

–¿Cómo se iban a dar cuenta? –Ciertamente no parecía ofendido. Sus palabras, incluso, contenían cierta sorna–. ¡Para el tiempo en el que otro barco navegara estas latitudes, esas minas ya se habrían acabado por completo! ¿No te das cuenta de lo que se tarda en aparejar un barco en un sistema tan corrupto y deficiente como es el de Sus Majestades? ¿No te das cuenta de que deben expropiarlos para poder financiar una expedición? ¿Eres acaso tan tonto de no saber que nuestros Reyes están endeudados hasta el cuello? ¿Para qué querrían entonces mandar una expedición a este poblado? ¿Te crees acaso que les importa la vida de cuarenta míseros súbditos por mucho que uno de ellos se apellide Colón?

El cuerpo me dolía como si un veneno que brotara desde la misma fuente del entendimiento se expandiera dentro de mí. El no poder negarle la razón que tenía me roía las pocas esperanzas que me quedaban: aquellas que aún creían remotamente en la bondad humana.

–Todo funcionaba a la perfección –continuó satisfecho al comprobar que yo carecía de argumentos para rebatirlo–: La comida, la bebida, el trabajo, las mujeres... Cualquier cosa que deseáramos la teníamos a mano. Tanto nos confiamos que prescindimos de la idea de construir la empalizada, ¿para qué?, si ya teníamos dominados a los indios. Mas, ¡ay!, fueron precisamente las mujeres las que habrían de conducirnos al camino de la perdición, como siempre sucede. –Me miró fijamente–. Pero no como estás pensando. No fue nuestra carne la culpable de aquello que habría de sucedernos porque las mujeres del poblado eran poco escrupulosas y bien les daba igual, cuando yacíamos con ellas, ser una, que dos, que tres. No, fueron nuestra desgracia porque habrían de ser esas estúpidas las que habrían de descubrir el cuerpo medio moribundo de Quibio. Habrían de ser ellas las que lo atendieran en sus últimos momentos; las que lo verían morir en sus brazos. Habrían de ser ellas las que, escuchando las palabras de aquel rufián, arengaran a sus hombres para que nos atacaran. Y lo hicieron, Hernando, porque cuando son ellas las que toman el control, más vale quitarse de su camino. ¡Dios nos libre de que otra mujer tenga de nuevo el poder!

¿Se referiría acaso a la reina Isabel? ¿Aquella que siempre los apoyó? ¿Aquella que salvó cualquier obstáculo para realizar la expedición? Estaba confuso, dolorido, furibundo, pero seguí escuchando.

—Decidieron comenzar el asalto por la noche, cuando la oscuridad lo cubría todo y las nubes de lluvia incluso habían tapado las estrellas y la luna. Comenzaron haciendo mucho ruido, lanzando piedras contra la foresta y dando alaridos extraños. La idea era alejarnos de la protección de nuestras casas, donde guardábamos la artillería (que ya habían tenido ocasión de descubrir al haberla utilizado en la mina) y encontrarnos así indefensos, azuzados, sin duda, por una curiosidad que nos impulsaría a dejar la seguridad de nuestros lechos. Nada más salir se abalanzaron sobre nosotros, gritando en su lengua infernal y lanzando lanzas, flechas, cualquier objeto que pudiese herirnos o matarnos contra todo aquel que veían, incluso contra las casas.

»Comprende nuestra situación, no entendíamos de dónde venía el ataque, jamás aquellos indios nos habían dado muestras de su incomodidad, ni de su mala fe después de aquel primer ataque que hicimos demasiado a la ligera. Nada: ni una señal de su infamia, ni una palabra más alta que la otra, ni otro gesto que no fuera una sonrisa. Acataban nuestras órdenes sin réplica y sin plantearse un porqué. Nada nos hacía presagiar entonces la emboscada que nos aguardaba. Nadie podía imaginarse que todavía mantenían vivo el rencor, latiendo aletargado en sus mentes malignas, por lo que días atrás le habíamos hecho a su jefe. Supongo que no podíamos pensarlo porque estoy seguro de que pase lo que le pase a nuestros

Reyes, a nosotros, nunca se nos ocurrirá alzarnos en armas contra aquel que es claramente superior a nosotros y cuyo poder casi podría decirse que proviene del Altísimo.

Lo miré con escepticismo y una breve mueca de desprecio.

–No se veía nada, apenas se sentían moverse los cuerpos de aquellos bárbaros entre la fronda. «¡A las cabañas!», gritó alguien, y los que seguíamos vivos nos arrastramos como bien pudimos, intentando no hacer ningún ruido que delatase nuestra posición, dejando por el camino unos heridos que, a falta de luz, ni sabíamos que teníamos. Dentro tampoco nos encontrábamos seguros ni lejos de sus ataques, porque al ser el techo de hojas de palma era éste muy fácil de atravesar con las flechas, las lanzas y las piedras. Así hubieron de herir a cuatro o cinco de nuestros hombres. Y lo peor no eran las heridas, pues las puntas de aquellas flechas apenas habían penetrado en algún brazo o en alguna pierna causando leves heridas, sino que las puntas se encontraban envenenadas, como muy bien pudimos saber después, con el peor veneno que jamás he visto. Nuestra situación era desesperada: si fuera nos atacaban, dentro no tardaríamos en morir por aquella lluvia de flechas o por cualquier otro mecanismo diabólico que aquellas mentes traicioneras pudieran pensar, como por ejemplo prender fuego a las chozas (opción esta que yo habría realizado la primera si hubiera sido uno de aquellos rufianes en vez de arriesgarme a lanzar piedras y palos y esperar que nosotros reaccionáramos). Algunas voces dispersas propusieron que nos aventuráramos y echáramos a correr hacia la espesura donde no pudieran capturarnos, pero era una idea descabellada que nos habría obligado a separarnos en un territorio desconocido y por la que no tardaríamos en morir, puesto que ellos, además, nos triplicaban en número.

»De pronto vi a Alonso, temblando de miedo, agazapado en un rincón, abrazado a sus rodillas, viendo como las flechas atravesaban el techo y caían ante sus pies mientras fuera, en la lóbrega oscuridad del bosque, aullaban aquellas bestias que sólo deseaban vernos morir. Y sentí como él. Como si mi mente hubiera entrado en su cuerpo y mi pensamiento pudiera dominar sus acciones, sentí la angustia de una muerte que ya pasaba rozándolo, extendiendo sobre su nuca el helado hálito de la muerte.

»Era preferible quedarse –continuaba mi tío, y una corriente fría soplaba por el camarote cerrado aunque sólo yo parecía notarlo–. Debíamos resistir, porque de no ser así, aquellos indios se habrían apoderado de la artillería, de nuestras provisiones y de todo el oro que habíamos conseguido. –Ni siquiera había mencionado a los enfermos y a los heridos–. No podíamos permanecer encerrados. Había que contraatacar de algún modo. Además, todavía teníamos el problema de la oscuridad. No sé quién propuso que lleváramos teas encendidas, pero eso era de todo punto una estupidez. No sólo nos habríamos convertido en unos blancos perfectamente visibles, sino que esto hubiera limitado los movimientos de una mano. Había que pensar algo y había que hacerlo ya.

En este momento de la narración se hinchó como un pavo.

–Yo era El Adelantado, de mí dependían todas aquellas vidas y de mí dependía tomar la decisión. A través de los gritos que nos dábamos como bien podíamos, los mensajes se transmitían de cabaña en cabaña, por lo que se tardaba bastante en hacer comprender lo que se había decidido. Mientras, el tiempo corría en nuestra contra. «Está bien», dije, «todavía tenemos el factor de la artillería y nadie ha contado con él. Necesitamos tiempo, tiempo para hacer algo, escapar de esta isla, matarlos a todos. Y eso sólo podremos lograrlo asustándolos. Tenemos que hacer una descarga contra esos árboles que les sirven de refugio, de tal manera que salgan huyendo despavoridos y sin nada que pueda protegerlos. Será ese el momento de nuestro contraataque, que deberá ser suficientemente importante como para que se les quiten las ganas de atacarnos durante una temporada; lo suficiente como para poder construir una empalizada que nos permitirá refugiarnos de cualquier otra sublevación y poner finalmente los puntos sobre las íes a toda esta escoria. Saldremos con nuestras armas, que son mucho más certeras y poderosas que las suyas, y los alejaremos todo lo que podamos. No habrá ni rehenes ni piedad para el caído. La matanza de esos cerdos ha de ser considerable. ¿Estáis conmigo? Os prometo que mañana, cuando salga el sol, esos hombres sabrán lo que es la venganza». Y ya mis palabras resonaban de caseta en caseta, ya se preparaban la pólvora y las bombardas y todo lo que nos permitiese crear el escudo que la misión requería. «No podéis fallar», les dije a los artilleros, «cuantos más hombres matéis, más posibilidades habrá de salir con vida». El olor de la batalla se palpaba en el ambiente. Los heridos habían sido apartados a los rincones donde no pudieran entorpecer el paso y allí se revolvían entre estertores sin que nadie pudiera darse cuenta.

Yo seguía atento a la narración. Podía ver, incluso, como si estuviera allí a todos aquellos hombres que nunca habían cogido un cuchillo entre sus manos preparándose para la batalla. Y sentía su miedo, su desesperación y su incertidumbre. Podía oler también el sudor frío que manaba de su frente y el fuerte hedor de los deshechos de aquellos que, sin poder controlarse, se habían orinado o defecado encima.

–«Apunten, ¡fuego!», grité. Y ya volaban aquellos cascotes atravesando los agujeros de las ventanas. El ruido era ensordecedor y la ceniza se te metía por todos lados. En ese momento grité como si hubiera de hacerlo por última vez: «¡Santiago y a ellos!», y nos lanzamos hacia el lugar de donde venían los gritos de aquellos que no se esperaban nuestra reacción. Daba igual la edad, la condición, todo. Tanto los niños como los viejos. Si atrapaban a una de aquellas bestias, la rajaban con toda la fuerza de la desesperación. Su número pronto se vio seriamente reducido. Si su habilidad era mucha en los ataques a distancia a partir de sus flechas, piedras y lanzas, no lo era tanto en las peleas cuerpo a cuerpo; enfrentados, además, a la fuerza sin parangón del acero de nuestros cuchillos. Y huían. Gracias a Dios, huían. Sentíamos que se retiraban, escuchábamos sus pisadas apresuradas batiendo contra el suelo. Se escabullían como gusanos que eran porque nosotros habíamos ganado. Un hurra que salió desde lo más profundo de nuestras gargantas colmó la acritud de un momento en el que acabábamos de perder a trece (número maldito donde los haya) personas, sin contar los heridos, que también habían sido numerosos. Diez personas se encargarían de custodiar el poblado, mientras los demás aguardábamos la llegada del amanecer para decidir qué hacer. Si la batalla había sido ganada, la guerra todavía estaba por dilucidar.

–¿Y Alonso? –pregunté débilmente.

Él continuó con la narración como si no me hubiese escuchado.

–Amaneció y nunca un amanecer me pareció tan bello. No obstante, el paisaje que se ofrecía a nuestra vista era desolador. ¡Si hubieras visto aquel paraje de un verde tan profundo como el de la mejor esmeralda, ahora todo tapizado de sangre y restos de la batalla! Los árboles desgajados, la hierba cubierta de metralla, de trozos sanguinolentos de piernas y brazos. De aquí allá se extendían los cuerpos aún agonizantes de los indígenas que habían sido rajados y su piel oscura cubierta de sangre. ¡Si hubieras olido el olor de la carne quemada, de la sangre que comienza a resecarse!, ¡si hubieras escuchado el graznido de los cuervos mientras hurgaban en la carne de los heridos, de los muertos!, comprenderías entonces el espanto que se apoderó de *mis* hombres. El ánimo que les había proporcionado la oscuridad, el encontrarse en una situación extrema, la fuerza sobrehumana que nos había permitido vencer a pesar de nuestro menor número, los rayos del sol acababan de arrebatárselo. En el ataque había muerto el cirujano y debíamos ocuparnos de los heridos como Dios nos había dado a entender. Improvisamos vendajes e hicimos torniquetes para evitar que se desangraran ante nuestros ojos. Incluso hube de amputar un par de piernas cortándolas con un hacha para evitar que aquellos hombres murieran durante esas horas en las que nada más podíamos hacer salvo esperar a reponernos para intentar otro ataque o construir una empalizada. Uno de mis pacientes sobrevivió, el otro no. Mas las peores no eran las heridas sanguinolentas, sino las de aquellos que habían recibido algún flechazo. La zona en la que se había

clavado la flecha comenzaba a hincharse hasta adquirir un tamaño que triplicaba al del miembro en su estado normal. En seguida
comenzaba la fiebre y los delirios, mientras el veneno avanzaba por
todo el cuerpo del afectado. Pocos resistían esta fase, a estas alturas habían perdido el juicio o se habían desmayado para no volver
a despertarse. Sin duda, lo peor para ellos y para nosotros, que debíamos aguardar a su lado el fatídico desenlace, era desconocer
cuánto tiempo tardaría el veneno en hacer efecto y con qué intensidad. Algunos morían a las horas, otros, al día siguiente y algunos llegaron a aguantar tres días. Tu amigo Alonso fue uno de ellos.

Mis tripas se revolvían de horror ante lo que acababa de contarme. Pero no podía apartar la atención. Seguí escuchando.

–De pronto, se oyó el grito de alarma de un vigilante. Con la
voz rasgada, debido sin duda a la necesidad que le había obligado
a pasar tantas horas sin dormir, clamaba una ayuda imperiosa.
Duro era en verdad este trabajo: siempre vigilante, acechando como
el cazador aguarda a su presa, cuando en realidad él, como todos
nosotros, sólo éramos las presas de aquel juego macabro. Imagínalo,
Hernando, paseándose sobre los cuerpos de los caídos, de sus propios compañeros de fatiga, sobre su sangre, sobre sus miembros
–mezclados con los de los indios– desperdigados por el suelo. Tras
su señal, me dirigí hacia donde estaba sin ningún tipo de previsión,
sin tomar ninguna molestia en intentar protegerme. Todavía confiaba en mi buena estrella. Colgado de sus hombros, medio moribundo, pude observar que un hombre blanco murmuraba frases
inconexas. Apenas podía dar un paso y obligaba a detenerse, cada
dos por tres, al pobre vigilante, que tenía los ojos hinchados y desencajados. Le levanté la cara al llegar a su altura y le aparté los
pelos que la cubrían por completo. Era Juan de Noya, uno de aquellos que habían partido rumbo a España con tu padre y contigo,
uno de aquellos que no debían encontrarse en aquella tierra, y, sin
embargo, ¡estaba! ¿Entiendes, Hernando? ¡Estaba en esa tierra! Lo
metí en la cabaña y escuché de sus labios la historia inconexa de
unos hombres que habían ido a hacer la aguada y habían sido ata-

cados por los indios, siendo él el único superviviente, ya que consiguió tirarse al río antes de que las flechas acabaran con toda la tripulación. A las pocas horas había muerto, mas ¿qué importaba su vida ahora que habían vuelto a renacer las esperanzas de una treintena de hombres? El Almirante debía de estar anclado en un lugar no muy lejano. Todavía quedaba una posibilidad de escapar de aquella tierra. Esa misma tarde, una expedición se dirigió hacia el río, que como recordarás no se encontraba muy lejos. Me cuidé mucho de no crear ilusiones a unos hombres que no debían sufrir más y nos les comenté nada de vuestra cercanía. Pronto mis sospechas se confirmaron: el río estaba cegado y no había manera de escapar de allí. Confieso que mi ánimo cayó por los suelos y era tanta la desesperanza que apenas podía pensar. Gracias a los espías que tenía repartidos aquí y allá pudimos saber que aquellos indígenas habían dado aviso a los pueblos de la zona y estaban reuniendo un ejército que muy poco tendría que envidiar a las huestes de Sus Majestades. Si difícilmente habíamos sobrevivido la primera vez, en esta segunda no teníamos ninguna opción. Era urgente que nos fuéramos de allí, pero ¿adónde?

Me imaginé la desesperación de mi tío durante aquellas horas, con todos esos hombres a su cargo, la mayoría enfermos o heridos o muertos, y teniendo que enfrentarse a la certeza de que pronto tendrían un ejército encima de ellos; eso sin contar con que la única esperanza que se le había brindado como por arte de magia de aquel resucitado de entre los muertos desaparecía igual que lo había hecho la taimada boca del río por donde habían soñado salir a alta mar, aunque fuera agarrados a los tablones de lo que fueron sus casas con tal de conseguir salvarse.

–La respuesta me la dio tu amigo Alonso. «La playa», decía con una voz que parecía venir del más allá. Alonso era el único de aquellos infectados con el veneno que todavía conservaba el juicio. Permanecía más sano incluso que muchos de aquellos que no habían sido fatalmente heridos por las diabólicas flechas. Parecía como si se negara a morir, como si todavía tuviera algo que hacer en este mundo, como si batallara en una pelea que tuviera perdida de antemano y aun así lo hiciera sin perder el ánimo. Me sorprendía, sobre todo, aquella fortaleza que poseía, tan rara en un niño tan pequeño y en apariencia tan débil. Brotaba de él un extraño ánimo contagioso. Todo aquel que lo veía sentía deseos de ser valiente, y te impulsaba a ser mejor; no sé, no podría describírtelo. A su lado experimentaba una extraña mezcla de sensaciones. ¡Yo tan viejo y él tan niño! Cuando estaba con él la paz dominaba mi espíritu, pero a la vez ¡me sentía tan culpable! Había sido yo el que le había puesto el cuchillo entre las manos, el que le había impulsado a pelear y, yo también, el que habría de verlo morir.

Unos celos extraños comenzaron a invadirme. ¡Había sido mi tío el depositario de sus últimas confesiones! ¡No se conformaba sólo con arrebatarme a mi padre, sino que también me quitaba los últimos momentos de Alonso, de mi amigo, de mi único amigo! Y no era el valiente, ni el atribulado, ni el necesitado de ayuda; era solamente el ladrón.

–Nos fuimos a la playa porque era la única manera de poder sobrevivir –continuó–. El traslado fue silencioso, en mitad de la noche, a través de aquella selva de pájaros ululantes y animales que acechaban tras los arbustos. Bueno, todo lo silencioso que puede ser mover tantas cosas y tantos heridos y tantos muertos. Sobre mis hombros eché el cuerpo de Alonso, que apenas se quejó cuando lo levanté del suelo. Sus ojos verdes parecían querer echarse a llorar del dolor pero algo, una fuerza superior que yo no entiendo, parecía prohibírselo.

Aquel que sobrevivió a la furia de su padre, la que había acabado con su hermano, no consiguió resistir en las Indias. La respiración de Bartolomé sonaba fatigosa, como si estuviera haciendo un enorme esfuerzo por poder relatarme aquella historia. Comprendí entonces lo enfermo que estaba. Yo también me sentía débil.

–¿Por qué, me preguntarás, te cuento todo esto, todo lo de Alonso en vez de contarte lo que nos pasó de camino a la playa y cuando finalmente llegamos a ella? Porque he decidido con tu padre que debías conocer toda la historia. Y es por eso por lo que ahora te encuentras aquí. Es necesario que escuches las últimas palabras de tu amigo, que te transmito tal y como me las dijo a mí: «Bartolomé, dígale por favor a Hernando...», yo, en ese momento, protesté, no creía que fuera a volver a verte, la verdad, empero él me hizo callar y prosiguió con su débil voz: «Dígale que Donís nunca volverá a molestarle, que yo ya me ocupé de él». Finalmente había dejado de respirar y había muerto, como si hubiera esperado, resistiendo, aguantando, durante tanto tiempo para poderme decir eso y poder irse ya en paz al otro mundo. En su cara, cuando lo dejé en la arena de aquella playa, había una sonrisa.

Una lágrima había caído desde mi párpado y se había detenido en mis labios también resecos.

–El resto de la historia seguro que la conocerás. Organizamos en la playa una defensa apresurada: levantamos un baluarte con maderas y colocamos detrás la artillería de tal modo que fuéramos capaces de ver si venía algún indio con intención de atacarnos. Así, si lo intentaban, hubieran tenido que ser muchos y todos a la vez. Pero esta vez el tiempo corría de nuestra parte. Habíamos hecho tan bien el traslado y con tanta celeridad que no habían sabido reaccionar y mandar así a todos sus hombres al nuevo lugar donde nos encontrábamos. Estaban dispersos y desordenados; eran, además, tantas tribus y con tantos jefes que, supongo, no se ponían de acuerdo en seguir una estrategia común. Además, ese mismo día comenzamos a movernos hacia la *Santa María*. En la playa hubieron de quedarse muchas cosas, incluidos los cuerpos de aquellos que no tuvimos tiempo de enterrar. Y ¡menos mal que fue así! Porque en la lejanía ya se oían los tambores de guerra cuando, aferrado a aquel barril, eché un último vistazo a los cadáveres de aquellos desgraciados que creyeron encontrar en Belén un segundo paraíso.

Llegados a este punto del relato, el silencio se había adueñado de mí. No podía pensar, y el dolor había limitado todas mis capacidades. Salí de aquel camarote como si yo también hubiese muerto. Ahora podía comprender muchas cosas, ahora me explicaba muchas actitudes, algunos cuchicheos y muchos silencios. Ahora entendía el porqué de la muerte de Alonso.

A mi alrededor la gente pululaba como si estuviera hipnotizada.

¡Dios mío! ¡Me sentía tan culpable! Yo le había impulsado a quedarse en aquella isla, yo lo había asesinado. Y Donís, ¿también había muerto? En la ofuscación de esos días, no me había dado cuenta de que faltaba, de que también se había quedado en aquella tierra, de que jamás había vuelto. Una certeza alumbró entonces mi pensamiento, como si de pronto se hubiera hecho la luz en mis ideas y comprendí, si a eso se le puede llamar comprender, que mi culpa era aún mayor. La balanza que habría de calibrar mis actos, si algún día tenía la oportunidad de ser juzgado para ir al cielo o al infierno, acababa de inclinarse indefectiblemente en mi contra. Y, sin embargo, no me importaba. El sufrimiento había llegado en mí a un patetismo absoluto. ¡Alonso lo había asesinado! ¡Había matado a Donís y lo había hecho por mí! No sé muy bien cuándo, si durante el ataque o ya en el interior de las cabañas, pero había sido él, lo sentía con una certidumbre absoluta, lo sabía como si lo hubiera sabido siempre. ¡Y había sido yo el culpable de que lo hiciera, de que lo odiara hasta ese extremo! Yo lo había impulsado con mis palabras insensatas a que cometiera aquel acto brutal. Yo le había quitado algo que para él era, en verdad, más valioso incluso que la vida, aquello que lo distinguía de todos nosotros y lo hacía especial y lo elevaba y salvaba. Le había arrebatado la inocencia y la posibilidad de un más allá (si es que realmente existe), de la salvación para la eternidad de su alma.

–Hernando, ¿te encuentras bien? –Diego, a mi lado, me miraba preocupado.

Me di media vuelta dándole la espalda.

El viaje de regreso resultaba realmente difícil. En nuestro camino hacia Portobelo tuvimos que abandonar *La Vizcaína*, y ya sólo quedaban la *Santa María* y la *Santiago de Palos*, ambas rebosantes de enfermos y de tripulantes cansados y siempre prontos al motín. Sin alejarnos mucho de la tierra por temor a hundirnos en cualquier momento, costeamos de nuevo el puerto de Retrete –el lugar donde mi depravación había comenzado para no detenerse jamás– y pasamos también por una larga punta de tierra a la que el Almirante llamó Mármol, Dios sabrá por qué.

Seguía sin probar apenas bocado y rehuía cualquier tipo de compañía. Diego, no obstante, intentaba seguirme allá donde fuera, y sus discursos terminaban por agobiarme. En realidad, todo cuanto hacía no conseguía sino fastidiarme y es que, a pesar de su buena intención y sus mejores propósitos, parecía incapaz de darse cuenta de que necesitaba estar solo para conocerme, para llegar a esa inmundicia que era yo mismo.

El lunes uno de mayo de 1503, casi un año después de que saliéramos de España, arrumbamos al norte con vientos y corrientes de Levante, tratando de aprovechar todo lo posible la fuerza del aire. Aunque todos los pilotos pensaban que pasaríamos por el este de las islas caribes, el Almirante, por el contrario, temía no ser capaz siquiera de llegar a La Española. El día diez del mismo mes navegamos entre dos islas muy pequeñas y bajas plagadas de tortugas que semejaban escollos que salieran del agua; por este motivo fueron bautizadas como islas Tortugas. Mas tendría que ser el viernes siguiente, y treinta leguas más cercanas de nuestro objetivo, llegando ya al Jardín de la Reina, que son unas islillas que se encuentran al sur de Cuba, cuando nuestro fatal destino viniera de nuevo a recordar que no quería dejarnos marchar de allí.

Nos encontrábamos fondeados, trabajando día y noche en las tres bombas de las que disponíamos, intentando achicar un poco el agua que fluía libremente por las maderas agujereadas del casco. A veces se rompía una y era necesario, mientras se aprestaban a repararla, valerse de calderos o de cualquier otro recipiente que pudiese ayudar a vaciar aquel líquido infinito. Nos devoraba además un hambre profunda, ya que no teníamos para comer más que un poco de bizcocho, algo menos de aceite y todavía menos de vinagre, con el que a duras penas conseguíamos ocultar el sabor a podrido del primero. Se escuchaban los quejidos de los enfermos que, tendidos a la intemperie, sufrían y morían sin que pudiésemos hacer nada por ayudarlos, salvo rezar por ellos, por la salvación de sus almas y por nosotros, que aún debíamos disponer de las fuerzas suficientes para regresar a España y hacer que su sacrificio no fuera en vano.

Y de nuevo otra tormenta, una inmensa tormenta como no viera nunca otra igual, vino a recordarnos cuán lejos nos encontrábamos de nuestro fin. Caían de nuevo los rayos, los truenos y los relámpagos con aquella lluvia constante e infinita golpeando, inasequible al desaliento, contra nuestra piel casi desnuda porque los ropajes hacía mucho tiempo que habían pasado a mejor vida. Y la furia de Dios redoblaba sus ataques contra nosotros, como si fuera ésa, precisamente, la batalla final en la que se decidirían quiénes habían sido los vencedores y quiénes los vencidos.

La lluvia pesada, cortante casi, oscurecía un día del que muy pronto había llegado el anochecer.

También había muerto el cura del navío. Aquel del que nunca conocí su nombre; aquel con quien nunca quise confesarme, aunque no por falta de necesidad; aquel al que sólo presté atención en sus últimos momentos de cordura antes de que perdiera el juicio definitivamente y lo viera sumergirse, sin que nadie pudiera detenerlo, en aquel mar que ahora deseaba engullirnos a todos.

Un agotamiento extremo anulaba nuestro impulso y bien parecía que todos sufriéramos de una extraña enajenación porque vagábamos sin rumbo y esperando una muerte que no tardaría en producirse. Todos y cada uno de nosotros pensábamos que éramos nosotros los cuerdos y los otros los locos. Hubo gente que se puso a limpiar la cubierta, restregando de rodillas sus manos contra aquellos tablones desgastados; otros corrían ya totalmente desnudos desafiando las inclemencias del tiempo como si de verdad no fuera con ellos; otros dormitaban acurrucados en cualquier rincón. Los había que pasaban el tiempo intentado, no sin dificultad, roer

aquellos pedazos de bizcocho agusanados completamente empapados. Padre seguía encerrado en su camarote con Bartolomé, ajeno a la locura de la tripulación, y Diego, subido como siempre en
uno de aquellos mástiles, se enfrentaba a pecho descubierto a la
tormenta. Y me pregunto: ¿no estaría él ahí subido con semejantes rayos, truenos y relámpagos, más loco que cualquiera de aquellos desgraciados que cantaban o bailaban?

Andaba la *Santa María* dormida y el más nimio intento por
controlar el timón era infructuoso. Resultaba imposible evitar
que, pese a estar amarrados, chocáramos con cualquiera de aquellos escollos que, como cuchillos, aguardaban que nuestro único
salvavidas terminara de soltarse y así acogernos para siempre en
su seno diabólico.

Decidí que ya era hora de salir de este mundo.

Y cuando iba a hacerlo, algo me golpeó en la cabeza y perdí el
conocimiento.

10

DE LO QUE NOS SUCEDIÓ
ESTANDO EN JAMAICA

El mundo comenzó a recuperar lentamente sus formas y colores. Lo primero fueron los sonidos: las gaviotas, las personas hablando en un lugar muy, muy lejano; las olas golpeando los tablones del barco, el crujido de las maderas de proa, el de las sábanas. Luego vendrían los olores: el olor a humedad, a sal, a pescado, a tierra. Finalmente, creo que pude observar aquellos muebles recortándose contra una luz demasiado intensa para unos ojos doloridos y poco acostumbrados a ver. Y el dolor de cabeza, de los músculos, y de cada hueso de mi cuerpo, que me torturaba como si me hubieran estirado en el potro. Y un calor que muy difícilmente conseguía distinguir del intenso frío que a veces me llegaba y sacudía todo mi ser. Estaba tendido en un lugar mullido y suave, unas sábanas templadas me tapaban. Frente a mí, el techo no dejaba de moverse. Intenté incorporarme, en un supremo acto de voluntad, para saber dónde estaba, pero me mareé y tuve que volver a tumbarme, a esperar que las cosas dejasen de girar y mi cabeza volviese a su lugar. Respiré de nuevo profundamente. Y volví a intentarlo.

Creo que fue a la tercera cuando lo conseguí. Pude apoyar los pies en el suelo, girarme y mirar alrededor. Allí seguía el crucifijo, la mesa de madera, la silla, el arcón y aquella puerta que se entornaba con el batir del viento hacia una cubierta dominada por el sol. Como si nunca hubieran cambiado de lugar, como si aquel camarote que había sido de mi padre, aquella cama donde mi padre dormía, hubiera estado siempre igual. Sin embargo, no podía pensar, me resultaba del todo imposible centrarme en una idea. En la cabeza, la sangre me martilleaba y apenas conseguía mantenerme erguido. Una cucaracha pasó correteando; fue tanta la atención que hube de poner para poder distinguir su forma y mirar así cómo se escurría de nuevo por las sombras de las paredes que me mareé y tuve que tumbarme de nuevo. Me dediqué entonces a observar cómo pasaba el tiempo, las pequeñas motas de polvo que se sentaban en mi nariz, el rayo de sol que iluminaba los dedos de mis pies. Me sentía tranquilo y relajado, y mi mente, a pesar del profundo dolor que sentía, se regocijaba en las cosas más banales y sencillas. Toda la tristeza, la desesperación o la amargura que había pasado me parecía algo muy lejano, vivido hacía muchos años, y que ya no importaba nada.

No sé cuánto tiempo pasaría hasta que se abrió la puerta del todo. Enérgicamente fue empujada hacia adentro y una figura alta, de espaldas anchas, se recortó contra la luz exterior. Sus hombros y su pelo, totalmente blanco, brillaban alrededor de su cabeza como si fueran una aureola. De sus dedos surgían grandes rayos de luz, semejantes a los poderes que emanaban de los santos que parecían controlar todas nuestras oraciones cuando íbamos a rezar diariamente a la iglesia con la Reina y todo el séquito que la acompañaba donde quiera que fuese.

–Así que ya te has despertado –dijo una voz–. Sé de alguien que se alegrará mucho –concluyó.

–Padre –murmuré. El sudor perlaba mi frente y rodaba por mi nuca hasta deslizarse más allá de mi espalda. La paz que me había dominado y en la que tan dichoso me sentía dejó paso a un desasosiego y a una incertidumbre extraña, como aquella que se siente cuando en una reunión todos conocen un secreto y hablan de ello sin molestarse en explicártelo; o como cuando estás perdido en mitad de un país extraño y tienes que llegar a un sitio con presteza sin entender las indicaciones de sus habitantes; o cuando te levantas de un sueño y no sabes qué es real y qué es mentira. La garganta, seca, me escocía terriblemente y la sed resultaba insoportable. En la lengua sentía un regusto extraño, herrumbroso, como el sabor de la sangre, lo que me obligaba a tragar saliva continuamente.

No sé si fue producto de la fiebre, de la sed o de la emoción que me dominaba en aquellos momentos, pero me pareció ver a mi lado la figura de Alonso, sonriéndome, con una transparencia que me permitía ver a través de su cuerpo. Y, junto a él, dándole la mano, otra figura idéntica a la suya.

–Perdón –mascullé todavía conmocionado. Sentía la necesidad de disculparme con él. Antes de que terminara de pronunciar la palabra, ya no quedaba nada de la visión. ¡Me hubiera gustado tanto poder explicarme y sentirme en paz con aquel niño al que yo había condenado! ¡Haber tenido la oportunidad de saber que él me había oído y que me comprendía y que me perdonaba...!

Padre se había ido también sin escucharme y yo me había quedado de nuevo solo en aquel camarote. Realmente debía de parecer un orate, allí sentado, desnudo, febril, diciendo tonterías y hablando con fantasmas que tan sólo veía en mi imaginación.

El cuerpo de mi padre volvió a entrar y yo me callé, e intenté taparme presuroso, con una vergüenza infantil e irracional que ridículamente sentía ante aquellos que me habían visto cientos de veces desnudo. Porque esta vez no venía solo. Junto a él estaba Diego, que, nada más verme, se lanzó a mis brazos y lo sentí chocar impetuoso contra mi pecho. Yo lo recibí aliviado y conmocionado todavía por todo lo que había vivido en apenas unos instantes.

–Lo siento, Diego, lo siento tanto, tanto. –No sabía exactamente de qué hablaba pero sentía que debía decirlo. Él se acercó sin soltar mis manos, despacio, y murmurándome al oído, me dijo:

–No te preocupes. Yo no te tengo que dar el perdón, ése sólo te lo puedes dar tú mismo.

Y me volvió a abrazar. Me sentía muy débil y confuso. ¿Qué hacía yo allí? ¿Cómo podía ser? ¿Estábamos de verdad todos vivos? Lo último que recordaba era como había visto la *Santiago de Palos* precipitarse contra nosotros rompiendo, tablón a tablón, nuestra proa. Cuando definitivamente la curiosidad pudo conmigo, me desembaracé de sus brazos y le pregunté qué había sucedido, cómo era posible... El Almirante, desde la puerta, nos observaba con atención.

–En efecto, Hernando, la *Santiago de Palos* nos embistió desde la proa y la destrozó por completo. Pero tampoco este navío salió indemne, puesto que perdió toda su popa hasta el timón. Tú te habías desmayado y tu padre decidió que te trajéramos aquí, a su camarote, a esperar a que te recuperaras porque pensamos que esto no tardaría en ocurrir, y nuestra ayuda era imprescindible para reparar como pudiésemos esa proa antes de que nos hundiéramos por completo. El agua había anegado totalmente la bodega y llegaba hasta la cubierta, saliendo a borbotones por la escotilla. Andábamos como *La Bermuda*, trastabillando por aquellas olas furiosas que cruzaban la cubierta una y otra vez, y, en verdad, parecía que cualquiera de ellas habría de ser lo último que viéramos. A duras penas habíamos amarrado unas cuerdas que cruzaban de un mástil a otro de los dos navíos para evitar perdernos, pues si bien mucha era la peligrosidad de este sistema, ya que si una nao se hundía no tardaría en hacerlo la otra, sabíamos que, de no hacerlo así, en el catastrófico estado en el que viajábamos no habríamos podido volver a encontrarnos jamás.

Sentía una sed vivísima y los escalofríos subían y bajaban por mi espina dorsal.

–Resultaba casi imposible tenerse en pie por el viento –continuó Diego su narración– y debíamos andar en cuclillas para evitar ser arrojados por la borda en cualquier momento. Es curioso, pero parecía que pudiésemos andar por encima del agua. Con la ayuda del único timón que teníamos nos dirigíamos no se sabe muy bien adónde, y tampoco importaba, con tal de mantenernos a flote y vivos, sobre todo, vivos. Y las cuerdas que unían los dos navíos se ponían tan tensas que daba la impresión de que fueran a romperse en cualquier momento. Los enfermos habían sido amontonados en el castillo de popa para evitar que las olas los arrastraran en caso de volver a subir el nivel del agua. Y tú seguías inconsciente en el camarote.

Bendije en silencio no haber vivido aquellos instantes de pavor, pues a pesar de haber padecido muchas tormentas uno nunca termina de acostumbrarse a la sensación de pensar que no es más que un cascarón de nuez volteado por las olas a la deriva en mitad del océano.

—No sería hasta la hora en la que se encuentra cercano el amanecer, y cuando todas nuestras esperanzas estaban próximas a desaparecer y nos preparábamos para morir lo más cristianamente posible —en su voz había un deje de sorna amarga—, cuando vimos un trozo de tierra que el Almirante reconoció como Jamaica. Omitiré contarte todas las maniobras que hubimos de realizar para controlar las olas, los escollos y el viento y llegar finalmente a aquella tierra. Pero lo hicimos. Y el alivio fue tal que la gente lloraba dichosa por la cubierta, abrazándose los unos a los otros y cayendo de rodillas sobre el agua que les había llegado hasta la altura de la cintura. El Almirante ordenó que bajásemos a empujar los barcos hasta encallarlos lo más cerca posible de la orilla y evitar así que, en cualquier golpe de agua, volviésemos a salir a alta mar. Los colocamos en paralelo, borda con borda, y los apuntalamos por todos los lados para que no se pudieran mover. Estábamos terriblemente cansados, pero todavía quedaban muchas cosas por hacer.

Sentí mucho frío y me arrebujé entre las mantas. Su tono era cansino y hablaba como si estuviera recitando. Aquellas manos seguían acariciando las mías y era muy reconfortante sentir su tacto. Padre, desde la puerta, continuaba mirándonos.

–Debíamos decidir qué hacer contigo y con todos los que como tú estaban enfermos. Al final se optó por construir un par de habitaciones en los castillos de proa y de popa que permitiesen resguardaros de las inclemencias del tiempo y, a la vez, refugiarnos de los pobladores de aquella isla de la que lo único que sabíamos con certeza es que estaba habitada, pues había señales de vida en la playa, y que sus habitantes no habían sido todavía cristianizados. No obstante, como comprenderás, las habitaciones eran muy pobres y en ellas debía concentrarse mucha gente, todos tosiendo y gimiendo, con el peor olor que te puedas imaginar, por lo que tu padre decidió que te quedaras en su camarote. Él dormiría junto a Bartolomé en el coi.

Miré a mi padre y él me miró a mí. Vi sus arrugas, sus ojeras, sus articulaciones hinchadas, el pelo que le caía como muerto sobre los hombros. Comprobé lo enfermo que estaba y entendí el sacrificio que le había supuesto dormir en la hamaca; el cariño que, a pesar de todo, me tenía. Diego, sentado junto a mí, no tenía mucho mejor aspecto. Seguía estando moreno, y, sin embargo, unas profundas ojeras le enmarcaban los ojos y unas pequeñas manchas blancas le salpicaban el cuello. No le di demasiada importancia en ese momento.

–Durante los días siguientes fortificamos los barcos porque, aunque los indios resultaron pacíficos y muy amigables, como comprenderás ya no podíamos fiarnos de nadie. Además, no sólo temíamos lo que pudiesen hacernos los nativos, sino, muy especialmente, lo que nosotros pudiésemos hacerles a ellos y cuáles podrían ser sus futuras represalias. Nada más encallar –prosiguió– vinieron en seguida para vendernos sus cosas, aquel alimento y aquellos bastimentos que tanto necesitábamos, pues todo lo que nos quedaba y no estaba podrido antes de que partiéramos de Belén se había quedado en el interior de la bodega anegada. El Almirante nombró a dos personas para que vigilasen y que no se produjese ningún incidente entre los cristianos y los indios y se repartiese de un modo equitativo entre la tripulación cuanto se obtuviera mediante trueque. Aparte de estos dos vigilantes, habría otros dos hombres más que montarían guardia durante las noches para que nadie abandonara el barco sin dar su nombre a los capitanes.

–Entonces –interrumpí–, ¿cuánto tiempo llevo enfermo?

–Cerca de un mes –contestó fríamente.

–¿Un mes? –pregunté incrédulo. Me costaba mucho aceptar lo que estaba escuchando. Un mes perdido, un mes en el que nada había hecho, un mes, con sus treinta días y sus treinta noches, en los que mi padre, por mí, sólo por mí, por Hernando, había decidido dormir, a pesar de su gota, su vejez y su cansancio, colgado de aquel incómodo coi.

–Sí, un mes en el que la fiebre apenas te ha bajado hasta hoy. Un mes en el que tu padre ha estado junto a ti de sol a sol; un mes en el que no hemos sabido nada de nadie, ni de los Reyes, ni del comendador de Lares, ni de ninguno de sus caballeros. Hemos permanecido aislados, perdidos en esta isla, sin que nadie se acordara de nosotros.

–Ni de mí –murmuró padre desde su rincón–, el Almirante de la mar Océana.

Dos días después conseguí ponerme en pie. Aunque creí que nunca lo haría, logré apoyar los pies en el suelo y sentí como los músculos y los huesos respondían a mis estímulos. Era como el recién nacido que debe aprender a andar. Me caía y debían sujetarme. Y las piernas me temblaban al hacerlo y mis huesos parecían de papel, dispuestos a quebrarse en cualquier momento. Mi padre, a mi lado, me ayudaba en lo que podía, animándome con sus palabras cuando debería haber sido yo el que lo hiciera, pues, cada paso que daba junto a mí, era un sufrimiento para su cuerpo.

Al que hacía mucho tiempo que no veía era a Diego. A las dos semanas de recuperar el conocimiento había dejado de venir, cuando en ningún momento hasta entonces se había separado de mí. Durante las largas horas de postración, me contaba cuentos que se iba inventando sobre la marcha en los que aparecían enormes países cubiertos de hielo donde reinaban los seres más extraños. A mí me gustaba escuchar sus historias. ¡Si hubiera tenido tiempo! ¡Si hoy no supiera que mi vida está apurando sus últimos instantes, no dudaría en poner por escrito las historias que mi amigo me contó durante aquellas horas de convalecencia y que ni el más ocurrente de los trovadores hubiera soñado contar jamás! Pero ya es imposible. Bastante tengo si consigo transcribir mis experiencias de aquellos días.

Diego había desaparecido, pero esto no me extrañó, pues suponía que él debía de hacer y descubrir muchas cosas en aquel territorio nuevo. ¡Era natural! ¡Yo también lo hubiera hecho en su lugar! Además, de sobra sabía que no necesitábamos estar uno encima del otro para comprender lo buenos amigos que éramos. Jamás pensé que nada pudiera separarnos. Para mí era como un hermano que siempre habría de estar ahí. Es extraño, pero de vez en cuando tenía la sensación de que cuanto más lejos permanecía yo, más a su lado me sentía. Y yo también tenía otras preocupaciones: debía preocuparme por recuperarme para ayudar de nuevo a mi padre y a mi tío y a todos aquellos que se reunían en el camarote a discutir sobre nuestra situación, bastante penosa, por cierto.

Había que volver a Castilla, de eso no cabía duda, pero era imposible hacerlo en ese trozo de madera al que seguíamos llamando carabela y que albergaba tal cantidad de enfermos que no habrían podido aguantar el viaje a La Española. Continuar allí con la esperanza de que algún día pasase algún barco por aquellos parajes era inútil, tratar de construir allí uno nuevo era imposible, puesto que no disponíamos ni de las maquinarias ni de las maestranzas suficientes para hacer algo aceptable, a no ser que fuera en un plazo de tiempo muy largo, y eso si conseguíamos hacerlo suficientemente fuerte como para luchar contra el embate de los vientos y las corrientes que reinan en aquellas islas. Construirlo hubiera sido, simplemente, perder el tiempo y dar lugar a nuestra ruina definitiva más que a nuestro remedio.

Y pasaban los días sin que nadie se atreviese a formular la única solución que había, de tan impensable y peligrosa que era, porque ¿quién podría atreverse a cruzar el mar a bordo de un barco de aquellos tan frágiles que utilizaban los indígenas, apenas más grandes que el barreño en el que la Reina decidió por fin bañarse cuando reconquistó Granada? ¿Quién se atrevería a hacer frente a las tormentas y a las fuertes corrientes contrarias a nuestros propósitos de dirigirnos hacia el oriente?

Todo eso para alcanzar, en medio de tantos peligros, La Española, donde el comendador de Lares era posible que hiciera caso omiso de nuestros requerimientos. ¿Quién puede reprocharnos entonces el dejar de postular esa solución en la situación desesperada en la que nos encontrábamos? ¡Llevábamos un año, un año en el que nada se nos había dado más que enfermedades y muerte! Todo había sido inútil en aquella infausta ruta de las tormentas. Y ahora, ¿debíamos hacer aquel terrible viaje, enfrentarnos a una travesía que posiblemente sería en vano? En aquella isla malvivíamos, pero, al menos, vivíamos. Lo contrario de lo que nos sucedería si, en un acceso absoluto de locura, aceptáramos aquella «única solución», que nos empujaba hacia La Española.

Tal era nuestra situación y tal hubiera seguido siendo por semanas e incluso por meses si no fuera porque alguien se atrevió finalmente a tomar la decisión. Aquella misma que debía haber tomado mi padre y no lo hizo: emprender por su cuenta y riesgo semejante hazaña. Diego Méndez Segura, escribano mayor de la armada, junto con seis cristianos y diez indios más partirían en un viaje que los llevaría, si nada salía mal, primero a La Española y luego a Santo Domingo. Animado por su ejemplo, en un último momento, un caballero genovés, llamado Bartolomé Fieschi, que se había enrolado por los sueños de riquezas que llevaron a muchos otros a cometer semejante locura, decidió partir con él. Así, este último regresaría en caso de que el primero llegara sano y salvo para quitarnos el miedo y la duda a aquellos que nos quedábamos. Se eligieron dos embarcaciones medianas, puesto que las pequeñas hubieran resultado demasiado peligrosas y las mayores, por su peso, no habrían servido para un viaje tan largo. Estaban hechas con un tronco vaciado y construidas de tal manera que cuando iban bien cargadas no sobresalían del agua más de un palmo. Tenían escasa resistencia y por nada del mundo me hubiera metido yo en una de ellas para un viaje de más de una legua. ¡Qué valor el de aquellos hombres que emprendieron una travesía de doscientas veinticinco!

Después de que los indígenas metieran algunas calabazas de agua, especias y cazabe, y los cristianos apenas sus espadas y rodelas, se adentraron en el mar, aquel mar que desde la cubierta del barco debía parecer limpio y transparente pero del cual, desde el camarote donde me encontraba encerrado sufriendo junto a mi padre aquel exilio al que estábamos obligados, sólo se sentía el batir de las olas y el cafarnaún de las gaviotas.

Los días se desgajaban como el fruto de las granadas sobre los platos de caza que tan hábilmente preparaba el cocinero de palacio en los días de fiesta. Sumidos en la misma rutina, veíamos los meses deslizarse sin noticia alguna de los dos navíos que enviáramos. Padre y yo, obligados a compartir de nuevo su camarote, esperábamos que algo rompiera el pesado silencio que se había instalado sobre nosotros. Las conversaciones que sosteníamos eran completamente banales: «No me gusta esta comida», «hoy parece que hace bueno», «sí, me siento algo mejor», «a ver si llegan pronto», haciendo verdaderos esfuerzos para no decirnos aquello que realmente pensábamos. Nuestra vida se limitaba a cuanto pasaba entre aquellas cuatro paredes en las que apenas entraba el tío Bartolomé a darnos noticias de lo que había sucedido durante la jornada. De Diego seguía sin saber nada y un pudor incomprensible me prohibía preguntar a mi tío por él. Mientras, mi enfermedad desconocida iba remitiendo y mi resentida salud comenzaba a mejorar, no así la de mi padre, que veía, día a día, sus fuerzas reducidas. A pesar de que ya apenas tenía un poco de fiebre durante las noches, la mayoría de ellas me levantaba sudoroso por culpa de aquellos monstruos nocturnos que no se cansaban de atormentarme. Visiones de espanto que me visitaban en las horas de descanso y donde la realidad se mezclaba con la fantasía. Una de las pesadillas que mejor recuerdo fue ver como la madre de Diego, mi hermano, la muy odiada doña Felipa Moñiz, cogía a Alonso entre sus brazos y, mientras lo acunaba, lo iba devorando poco a poco.

Hasta aquella mañana de mayo de 1503. Me desperté como todos los días, acostumbrado ya de nuevo al rítmico balancear de mi hamaca a pesar de encontrarnos varados. Hacía más o menos un mes que yo había devuelto la cama a mi padre y dos meses desde que se fueran Diego Méndez y Bartolomé en busca de escapatoria. Por sus rasgos despejados y sus ojos abiertos que miraban fijamente el techo pude deducir que el Almirante llevaba muchas horas despierto. No obstante, yo todavía intentaba alargar un poco más el sueño.

–Hernando –dijo.

Yo no contesté y en su tono había un deje de premura.

–Hernando –repitió.

–¿Sí? –pregunté con voz todavía somnolienta.

–Ven, por favor, acércate a mi cama, quiero hablar contigo.

Bajé con cuidado del coi y apoyé los pies en el suelo. Nunca había sido un chico rollizo pero ahora, después de tantos y tantos meses de penurias, de hambre y de una enfermedad de la que salí de milagro, me había convertido apenas en una sombra de lo que fui. Pero si mi aspecto era patético, mucho peor era el de mi padre. Si un pintor hubiera querido pintar en ese preciso momento la cadavérica expresión de la muerte, sin duda Cristóbal habría sido su mejor modelo. Me senté a su lado. Él, mientras tanto, se había incorporado. Estaba nervioso porque su pierna debajo de las mantas no dejaba de moverse.

–Hernando, no sé cómo decirte esto. Nunca se me ha dado bien hablar con aquellos que son de mi propia familia –se detuvo un momento y continuó–: Verás, no he sido el padre que me hubiera gustado ser. A veces te trataba como a un niño y otras como a un adulto, pero nunca lo hice como a un hijo. Cuando era ése, precisamente, el motivo por el que deseé que vinieras. Hernando, no creo que pase de este viaje. Si antes lo sospechaba, ahora lo sé, me estoy muriendo, ¿entiendes? Es necesario que comprendas lo que estoy intentando explicarte.

Yo permanecía anonadado. Nada de lo que me estaba diciendo resultaba nuevo para mí. Era cierto que nunca me había tratado como a un hijo. Era cierto que estaba muy enfermo y era cierto también que se estaba muriendo. Pero ¿cómo entenderlo?, ¿cómo aceptarlo? Y, sin embargo, no por el hecho de saberlo, el sufrimiento era menor. ¿Cómo puede aguantar un hijo que le diga su padre que se muere, que su vida se apaga y no hacer nada?

–Fue al verte tan enfermo –prosiguió– cuando comprendí lo que te quería. He vivido muchas cosas horribles en mi vida, pero ninguna, te lo aseguro, como el sentimiento de perder a un hijo. Antes no lo sabía, ahora lo sé. Los viejos se mueren, los niños no, ¡y tú estabas tan débil y con tanta fiebre! Hernando, cada día agradezco al cielo el haberte traído. Sé que no te hizo dichoso pero era necesario que salieras del círculo de mentiras palaciegas en el que te habías criado, que conocieras lo que es de verdad el mundo, que aprendieras que esa misma mano que te da de comer, la de los Reyes, es la que pretende quitarte todos los privilegios por los que toda mi vida luché y que tanto a ti como a tu hermano os corresponden desde la cuna. No te espera una vida fácil y sé que es excesivo por mi parte el pedírtelo, puesto que la mayoría de los títulos otorgados en Santa Fe van a ser para tu hermano, pero debes hacerlo, debes pelear por tu apellido. Debes cuidar que se respeten todo lo que nos otorgaron los Reyes y evitar que nos engañen, que nos arrebaten aquello que nos pertenece, como La Española, que es nuestra, de los Colón...

Su cara había pasado de la seriedad a la ira y casi parecía que sus ojos echaran rayos. Lentamente, se iba irguiendo y agitaba su dedo frente a mí. Yo, que ya me había despertado por completo, reculaba alejándome de una ira que no iba dirigida contra mí. Afortunadamente, en aquel preciso momento entró con algunas viandas el tío Bartolomé para interrumpirlo.

–¿Qué? ¿De discusión a estas horas de la mañana? –dijo guasón–. Pues probad lo que os he traído: hutías recién tostadas y cazabe. Ya veréis como se os quitan las ganas de pelear.

Padre se calló de pronto pero sus ojos eran más elocuentes aún que sus labios. Yo lo miré también intentando transmitirle mi emoción, el abrazo que quería darle pero que debía reprimir ante la presencia de Bartolomé y el deseo de hacer como él me pedía, aunque supiera lo que ello supondría: enfrentarme precisamente a aquellos que más quería por unos derechos que serían para la persona que más odiaba. Hundí entonces mi mano en el trozo de hutía y comencé a comer vorazmente. Padre no probó bocado.

Después decidí salir a dar una vuelta por cubierta, ayudado por mi tío. Éste fue requerido en otra parte y hubo de partir a toda prisa, dejándome a mí sentado al sol. Eché un vistazo alrededor. Buscaba algo con la vista, algo difuso que de pronto noté con una ausencia absoluta. «¡Diego!», grité, pero ni respondió ni yo conseguí verlo. Supuse entonces, no sin dolor, que había debido de irse en alguna expedición. Me tumbé. Y, allí arriba, en el cielo totalmente despejado, las nubes jugaban como aquel día tan lejano ya en el que Alonso y yo nos habíamos quedado observándolas creyéndonos que éramos felices y que esa felicidad duraría eternamente. Cerré entonces los ojos, deseando no sentirme tan solo. Únicamente mis oídos permanecían ajenos a mí, escuchando conversaciones que yo no deseaba oír.

–Yo creo –decía una voz tras el barril donde estaba apoyado– que el Almirante no quiere volver a Castilla porque los Reyes lo han desterrado de allí.

–¡Ni a La Española! –replicaba otra voz–. Ya vimos cómo se le negaba la entrada.

–¿No creéis que es muy raro –continuaba un tercero– que no hayan regresado ya Diego o Bartolomé? ¿No podría ser que el

Almirante los hubiera mandado a negociar sus asuntos y no algún tipo de auxilio?

–Pues yo pienso –dijo finalmente un cuarto– que mientras Diego y Bartolomé tienen que negociar con los Reyes, él prefiere quedarse aquí tan tranquilo, donde puede hacer lo que le venga en gana sin que nadie se lo impida.

No podía seguir escuchando. Me levanté entonces como pude, lleno de furor y me encaré con ellos. ¿Cómo se atrevían a decir semejantes barbaridades? ¡Que el Almirante había sido desterrado! ¡Que prefería quedarse allí cuando era él el que más sufría! ¿De qué extraña locura eran presa para decir aquello? ¿Por qué eran incapaces de ver la realidad? ¿Por qué ese espíritu destructor y vengativo para alguien que lo único que perseguía era su bien? Ellos, al verme, se callaron y bajaron la mirada. Sólo Francisco Porras, capitán de *La Bermuda*, se atrevió a sostenerme la mirada.

–¿Pasa algo, Hernando? –preguntó mi tío detrás de mí. En la cara de Francisco había una sonrisa estúpida.

Seguramente en aquel momento debería haberle contado lo que acababa de escuchar y algunas otras cosas más y de ese modo muchas penalidades se hubieran evitado y quizás muchas vidas se hubieran salvado. Pero callé, callé porque creía que era lo mejor para mi padre y lo mejor para mí, ya que no podría soportar el darle otro disgusto.

–No, tío, todo está bien.

–Está bien –repitió Porras. Y si en ese momento no me hubiera sentido tan débil y no hubiera estado Bartolomé mirando, allí mismo le hubiera cruzado la cara.

–Y vosotros, ¿no tenéis nada mejor que hacer? –preguntó El Adelantado al resto–. Pues id a ayudar a la expedición que acaba de regresar y descargad la leña que traen para preparar la comida.

Con sus brazos me ayudó a sostenerme en pie y regresar al camarote donde padre, todavía tumbado en la cama, garabateaba otra de sus interminables cartas. Años más tarde supe que en esa misiva daba cumplida relación de ese tormentoso viaje ante Sus Majestades. Recuerdo que no pude evitar que se me saltaran las lágrimas al leer lo que decía de mí. Aun hoy, cuando vivo mis últimos días y pocas cosas me importan ya, guardo aquellas palabras grabadas a fuego y soy capaz de reproducirlas en su totalidad; cada punto, cada coma, toman vida como si estuviese en este preciso momento releyendo aquella carta.

«... Ochenta y ocho días había que no me había dejado espantable tormenta, tanto que no vi el sol ni estrellas por mar, que los navíos los tenía yo abierto, a las velas rotas, y perdidas anclas y jarcias, cables, con las barcas y muchos bastimentos, la gente muy enferma y todos contritos y muchos con promesas de religión y no ninguno sin otros votos y romerías. Muchas veces habían llegado a se confesar los unos a los otros. Otras tormentas se han visto, mas no durar tanto ni con tan espanto. Muchos esmorecieron, harto y hartas veces, que teníamos por esforzados. El dolor del hijo que yo tenía allí me arrancaba el ánima, y más por verle de tan nueva edad de trece años en tanta fatiga y durar en ello tanto. Nuestro Señor le dio tal esfuerzo que él avivaba a los otros y en las obras hacía como si hubiera navegado ochenta años y él me consolaba. Yo había adolecido y llegado hartas veces a la muerte...»

Las conversaciones con mi padre a partir de aquel día fueron haciéndose más y más fluidas. Como un maestro paciente me enseñaba a comprender los portulanos y a trazar, vacilante al principio, enérgicamente después, las líneas que describían playas, cabos, golfos, países enteros. Con sólo un poco de tinta y mucha pericia. Finalmente, cuando ya estaban terminados, podía dejar aflorar mi vena más artística y pintar algunos dibujos, como barcos o vientos, que si bien nunca iluminarían ningún libro, sí lo harían en mis largas horas de tedio. Creo que fue por aquella época cuando comencé a escribir poesía. Garabateaba sentidos poemas en cualquier pedazo de papel que por casualidad cayera en mis manos. Pero eran tan malos que prefirieron sumergirse en el agua antes de ser jamás leídos en voz alta. Y me contaba la historia de su vida, de su nacimiento, de su matrimonio con la madre de Diego, de sus viajes por España persiguiendo a la Corte, de sus amigos, de sus deseos y de sus miedos. Descubrí que eran muchos. Había uno que especialmente le producía pavor: que algún día la historia pudiera llegar a olvidarle.

—No os preocupéis, padre —le dije cierto día—, que incluso desde mi propia tumba haré que os recuerden. Y puedo decir que cumplí y cumpliré mi palabra, ya que, para cuando muera, habré hecho grabar en la losa que cubra mi cuerpo un epitafio que recuerde su historia, más allá de la historia.

Cada jornada me daba una nueva oportunidad de descubrir a mi padre. Me deslumbraba con su elocuencia igual que había hecho ante Sus Majestades. Podía pasarme horas y horas escuchándolo hablar sin cansarme. Pocas veces lo interrumpía si no era para hacerle alguna pregunta. Instintivamente entendía que cada instante pasado junto a él era único e irrepetible. De este modo conseguí admirarle aún más y enterarme de muchas cosas que desconocía. Saber, por ejemplo, que nosotros descendíamos de los antiguos emperadores romanos o que él solía hablar a menudo con Dios. Descubrí secretos y cosas varias; como el origen incierto de mi amigo Diego.

—Todo el mundo sabe que los Reyes tienen amantes —me dijo un día, intentando parecer interesante. Sonreí. ¡Dios mío! ¡Cómo ignorarlo cuando yo había vivido precisamente en aquella Corte!—. Es algo natural y comprensible, pero no todos son de la alcurnia que su rango merece. Por los lechos reales tiene paso gente de la más diversa clase y condición sin que nadie ose jamás inmiscuirse en tan íntimos asuntos.

¿Quién podría hacerlo? ¡Si incluso el confesor de la Reina, Fernando de Talavera, primero, y fray Francisco Cisneros, después, fueron incapaces de reproche alguno!

–Bien, se cuenta que el Rey se prendó de una campesina judía que vivía muy cerca de su campamento de Santa Fe cuando estaban allí acampados, en espera de que terminara la reconquista del reino de Granada. ¡Deberías haber visto aquel campamento, Hernando! ¡Con su forma de cruz –y trazaba el dibujo en el aire–, repleto de soldados, caballos y pajes que sólo aguardaban poder lanzarse a la batalla afilando sus lanzas, haciendo crujir sus espadas y bruñendo sus escudos! ¡Y la tienda de los Reyes, tan sobria y a la vez tan elegante! ¡Ay, esa tienda donde yo habría de firmar las capitulaciones que me habrían de traer a las Indias, a estas mismas Indias donde hoy me veo relegado...! –Amargo me miró y sentí deseos de coger su mano entre las mías. Me contuve–. Cuentan también que ella se quedó embarazada sin buscarlo ni desearlo. Huyendo del Rey, que quería meter a su hijo en un convento donde controlar su educación igual que hacía con todos sus hijos ilegítimos, se refugió en Portugal, como muchos de los judíos que se habían visto obligados a abandonar España tras el decreto de expulsión firmado aquel mismo año de 1492. Empero, sin duda, recordarás que el mismo rey Manuel, siguiendo el ejemplo de los Católicos, se comprometió a echarlos también de sus tierras en su pretensión de contraer matrimonio con la princesa Isabel. La misma hija de Sus Majestades que, tras la muerte de su hermano, el príncipe Juan, heredaría el trono como primogénita que era. Se decía de ella, y yo te lo puedo corroborar –padre tenía momentos así en los que olvidaba que yo me había criado en la Corte–, que había heredado el fuerte carácter de su madre y el mal humor de su padre. Pero volviendo a los judíos, finalmente su expulsión no tuvo lugar aunque se les obligó a la conversión forzosa si pretendían quedarse en el reino luso. La madre de Diego, una vez más, decidió emigrar y viajó con su hijo por todos los pueblos de Francia e Inglaterra. Sin embargo, no bien había cumplido Diego los diez años, ésta murió por la peste y él se quedó solo en el mundo. El adolescente que era, todavía sin bautizar, emprendió entonces la vida más peligrosa de todas: la de corsario empeñado en dar caza y hundir los buques españoles y portugueses, aquellos mismos que, según él, habían asesinado a su madre.

»Imagínate la vida allí, Hernando, si aquí nos parece dura y en ocasiones insoportable, piensa lo que debía de ser en un navío cuyo único objetivo es matar y destruir. Y piensa en el miedo que se debe de sentir a bordo cuando comienza el ataque. Piensa en los cuchillos y en la sangre y en las cadenas que le esperaban si algún día su barco fuera atrapado. Pero, ¡cosas del destino!, Diego acabó siendo paje en uno de esos mismos a los que debía dar captura y muerte, no sé bien si porque él desertó o porque se apiadaron de su temprana edad y no lo lanzaron al agua o lo colgaron como hacían con sus compañeros. Aunque, querido hijo, de todo esto, no sé lo que es cierto y qué no, ya conoces cómo es la marinería, siempre pronta a murmurar...

Sí, ¡o a sublevarse contra su propio Almirante estando éste enfermo y postrado en cama!

Después de esa historia entendía muchas cosas de Diego: su odio a la religión y a los Reyes; aquellos deseos suyos de libertad; su acento de todas partes y de ninguna; sus modales tan refinados y a la vez tan groseros; su inteligencia fina y brutal tan «fernandina»; aquella fortaleza en los momentos de mayor tensión y su desapego por todo, incluida la vida. No obstante, como dijo mi padre, si bien esta historia podía ser cierta, también podía ser falsa. Y Diego nunca quiso confirmármelo o negármelo.

Miré entonces a mi padre. Lo miré como hacía cientos de veces durante el día. Él estaba callado y también me miraba. Pero esta vez fue diferente. En mi interior sentí que algo se iba muriendo lentamente y una mezcla de tristeza, el dolor que acompaña siempre al conocimiento de la verdad, se apoderó de mi ánimo. Por fin, tras casi dos largos años, había aprendido a conocerlo, a querer hasta el más pequeño de sus defectos, que eran muchos, y a perdonarle por sus faltas y carencias, que en realidad eran también las mías. Ya sólo lo quería tal cual era. Ante mí ya no tenía al héroe, al paladín capaz de vencer a los peores y más sanguinarios monstruos, sino al idealista que había sido, finalmente, vencido por sus ideales.

A lo largo de los años me he dado cuenta de que cuanto más grandes son nuestras aspiraciones más pronto nos consumimos. Así me ha pasado a mí y así también le pasó a él. Estaba enfermo, muy enfermo. Y viejo, y débil, y con un pie puesto en el más allá. Todo esto ya lo sabía, pero parecía que durante todo ese tiempo me hubiera negado a verlo, cegado como estaba por la veneración absoluta que le profesaba

¡Dios mío! ¡Era mi padre! Por fin lo comprendía. Seguía siendo la figura valerosa y digna de admiración, pero ahora descubría las razones por las que había necesitado que Bartolomé y yo lo acompañásemos. Seguía siendo el paria, el loco soñador, el incomprendido, el vagabundo que de pronto había llegado a rico; el solitario que a nadie más tenía excepto a su familia para conseguir mitigar su completa desolación. Y le habíamos fallado. Yo le había fallado. Él sólo quería mi compañía y yo lo había rehuido como si hubiera sido un apestado, debido, simplemente, a unas ideas fantásticas que sólo estaban en mi cabeza. ¿Cómo pude imaginar jamás que yo, yo y mi padre...? Me daba horror, horror y asco sólo pensarlo.

No bien terminó de contarme la vida de Diego cuando lo rodeé con mis brazos y lo besé. Él nunca supo por qué lo había hecho. O quizás sí.

No pasó ni una semana antes de que la tripulación se levantara contra nosotros.

Desde el camarote, desde mi coi, aterrado, escuchaba como Porras arengaba a sus hombres para que lo secundasen en la traición. Durante noches había oído sus susurros airados, pero esta vez ya ni siquiera se molestaban en bajar el volumen de su voz. Y yo, como siempre, una vez más cobarde, no me atreví a levantarme ni a salir a cubierta para disolver el grupo de rebeldes. Ni siquiera pude ir hasta donde mi padre dormía apaciblemente y despertarlo para que se aprestara a enfrentarse al motín que ya, sin duda, se fraguaba en la cubierta.

–¿De verdad queréis quedaros aquí sufriendo? –decía gritando el traidor–. ¿Queréis quedaros aquí encerrados en este barco como si fuéramos bestias de tiro esperando, como idiotas, a que regrese alguien que muy probablemente ya estará muerto? ¿No es mejor vivir por nuestra cuenta sin esta disciplina impuesta por alguien que no tiene el derecho de mandarnos? ¡Él no es más que un viejo demente! ¿Por qué no intentar la travesía a La Española? ¿Qué espera el Almirante, que muramos todos aquí con él? ¡Pensadlo! Yo os ofrezco una vida nueva, la que nos pertenecía hasta que Colón nos la arrebató. Nos ha mentido, ¿no creéis? Nos engañó para que viajáramos con él en este viaje donde no ha habido ni oro, ni piedras, ni un puñetero estrecho hacia Cipango. ¿De verdad son tan peligrosas las corrientes de esta isla? Creo que no es sino otra de sus mentiras para mantenernos atados a sus designios, apartándole las moscas, aireándole los pies. ¿Y qué quiere que hagamos ahora, que nos quedemos junto a él cuidándolo y alabándolo? ¡Él no nos puede impedir que vayamos a La Española! Pensad, además, en el odio y la enemistad que le profesa el comendador de Lares. Él nos puede ayudar para que volvamos a España sin «nuestro» Almirante.

–¿Y qué haremos en España? –preguntó un osado que todavía veía ciertas reticencias en el plan de Porras–. ¿Cómo nos justificaremos ante los Reyes por semejante felonía?

Era demasiado. Ya no podía aguantar más. Me levanté despacio, con cuidado para no hacer ruido, y fui hacia la cama de mi padre. Lo sacudí suavemente. Protestó, mas cuando vio la expresión de mis ojos cerró la boca de golpe. Poco a poco su cara se iba poniendo más y más lívida conforme escuchaba lo que decían.

Y fuera, desde las ventanas, las estrellas se iban difuminando en un nuevo amanecer.

–¡Ajá! Todo está bien planeado, amigo –continuaba aquel bastardo–, contamos con la protección del obispo don Juan de Fonseca y del tesorero Juan de Morales, que no dudará en interceder por nosotros ante los Reyes. De todos modos, éstos ya están escarmentados. Recordad lo que sucedió en el tercer viaje, las injusticias que cometió no sólo con los indígenas de La Española, sino con los propios cristianos. ¿Qué otro motivo podrían tener para haber financiado esta aventura tan absurda sino librarse de las pretensiones de los Colón? Muy bien, ya estoy cansado de esperar y de tanta palabrería. Que me sigan los que quieran, yo me voy. Hablaré con el Almirante porque no es él quien pueda detener a Francisco Porras en sus propósitos.

Y sus nudillos resonaron en la puerta del camarote con tanta fuerza que casi parecía que se fuera a desencajar. Me levanté y fui a abrir. Mi padre, desde la cama, sólo intentó incorporarse. Adoptó el gesto impenetrable de las situaciones extremas con el que nadie, ni siquiera yo, era capaz de saber qué estaba pensando. Francisco entró en la habitación sin que nadie lo invitase a pasar, apartándome a un lado de un empujón.

–Señor, la gente quiere saber cómo es que no queréis regresar a Castilla y preferís tenernos aquí abandonados –dijo en alta voz para que todos aquellos que se arremolinaban tras la puerta pudieran escucharlo.

Cristóbal Colón miraba fijamente a su adversario. Sus orejas se habían puesto rojas en contraste con el pelo blanco que le caía por la cara. Sus ojos estaban hundidos en el amasijo de arrugas que era su piel. Yo, como todos los presentes, aguardaba su reacción. El Almirante tenía dos opciones: montar en cólera y ordenar de inmediato su arresto por indisciplina y rebelión contra la autoridad, que era castigado incluso con la muerte, o ser consciente de lo delicado de su posición y, inteligentemente, presentar batalla, pero en el campo de la dialéctica, que era el que mejor dominaba, y así intentar desarmar sus argumentos. Fue por esta opción por la que se decantó finalmente.

–No es que prefiera teneros aquí abandonados, capitán –dijo con calma, recalcando mucho esta última palabra, como intentando hacerle recordar la inferioridad de su cargo–, pero es que no veo la manera de poder emprender ningún viaje hasta que los que mandamos en busca de auxilio regresen con un barco con el que poder hacernos a la mar. Yo soy el más interesado en marchar de aquí. ¿De veras pensáis que a mí me gusta estar encerrado, pasando mis últimos días en esta isla? Pero he de velar porque todo el mundo regrese sano y salvo a su hogar. ¿Acaso no recordáis, señor capitán, que soy el Almirante de esta armada y que he de cuidar también por los enfermos? De todos modos, si tan deseoso estáis de buscar una solución que nos beneficie a todos, bien podemos reunirnos los capitanes y notables, como siempre hicimos cuando fue necesario.

No pude menos que alabar su elocuencia en aquel momento de tensión extrema. Bartolomé se había hecho paso a codazos entre la muchedumbre y, junto a mí, observaba con atención qué habría de suceder entre ambos contrincantes.

—¡No es el momento de echar discursos, «señor Almirante»! Así que embárquese o quédese con Dios. —Y dándole la espalda dijo—: ¡Yo me marcho a Castilla con los que quieran seguirme!

En ese momento, todos los que estaban presentes observando atentamente comenzaron a gritar: «¡Queremos ir con él, queremos ir con él!». Ciertamente, parecían fieras que quisieran arrojarse a la yugular de mi padre. Me costaba reconocer en sus caras la de aquellos a los que había considerado más que compañeros, casi amigos. Corriendo unos a un lado y otros a otro, ocuparon los castillos y las gavias con las armas en la mano, sin el menor orden ni concierto. Chillaban como el ejército que, después de la batalla, entra en la ciudad vencida y se dedica a arrasar con lo que puede. Sus alocadas carreras retumbaban por todas partes y era tal el descontrol que pasaban por encima de los enfermos como si no los viesen, como si no sintiesen aquellos cuerpos magullados bajo sus pies. Unos decían: «¡Mueran!», otros: «¡A Castilla! ¡A Castilla!». Y yo me preguntaba cómo pudo haber existido un tiempo en que llegué a sentirme como uno de ellos y actuar a su lado.

El Almirante, a pesar de que su gota le doliera como nunca y no consiguiera ni tenerse en pie, se levantó y acudió cojeando hasta el alboroto. No decía nada. Su gesto era la viva imagen de la tristeza y de la decepción. Y yo no sabía si ésta era por ellos o por él, por no haber sabido cumplir su misión haciéndose imponer y controlando aquella situación demencial que, definitivamente, se había escapado de sus manos.

No obstante, antes de que cruzara la puerta, cuatro servidores suyos, entre los que me encontraba, lo sujetamos, volviéndolo a tender sobre la cama. Él se revolvía como el conejo que intenta escapar de las fauces del perro que lo ha atrapado y sus ojos poseían la misma expresión de este pobre animal que sabe que su hora acaba de llegar.

Dejándolo finalmente con uno de ellos, fuimos hasta donde se encontraba El Adelantado, que, lanza en mano, había hecho frente a los insurrectos. Parecía también poseído de un extraño frenesí y daba cuchilladas al aire con tanta energía que ni tan siquiera los felones se atrevían a acercarse donde él estaba. Tuvimos entonces que aproximarnos con cuidado para que no nos hiriese después de calmarle con palabras suaves y quitarle la lanza.

–Tío –le decía–, ya no se puede hacer nada. Es su decisión, por más que nos parezca deshonrosa y contra todas las reales ordenanzas de la navegación. No podemos impedirlo. No conseguiremos hacerles cambiar de opinión, tío. Cuidémonos nosotros, los que nos quedamos, y no les demos, encima, motivos para un asesinato.

Mis palabras debieron de hacer mella en él porque aceptó que lo condujeran al camarote donde padre todavía se debatía con aquel que se había quedado cuidándolo, impidiéndole acudir a nuestro encuentro. El grupo de insubordinados seguía destrozando las jarcias y las velas y aquellos aparejos que todavía quedaban en pie, que si bien nunca nos podrían transportar a España, formaban ya parte de nuestra casa. Su número duplicaba el de aquellos que todavía eran fieles a mi padre, y hubieran sido muchos más si no hubiese habido tantos enfermos. La única solución que quedaba pasaba por parlamentar con Francisco Porras y pactar con él su deserción y que se fuera, que marchara lejos y, si era su deseo, que emprendiera la travesía hacia La Española como bien pudiera.

Siendo el único de la familia Colón que todavía conservaba el juicio sano, adopté la actitud para la que durante tantos años había sido educado; aquella que me había negado a aceptar hasta entonces al huir de mis responsabilidades escondiéndome en las lecciones y en los libros. Controlando mi voz, mis nervios y mis ganas de explotar y decir a todos aquellos lo que, en verdad, pensaba –panda de cobardes, traidores, escoria del reino–, hablé al capitán Porras con una templanza que sorprendió a todos y que, incluso, me sorprendió a mí mismo:

–Id con Dios, capitán Porras, que Dios ya sabrá pagaros con lo que merecéis. Pero no causéis daño a aquellos que todavía tienen honor y daos por contento de que nadie oponga impedimento ni resistencia a vuestra marcha. Mas os aseguro que si no hacéis como yo os digo y por vuestra culpa muere el Almirante, no podréis sino esperar un severo castigo que yo mismo me encargaré de daros.

Esperaba que se riera de mí en mi cara, y quizás fuera aquélla su intención, pero un fruncimiento de mis ojos y un movimiento de mis manos vino a disuadirlo. Cambiando de actitud, se dirigió a sus hombres.

–¡Vámonos, muchachos! Aquí ya nada tenemos que hacer, ¡partimos hacia La Española!

Y se fueron todos ellos, comitiva del diablo, detrás de su cabecilla, tomando las diez canoas que el Almirante había mandado buscar por toda la isla y comprar después de muchos días de negociaciones. La idea de mi padre no era otra que privar a los indios de este medio de transporte por si acaso habían pensado en utilizarlas para atacarnos y para que, llegado el momento, si no regresaban ni Diego ni Bartolomé, pudiéramos mandar algún otro hombre a La Española.

Se embarcaron en un estado de dicha tal que parecía que ya hubieran llegado a su destino, con lo cual muchos de los que en un principio no los habían secundado, desesperados al verse allí sin ningún medio de escapatoria mientras la mayoría y los más sanos se marchaban con todas sus cosas y algunas otras más que no se habían privado de coger, se metieron con ellos en las canoas, en medio del dolor y el llanto de los pocos fieles que se quedaban con el Almirante. Yo miraba, desolado, desde aquella cubierta destrozada cómo se alejaban y me preguntaba qué había pasado, cómo era posible que hubiéramos permitido que todo acabara tan mal.

Padre tenía los nervios destrozados, pero sin duda el que peor estaba era Bartolomé. Apenas se podía hacer un ruido en el camarote sin que uno de los dos saltara y empezara a gritar, a decir estupideces o a gemir. Yo debía comprobar cómo pasaban sus horas, las últimas quizás, incapaz de hacer nada por evitarlo. ¡Me sentía tan impotente! El Almirante había ordenado, nada más irse los rebeldes, que a los enfermos se les diera todo lo necesario para curarse y se tratara bien a los indios para que no dejasen de suministrarnos cuanto necesitábamos para subsistir. Pero éstos, como si no tuviéramos suficientes desgracias, cesaron de traernos comida, sin que nosotros conociéramos bien la causa, aunque sospechábamos que algo tenía que ver con aquellos que, en mala hora, se habían ido... ¡No sólo nos habían dejado sin escapatoria posible, sino que, encima, habían conseguido poner a los indios en nuestra contra para que nos muriésemos de hambre!

De Diego seguía sin tener noticias. Era incapaz de imaginármelo con los seguidores del desertor Porras, pero ¿había otra explicación para su desaparición? No, no podía ser. Aceptaba que se hubiera caído por la borda, que los tiburones lo hubieran devorado, que los caníbales o cualquier animal fantástico lo hubiera atrapado, todo antes que pensar que nos había abandonado. Y debía ser fuerte, si no por mí al menos por mi padre y por todos aquellos que, enfermos, dependían de mí y de que yo les llevase cada día la escasa comida que nos quedaba. Cuando entraba en el terrorífico lugar donde se hacinaban, unos tirados encima de los otros, mi ánimo se hundía completamente. No sólo por aquel hedor que era inaguantable ni por la luz que apenas llegaba ni por el ambiente que resultaba opresivo, sino por la tristeza que supone ver la lenta degradación de aquellos hombres que un día fueron libres, muchos de ellos amigos y que ahora eran presos de una enfermedad que los iba consumiendo poco a poco. El médico había muerto también en el ataque de Belén y no había nadie que se hiciera cargo de ellos. Los que sobrevivían un día más, quizás el último, lo hacían apelando a toda su fuerza de voluntad y a las ganas de vivir que pronto, y debido a los intensos dolores, desaparecían por completo. Eran pocos los que se curaban. La mayoría iba muriendo lentamente, como caen las gotas de lluvia antes de que comience la tormenta, sin que nadie hiciera nada por evitarlo. Incluso yo, que debía ir para llevarles su alimento, evitaba entrar demasiado en aquel receptáculo y les dejaba la comida en la puerta. ¡Era tan horrible! Aquellas manos huesudas donde las heridas palpitaban de huevos de moscas. ¡Era tan desesperadamente angustioso!

Y los observaba desde allí con viva curiosidad, acaso morbo, como he hecho siempre. A pesar de la repulsión, del profundo asco que me inspiraban, el afán por descubrir y saber era aún mayor.

Existían entre los marineros tres tipos principales de enfermedades que sufrían en medio de terribles padecimientos y con diferentes procesos desde el momento en el que el mal se adueñaba de sus cuerpos: la primera, conocida como «tabardete», comenzaba con un dolor de cabeza severo, seguido por una fiebre muy alta y tos ronca que parecía que saliera del pecho de los afectados, limando sus gargantas a carne viva. Seguía después un período de estupor y de delirio en el que los escalofríos eran constantes. Cientos de granitos comenzaban a extenderse por el tronco, pasando luego a las extremidades, excepto las palmas de las manos y de los pies, que, misteriosamente, se salvaban de tal epidemia. Lo que estos enfermos no podían soportar era la visión de la luz y tenían los ojos hinchados y rojos de tanto frotárselos.

Posteriormente, la enfermedad se complicaba y comenzaban a escupir sangre, sobreviniendo a los pocos días la muerte entre convulsiones –la cara, la ropa, todo manchado de sangre y lleno de moscas–. Se decía que esta enfermedad venía del agua que bebíamos, pero esto era muy extraño puesto que todos habíamos bebido de ella y no todos enfermábamos.

La segunda enfermedad, pero no por ello menos mortal, era conocida como «peste de las naos» y sus causas nunca fueron muy claras. Las encías se hinchaban de tal forma que los dientes quedaban ocultos en una masa nauseabunda que producía un hedor enorme cuando el enfermo abría la boca. Para aliviar el sufrimiento se decía que había que rajar aquella masa y vaciar el líquido negro de su interior. Ni yo ni nadie de los que estaban conmigo se atrevió jamás a hacerlo. Comenzaba, entonces, a caérseles los dientes y apenas podían comer, a pesar del profundo hambre que sentían, por lo que cada vez estaban más y más débiles. La enfermedad se extendía entonces al resto del cuerpo: los músculos se agarrotaban y las piernas se ponían negras, como si estuvieran gangrenadas. Al final, llegaba la muerte al estallárseles las venas o al entrar en una crisis en la que, debido a la fiebre alta, no dejaban de delirar. Sin duda, lo peor de esta enfermedad era saber que no había salvación posible, así que no eran pocos los que optaban por tirarse por la borda o rebanarse las muñecas antes de transformarse en los despojos que habrían de llegar a ser.

La tercera enfermedad, y para mí la peor, era aquella que años más tarde denominarían como el «mal francés». Comenzaba con unas extrañas erupciones en los órganos genitales seguidas de fiebre, dolores de garganta, llagas en la boca, cansancio, pérdida de pelo, sudores fríos y sarpullidos en las palmas de los pies y de las manos. Luego se iba complicando, atacando el corazón y los ojos, que prácticamente se quedaban ciegos. De vez en cuando el cuerpo del afectado sufría parálisis, acompañada de delirios, escalofríos y ataques que les hacían retorcerse como si estuvieran poseídos. Finalmente, llegaba la muerte.

Fue en una de esas visitas a hurtadillas en las que me dedicaba a tomar notas desde la penumbra cuando lo descubrí. Al principio lo confundí con un bulto, otro rincón más donde se acumulaba la suciedad de aquella estancia nauseabunda, pero, al verlo moverse, me acerqué curioso. ¡Cuál sería mi espanto al reconocer en aquella masa informe, agazapada y que temblaba sin parar los rasgos de Diego! Pero no podía ser él, no, no podía. Diego estaba lleno de salud, de sueños, de ilusiones, ¡de vida! Diego no podía ser aquella piltrafa que se revolvía entre su propia porquería, aquel esperpento que se ocultaba de mí, aquella cosa que temblaba bajo la ropa raída y sucia. Y, sin embargo, lo era. Me acerqué tembloroso.

–Diego –le dije–, Diego, ¿eres tú?

Él abrió los ojos lentamente y me miró. En mi mano todavía apresaba con fuerza los legajos en los que con tanto desapego había ido apuntando aquellos síntomas horribles, los mayores frutos del horror y la miseria. Y todavía las palabras que había escrito de forma tan insensible resonaban en mi mente una y otra vez «... atacando el corazón y los ojos, que prácticamente se quedaban ciegos». ¡Prácticamente ciegos! ¡Los ojos de mi amigo estaban prácticamente ciegos! La luz que le permitía conocer lo más profundo de las personas que lo rodeaban, aquella que había sabido ver, como nadie, más allá del niño asustado y mimado y del cortesano presuntuoso, había desaparecido por completo y eran ahora dos pupilas grises y cansadas. Como los ojos de los viejos.

–Hernando, no, tú no me puedes ver así –murmuraba mientras se tapaba inútilmente la cara con las manos–. ¡Vete! El cielo es morado y la noche... ¡No hay noche!

¡Estaba delirando! La escasa luz apenas me permitía distinguir sus facciones y el mal olor me estaba mareando e impidiéndome casi pensar. Diego, Diego, ¿de verdad era él aquel pelele, igual a esos muñecos de esparto que utilizábamos en nuestras prácticas de equitación y que acababan destripados por el suelo al final de la mañana? Oh, Dios, tenía que hacer algo, no podía dejarlo allí, no podía permitir que se muriera, no podía dejarle ir como había dejado a Alonso.

–Voy a sacarte de aquí –le susurraba para no ponerle más nervioso mientras lo cogía, con toda la delicadeza de que era capaz, entre mis brazos.

No tenía fuerzas para sostenerlo. La enfermedad que se había cebado conmigo apenas me permitía caminar. Pero si yo había adelgazado enormemente, Diego había reducido su cuerpo casi a la mitad. De su morena y firme musculatura no quedaba más que un pellejo gastado que se marcaba sobre sus huesos prominentes. Su pelo oscuro y fuerte le caía lacio sobre los hombros y su cráneo mostraba algunas pequeñas calvas. Su peso, apenas más liviano que una pluma, se me hacía insoportable.

–¿Cómo he podido hacerte esto? ¿Cómo he podido abandonarte a ti también? –le repetía mientras lo apoyaba en mis hombros. Y tropezábamos torpemente sobre los cuerpos de otros moribundos que apenas protestaban, o acaso yo estaba tan aturdido que apenas los escuchaba. Sus dedos huesudos intentaban agarrarme las tobillos. Me parece que incluso uno me mordió y sentí sus dientes clavándose en mi carne y sus babas cayendo por mis pies.

Todavía hoy no sé cómo pude llevarlo a rastras hasta el camarote de mi padre. ¡Poco me importaba que su enfermedad fuera infecciosa o no; que con ello no sólo pusiera en peligro mi vida sino también la de todos aquellos a los que quería, la de mi tío y la de mi padre; que tuviera que dormir en el suelo si hiciera falta o en la cubierta o donde fuera! ¡Era mi amigo, mi único amigo, y no podía dejarlo allí, en aquel nido de podredumbre donde no tenía ninguna posibilidad de salvación!

–Yo te cuidaré –le decía mientras lo metía dentro de mi coi ante los ojos espantados de mi padre. Una enajenación absoluta me dominaba, y si me dijo algo no lo escuché–. Ahora estarás protegido, yo te cuidaré y nada te pasará, Diego, te lo prometo.

Cuando terminé de recostarlo y me giré, en los ojos del Almirante no había desaprobación y sí un leve gesto de orgullo.

Los días pasaban con su cadencia desesperante y yo no me despegaba de mi amigo, atendiéndolo en todo cuanto estaba a mi alcance. Su estado apenas le dejaba hablar y se limitaba a asentir continuamente como para demostrarme que me comprendía, que todavía tenía ganas de seguir viviendo, de seguir luchando, de seguir aferrado a mí y a la vida. Y en verdad llegué a creer que aguantaría, que superaría todo aquello y que se salvaría. Incluso me parecía ver que iba ganando peso, que de su cabeza casi rala comenzaba a crecer pelo. Yo intentaba entretenerlo con todas las historias que se me ocurrían de la misma manera que él había hecho conmigo cuando yo estaba enfermo. Hablaba de reinos inventados, de los seres mágicos que habían poblado los sueños de mi infancia: de las sirenas, de las amazonas, del preste Juan... También le contaba las anécdotas de mi vida en la Corte, los sueños que querría cumplir cuando terminara aquel viaje.

–Cuando volvamos a Castilla –le decía– te llevaré a la Corte, donde te presentaré a la Reina. Es generosa, ya verás, y seguro que te acepta a su servicio. Entonces estudiaremos juntos cosmografía y viajaremos por el mundo recorriendo cada país y haciendo planos de todos ellos.

Le hablaba también de los rumores que nos llegaban sobre las venturas de aquellos desertores encabezados por Porras. De cómo, por todos los lugares por donde pasaban, cometían mil atropellos contra los indígenas, arrebatándoles por la fuerza las provisiones... y las mujeres. Y le hablaba de cómo, si éstos replicaban o intentaban revolverse, les provocaban convocándoles entre risas a que fueran donde el Almirante a pedirle que les pagase y que si éste no lo hacía les daban permiso para que lo matasen, ya que se lo merecía porque no sólo los cristianos lo odiaban, sino que había sido él el culpable de las desgracias acontecidas a los indios de Belén. Añadían que lo mismo haría con ellos si no lo solucionaban dándole muerte, pues con dicho designio se quedaba a poblar la isla. Le contaba acerca de cómo habían llegado al extremo oriental de Jamaica, donde habían pretendido embarcarse con las canoas robadas mas, no siendo diestros con el manejo de estas embarcaciones, les había entrado agua por la borda y para aligerarlas arrojaron al agua cuanto llevaban, no quedándose más que con las armas y la comida suficiente para su regreso. Pero al ver que todavía el peso era mucho, decidieron arrojar a los indios que iban con ellos al mar. A los que se resistían los mataban a puñaladas y a aquellos que, cansados de nadar, intentaban agarrarse a la borda de las canoas, les cortaban las manos y les golpeaban en las cabezas.

Todo lo que le contaba no causaba en su estado más sorpresa que en el mío propio. Después de tantos y tantos meses de horrores, estábamos acostumbrados a las peores atrocidades.

Por la noche apenas dormía. La responsabilidad me obligaba a cuidar de que mi padre, Bartolomé, que dormía en su mismo lecho, y Diego, que descansaba en mi antiguo coi, estuvieran bien; de que no se sintieran solos y de que no pasaran frío ni calor. Vigilaba para que no se levantaran pidiendo agua o la bacinilla donde hacían sus necesidades y no hubiera nadie para atenderlos. Además, la silla donde me recostaba era insoportablemente incómoda y apenas me dejaba descansar unos instantes antes de despertarme de nuevo asustado. Yo los observaba, observaba cómo subía y bajaba la respiración de mi padre mientras sus articulaciones hinchadas reposaban a duras penas sobre las mantas. Observaba como, poco a poco, aquel sarpullido maléfico se iba extendiendo por la piel de Diego y como la fiebre lo hacía temblar y hablar en sueños, dirigiéndose a una madre que, como la de Alonso y la mía, lo había abandonado hacía muchos, muchos años.

El hambre se había convertido en la peor de las torturas. La escasez de alimentos era tal que apenas nos quedaba para dar algo que comer a los más necesitados. El dilema era terrible, pues-

to que si intentábamos quitársela por la fuerza a los indios, a aquellos que tan cansados estaban después de las fechorías de nuestros
antiguos compañeros de viaje, tendríamos que desembarcar en son
de guerra, dejando además al Almirante y a todos los enfermos en
gran riesgo, puesto que si algo nos pasaba a nosotros –que era muy
probable pensando en la superioridad de su número frente al nuestro– su muerte no habría de tardar demasiado. Esperar que ellos
nos dieran la comida por su propia voluntad era absurdo y si hubiéramos pretendido cualquier tipo de intercambio habríamos tenido que pagarles diez veces más de lo que pagamos al principio,
pues ellos conocían muy bien lo que les convenía y la superioridad que en ese momento tenían sobre nosotros.

Pero una vez más, el Almirante dio con el medio del que habría
de valerse para obtener aquello que tanto necesitábamos. Recordó
que tres días después habría de producirse un eclipse de luna en
las primeras horas de la noche. Ordenó entonces que, por medio
de un indio de La Española que todavía nos permanecía fiel, se
avisase a los notables de la isla para hablarles de una fiesta que
tenía pensado ofrecerles. El día antes del eclipse se levantó animado, tanto como hacía muchos meses que no lo veía, y apenas
se quejó de sus dolores. Se puso entonces las mismas ropas con
las que había salido de Sanlúcar, y que nunca más tendría la oportunidad de usar, y colocó alrededor de su cuello la enorme cadena que el mismísimo rey Fernando le había regalado. Viéndolo
moverse entre los indios, costaba imaginarlo postrado en cama
con aquella palidez mortecina y aquellas ojeras que le iban arre-
batando la vida poco a poco. Con la misma voz con la que muchos
años atrás, cuando no era más que un pobre idealista que iba en
pos de un sueño fantástico, convenciera a sus Reyes, habló a aquel
nutrido grupo de hombres de frentes anchas y enormes espaldas
que en ningún momento se habían separado de sus armas. Tampoco
nosotros lo hicimos.

–El Dios de los cielos –dijo–, del cual nosotros somos servidores, ha decidido premiar a los buenos y castigar a los malos.

Después de haber visto cómo nos habéis tratado, se encuentra muy irritado y me ha mandado que os lo diga. –El intérprete seguía traduciendo y ya comenzaban a escucharse las risitas de aquellos que no podían dar crédito a lo que mi padre, con toda la seriedad de que era capaz, les decía–. No obstante, él ya me advirtió que vosotros no me daríais crédito, por lo que dirigiéndose a mí envuelto en una nube de humo me pidió que os repitiera sus palabras: «Hijo mío, yo te daré la señal que los hará temblar y rendirse ante aquel que es más poderoso de lo que jamás imaginaron. Esta noche, cuando abandonen el barco, el cielo comenzará a oscurecerse y la luna y las estrellas se apagarán una por una, y el castigo será más grande aún cuanto más tarden en alimentaros. He dicho».

Acabado tan original y sorprendente discurso, se marcharon. Algunos estaban asustados, pero otros, la mayoría, no quisieron dar mayor importancia a las palabras de mi padre e incluso llegaron a reírse en su cara. No obstante, como dice el dicho, «quien ríe el último ríe mejor». Porque al comenzar el eclipse de luna, fue tal el miedo que éste les causó que, en medio de grandes llantos y gritos, regresaron a nuestro barco con los brazos cargados de alimentos y de toda clase de objetos, rogando al Almirante que intercediese por ellos ante nuestro Dios, que también sería el suyo, si hiciera falta. Nosotros, los tripulantes que por fin veíamos algo de dicha en medio de tanta desgracia, debíamos aparentar seriedad, pero nos costaba esconder las sonrisas y algunos tenían que morderse la lengua o meterse pañuelos en la boca para no echarse a reír. Vestidos con las mejores galas, íbamos guardando todo lo que nos daban sin dar las gracias, para que no pudieran pensar que lo que nos hacían era un favor. Mi padre comunicó entonces a los congregados que quería hablar con Dios y se encerró en su camarote, aquel donde Diego dormía plácidamente. Yo me quedé fuera, vigilando que todo marchara bien, que nadie metiera la pata y que los indios no se enteraran de la farsa, riéndome en mi interior, disfrutando con una alegría que por fin volvía a ser plena.

Al cabo de un rato, cuando el Almirante constató que la curva ascendente del eclipse estaba a punto de terminar, y que pronto se volvería a la situación normal, salió de la chupeta diciendo que ya le había rogado a Dios y había rezado por ellos, prometiéndole en su nombre que en adelante serían buenos y tratarían bien a los cristianos, suministrándoles las vituallas que precisaran.

A partir de entonces, jamás, en todos los meses que todavía nos quedaban por vivir en aquella isla, incumplieron su palabra.

La noche ya llegaba a su fin cuando entré en el camarote a por un bote de confitura que mi padre había guardado con celo durante toda la travesía y que deseaba compartir con el resto de la tripulación. Presentí que algo no iba bien. Fuera comenzaba a amanecer y la gente, feliz, bebía tirada por la cubierta. Me asomé a mi coi y vi que Diego había muerto. Comprendí que, a pesar de todo, Dios me había abandonado. Junto a mí el cuerpo de mi amigo tenía la sonrisa estúpida de los muertos. Y me vi solo en mitad del barco, solo como el primer día, solo como había estado siempre y siempre habría de estar. Solo y triste porque, aún sin comprenderla, ya conocía a la muerte. Solo y abandonado sin nadie a quien aferrarme, nadie en quien confiar, nadie a quien decir ese te quiero que nunca podría llegar a pronunciar. Solo con la peor de las soledades: aquella que procede de uno mismo, la que ya no tiene salvación. Me quedé solo como al principio, mientras comprendía, por fin, que los gusanos que se reproducían en aquellas malas imitaciones de barcos a la deriva simbolizaban nuestra propia vida.

EPÍLOGO

Mi viaje se terminó en el momento en que murió Diego. Me encerré en el camarote y me negaba a salir, escribiendo poco y alimentándome aún menos. Pasaba las horas muertas contemplando el vacío, pensando la forma de salir del tarro de cristal, de dejarlo todo y acabar para siempre con aquel viaje. No obstante, el viaje de mi padre, el cuarto y último, aún habría de durar un poco más.

Después de ochos meses sin saber nada de Diego Méndez y de Bartolomé Fieschi, una nueva conjura comenzó a fraguarse a bordo con los pocos hombres sanos que quedaban, pero cuando ésta ya iba a explotar en un final trágico que nadie se atrevía a aventurar, apareció en el horizonte una carabela proveniente de La Española. En ella, el comendador de Lares mandaba a un enviado, con todos sus saludos y los de Diego Méndez, que había sobrevivido, para observar cómo estábamos y, secretamente, averiguar la forma de desembarazarse del Almirante. Aquella misma noche la nave zarparía de nuevo.

A finales de mayo de 1504, dos años después de nuestra partida de Cádiz, y un año más tarde de que arribásemos a la isla de Jamaica, llegó un nuevo barco, enviado por Diego Méndez y pagado con los dineros del Almirante, para recogernos y llevarnos de vuelta a España.

No habrían de acabar aquí nuestros sufrimientos. Al enterarse los amotinados que aún permanecían en la isla de la llegada de la carabela, decidieron adueñarse de la embarcación y hacer prisionero al Almirante. Salió El Adelantado a defender a su hermano con tan buen hacer y suerte tan favorable que atrapó a Francisco Porras con sólo un muerto en nuestra facción y varios en la suya. El resto de los facciosos decidieron entonces rendirse y pedir perdón al Almirante, que se lo concedió gustoso, como siempre había hecho.

Emprendimos la travesía de regreso, navegando con gran dificultad, por sernos contrarias las corrientes y los vientos. Cuando llegamos a Santo Domingo, el comendador liberó a Porras y trató de castigar a cuantos lo habían encarcelado, pretendiendo así juzgar cosas sobre las que únicamente tenían potestad los Reyes Católicos.

Después de muchos días de navegación y muchos otros de tormentas, finalmente, gracias sean dadas al Altísimo, llegamos al puerto de Sanlúcar de Barrameda.

Mi padre estaba muy enfermo y todas las desgracias pasadas le habían dejado una mella profunda en su carácter. No obstante, no había tiempo que perder; durante su ausencia, la Corona había aprovechado para derogarle sus derechos, de modo que, una vez más, hubo de emprender la marcha tras sus señorías para poder hacer frente a las adversidades y continuar con los pleitos que pudieran devolverle aquello que por derecho le pertenecía. Yo, mientras tanto, recobrados los deseos de vivir, volví al servicio de la Corte, donde proseguí mis estudios de cosmografía y pretendidamente mi vida anterior, lo que no era fácil, pues mucho habían cambiado las cosas. Durante aquellos dos años de ausencia, nuestro mayor apoyo, la reina Isabel –aquella que siempre nos había escuchado y que casi podría decir que me había criado–, había muerto y con ella la unidad de los dos reinos de España. En el momento de nuestra arribada, Felipe el Hermoso, apoyado por su mujer Juana, de la que decían que había enfermado de insania, disputaban contra su propio padre, don Fernando el Católico, por conseguir la gobernación de Castilla. Eran aquellos tumultuosos y aciagos días y en medio de la vorágine nadie tenía oídos para lo que mi padre exigía, preocupados como estaban en sus propios intereses.

Persiguiendo la Corte, la misma que nos alimentaba a Diego y a mí, siempre nómada y en movimiento, fue que murió mi padre en el aciago año de 1506. Su muerte vino a destrozarme aún más. Ya no me quedaba nadie en el mundo. Decidí entonces convertirme en el eco de su voz y, al menos, cumplir su postrer voluntad luchando por sus privilegios hasta agotar la última gota de sangre de mi cuerpo. Triste ironía del destino; aquellos mismos privilegios que heredaría en su totalidad mi hermano Diego debido a la ley del Mayorazgo... Y puedo decir que lo cumplí y que si los títulos que les correspondían a los Colón no fueron restituidos en su totalidad fue porque Luis, el hijo mayor de Diego y de la misma calaña que él, decidió vender su progenitura por un plato de lentejas, o por una renta vitalicia, que para el caso es lo mismo.

Diego se casó en 1509 con la sobrina del duque de Alba, doña María de Toledo, mujer que, si bien no era de gran belleza, poseía un buen apellido, una buena dote y un mal carácter, para nada inferior a su honra. Diego casó contento, aunque a la sazón para entonces ya tenía un par de hijos ilegítimos. Fue en aquella boda cuando yo te engendré a ti, hijo mío. Dominado por un dolor y una rabia que hacía muchos años que no me asaltaban, desde la muerte de Alonso creo, yací con la última mujer de mi vida, aunque no por ello a la que quise más: tu madre.

Al día siguiente, consumada la vileza, yo debía partir a Santo Domingo con mi hermano, por lo que no me enteré de que se había quedado encinta. Pero si te digo la verdad, no creo que ello hubiera cambiado mucho la situación, y de todos modos habría marchado hacia aquellas tierras que me permitirían reencontrarme con los recuerdos de Alonso y de Diego.

Resultó en vano. Ya estaba totalmente echado a perder y viajar de nuevo por aquellas costas conocidas no hizo cambiar mi actitud solipsista y la idea de que el mundo es el lugar donde se nace para sufrir. No fue hasta muchos años después que supe que tenía un hijo. Pero no creas que esto me hizo sentirme orgulloso. Había algo en mí que todavía no comprendía, aquel lado oscuro que me había impulsado a traicionar a mis seres más queridos, a abandonar, a robar, a violar y a matar. Una terrible y siniestra porción de mí mismo que prefería ver arrasada, muerta antes que descubrirla en ningún sucesor mío, en ningún hijo. He ahí la razón por la que nunca quise perpetuarme en descendencia alguna.

Consumado el error, pensé que, apartándote de todo aquel mundo de intrigas palaciegas, donde nada es lo que parece y el cariño es apenas una palabra que ensalzan los poetas, te hacía un favor. Creí que serías mucho más feliz viviendo holgadamente con tu madre sin conocer tu origen, y así yo podría dedicarme a mis estudios y a mi vida, siempre al servicio de unos Reyes que nunca quisieron corresponderme como merecía.

Viajé con Carlos I a Gante y presencié su coronación en Bolonia. Viví con él el cisma de la Iglesia, aquella escisión que tanto hacía sufrir al emperador y que, no obstante, tanto le hubiera gustado a mi amigo Diego. Conocí a los grandes hombres del momento: Lebrija, Erasmo de Rotterdam, Lutero. Participé en los principales proyectos y empresas políticas y comerciales de mi época. Logré éxito económico y social y construí la mansión más maravillosa que mente alguna soñó jamás. Conseguí tener en mi haber más de quince mil libros, todos perfectamente catalogados. Y, sin embargo, nunca fui feliz. En aquel viaje no sólo había perdido mi infancia, los recuerdos de mi niñez, mi inocencia, sino la capacidad de amar y de ser amado. Demasiadas cosas perdí, demasiados seres queridos dejé en aquella terrorífica ruta de las tormentas.

Creía que, detrás de mis libros, conseguiría aislarme de un mundo que me hacía daño y en el que sólo existía sufrimiento y dolor. Ahora sé que me equivoqué, como también me equivoqué contigo, pues no solamente te quité un futuro que únicamente tú tenías derecho a vivir, sino que te arrebaté la única herencia que de verdad me dio mi padre: el apellido Colón, lo único que perdurará más allá de los siglos cuando mi historia sólo sirva para alimentar el fuego y mi cuerpo no sea más que cenizas.

Córdoba, 20 de mayo de 2004
Fundación Antonio Gala

AGRADECIMIENTOS

No puedo cerrar esta historia (que ha sido la de mi vida estos últimos años) sin agradecer el tesón de todos aquellos que han ayudado para que Hernando renaciera del olvido. Así, Mabel o Asun, que crearon la semilla. A Cristina y Gonzalo, que lo aceptaron como otro hijo. A mi familia, que lo comprendieron como hicieron conmigo (aunque a veces no resultara fácil). A Pilar, Patricia, Irene y Paloma, que no se separaron de él. A Icíar, María y Andrea, preocupadas siempre por su periplo. A Cris, Carmen y Blanca, que lo quisieron más allá de sus rarezas. A José, porque fue despiadado con él. Agradecer también al museo Naval de Madrid, a la Biblioteca Colombina, a la Fundación Lara y al Servicio Cartográfico del Ejército. Y sobre todo a mis compañeros de la Fundación Antonio Gala porque lo ayudaron a crecer. A Antonio, porque me dio la oportunidad, y a Elsa, porque fue su primera y única madre.

España
Av. Diagonal, 662-664
08034 Barcelona (España)
Tel. (34) 93 492 80 36
Fax (34) 93 496 70 58
Mail: info@planetaint.com
www.planeta.es

Argentina
Av. Independencia, 1668
C1100 ABQ Buenos Aires
(Argentina)
Tel. (5411) 4382 40 43/45
Fax (5411) 4383 37 93
Mail: info@eplaneta.com.ar
www.editorialplaneta.com.ar

Brasil
Rua Ministro Rocha Azevedo, 346 -
8º andar
Bairro Cerqueira César
01410-000 São Paulo, SP (Brasil)
Tel. (5511) 3088 25 88
Fax (5511) 3898 20 39
Mail: info@editoraplaneta.com.br

Chile
Av. 11 de Septiembre, 2353,
piso 16
Torre San Ramón, Providencia
Santiago (Chile)
Tel. Gerencia (562) 431 05 20
Fax (562) 431 05 14
Mail: info@planeta.cl
www.editorialplaneta.cl

Colombia
Calle 73, 7-60, pisos 7 al 11
Santafé de Bogotá, D.C.
(Colombia)
Tel. (571) 607 99 97
Fax (571) 607 99 76
Mail: info@planeta.com.co
www.editorialplaneta.com.co

Ecuador
Whymper, 27-166 y Av. Orellana
Quito (Ecuador)
Tel. (5932) 290 89 99
Fax (5932) 250 72 34
Mail: planeta@access.net.ec
www.editorialplaneta.com.ec

Estados Unidos y Centroamérica
2057 NW 87th Avenue
33172 Miami, Florida (USA)
Tel. (1305) 470 0016
Fax (1305) 470 62 67
Mail: infosales@planetapublishing.com
www.planeta.es

México
Av. Insurgentes Sur, 1898, piso 11
Torre Siglum, Colonia Florida, CP-01030
Delegación Álvaro Obregón
México, D.F. (México)
Tel. (52) 55 53 22 36 10
Fax (52) 55 53 22 36 36
Mail: info@planeta.com.mx
www.editorialplaneta.com.mx
www.planeta.com.mx

Perú
Grupo Editor
Jirón Talara, 223
Jesús María, Lima (Perú)
Tel. (511) 424 56 57
Fax (511) 424 51 49
www.editorialplaneta.com.co

Portugal
Publicações Dom Quixote
Rua Ivone Silva, 6, 2.º
1050-124 Lisboa (Portugal)
Tel. (351) 21 120 90 00
Fax (351) 21 120 90 39
Mail: editorial@dquixote.pt
www.dquixote.pt

Uruguay
Cuareim, 1647
11100 Montevideo (Uruguay)
Tel. (5982) 901 40 26
Fax (5982) 902 25 50
Mail: info@planeta.com.uy
www.editorialplaneta.com.uy

Venezuela
Calle Madrid, entre New York y Trinidad
Quinta Toscanella
Las Mercedes, Caracas (Venezuela)
Tel. (58212) 991 33 38
Fax (58212) 991 37 92
Mail: info@planeta.com.ve
www.editorialplaneta.com.ve

Grupo 🌐 Planeta   MR es un sello editorial del Grupo Planeta   www.planeta.es